Elisabeth Dreisbach
Des Erbguts Hüterin

Über dem mit Fichten und Tannen bewachsenen Hügel lag eine feierliche Stille, ein ernstes Schweigen, das für den, der sich im Harzwalde auskannte und etwas von dem wußte, was sich auf seiner Höhe abspielte, beredt und ergreifend war und auf den einen oder anderen schier unheimlich wirkte.

In den nahe liegenden Dörfern sprach man vom „Hügel des Todes“. Man erzählte, daß es etliche gebe, die dieses Namens wegen ihren Fuß niemals auf einen der Wege setzten, die zum Sanatorium hinaufführten. Natürlich war dies nichts anderes als eine lächerlich gesteigerte, törichte Angst, denn der sich etliche Stunden weit erstreckende Harzwald spendete mit seiner reinen, kraftvollen Luft tausendfach mehr Gesundheitsmöglichkeiten, als er Krankheitsgefahren barg. Aber es war nun einmal so, daß der „Todeshügel“ manchen ein unheimliches

Grauen einflößte, so daß sie auf die nähere Bekanntschaft mit seinem schönen Wald verzichteten. Nur zu gut kannte man die Bedeutung von Fichtenhöhe, und wenn der Nachmittagszug wieder einen oder gar mehrere Patienten auf dem kleinen Dorfbahnhof ablud, und diese mit dem Auto ins Sanatorium weiterbefördert wurden, wußte man, daß längst nicht alle, die auf diese Art hinaufgelangten, auf ihren eigenen Füßen den Berg wieder heruntersteigen würden. – Dies nun war der Grund, weshalb über dem Hügel, dem der Volksmund seinen schauerlichen Namen gegeben hatte, diese Stille lag – eine atembeklemmende und doch so sprechende Stille. –

Die Visite war beendet. Doktor Kattwinkel, der leitende Arzt, schritt mit seinem Assistenten, Doktor Sorger, durch den großen, gepflegten Park, in dem Fichtenhöhe lag, seinem Privathause zu. Sie sprachen über den Patienten in Nr. 37, dem der Chef höchstens noch ein paar Tage gab.

„Schade um ihn“, sagte er, „ein prächtiger Mensch, aber ein hoffnungsloser Fall."

Doktor Sorger begleitete seinen Vorgesetzten zum Eingang seiner Villa und schwenkte dann in den Seitenweg ein, der zum zweiten Krankengebäude führte, wo er heute die Visite allein vorzunehmen hatte.

Es riecht nach Frühling! dachte er und sog begierig den kraftvollen Erdgeruch ein, der dem Waldboden entströmte. Unwillkürlich reckte er sich und dehnte die Glieder. Frühling, Leben, Kraft! Gott sei Dank, er spürte es in sich. Gesundes Blut strömte durch seine Adern, und nichts von dem heimtückischen Gift dieser furchtbaren Krankheit, mit der alle Patienten hier behaftet waren, machte sich bei ihm bemerkbar. Es mochte sein, daß er sich mit der Zeit daran gewöhnte, täglich den Anblick der Dahinsiechenden vor sich zu haben, sie leiden und sterben zu sehen, und mitzuerleben, wie sie sich gegen ihr furchtbares Geschick in wilder Qual aufbäumten, um dann doch zu unterliegen. Jetzt aber meinte er oft, es hier, wo der Tod Dauergast war, nicht aushalten zu können. Als er vor wenigen Wochen die Assistentenstelle in Fichtenhöhe angenommen hatte, war ihm der Gedanke nicht gekommen, daß die Atmosphäre des Sanatoriums derart belastend auf ihn einwirken könnte. Nun aber, da er sah, daß es sich hier in den meisten Fällen um hoffnungslos Erkrankte handelte, um Menschen, die in andern Heilstätten bereits vergeblich Genesung gesucht und schließlich ihre letzte Hoffnung hierher getragen hatten, wollte ihn die Wucht all dieses Leides schier erdrücken. Es schauderte ihn plötzlich. Sterben, Vergehen, wo es Frühling werden wollte!

Drüben, in dem zweiten Hause, lagen solche Kranke, bei denen man wenigstens leichte Genesungsfortschritte feststellen konnte. Einige durften sich sogar bei gutem Wetter im Park aufhalten. Doktor Sorger beschleunigte seine Schritte. Es zog ihn förmlich hinüber zu den Kranken, über deren Dasein nicht dieses entsetzliche „hoffnungslos“ mit unerbittlicher Grausamkeit stand. – Um der leidenden Menschheit zu helfen, hatte er den Arztberuf erwählt und entsetzte sich doch immer wieder aufs neue vor der Erkenntnis, wie gar oft menschliches Können versagt.

Nr. 37 – hoffnungsloser Fall! Er meinte noch die Stimme des Chefs zu hören. Eigentlich hätte er sich bereits an ein solches Urteil gewöhnt haben müssen, denn beinahe täglich wurde es über den einen oder anderen der vielen Patienten gefällt. Aber jedesmal, wenn er es wieder hörte, war es dem jungen Mann, als griffe eine eiskalte Hand nach seinem Herzen. Doktor Kattwinkel hätte gewiß darüber gelächelt und ihn schwach oder sentimental genannt, obgleich er selber bestimmt nicht gefühllos zu nennen war. Im Gegenteil, er tat alles irgendwie Mögliche für seine Kranken und opferte sich buchstäblich für das Sanatorium auf, aber nie zeigte er eine weiche Regung. Er hatte erst kürzlich noch seinem Assistenten erklärt, daß er mit „Regungen“ erst gar nicht anfangen dürfe, sonst könne er keinen Tag länger in Fichtenhöhe bleiben. –

Eine Amsel sang ihr Liebeslied. Doktor Sorger blieb stehen und lauschte auf diesen ersten Frühlingsgruß, der sein Ohr erreichte, nachdem der strenge Winter endlich das Feld geräumt hatte.

Als der junge Arzt weitergehen wollte, erblickte er zu seinen Füßen eine Anemone. Behutsam pflückte er die zarte Blüte. Ich will sie Ursel bringen, dachte er. So kommt der Frühling auch zu ihr.

Ursula war eine sechzehnjährige Kranke, die im zweiten Hause lag, also kein ganz hoffnungsloser Fall. Doktor Kattwinkel hatte sie zwar zu den Schwerkranken legen wollen. Ihr Zustand war eine Zeitlang sehr bedenklich gewesen. Aber Doktor Sorger hatte gebeten, noch ein wenig damit zu warten. – Gott im Himmel, sechzehn Jahre und schon sterben! – Nein, er wollte an die Gesundung dieses jungen Menschenkindes glauben. Und er hatte es bei seinem Chef durchgesetzt. „Sie hätten nicht Arzt werden sollen“, war dessen Antwort gewesen, „aber mir soll's vorerst recht sein – so lassen Sie das Mädel hier." Und nun freute sich Doktor Sorger für die junge Patientin. Seit drei Tagen war das Fieber etwas zurückgegangen, und die rechte Lungenseite schien ihm plötzlich nicht mehr so bedenklich zu sein. Oder sollte sein Wunsch ihm Irrtümer vorgaukeln? Vielleicht war es doch möglich, daß sie gesund wurde.

Ursula sollte die Anemone, die erste Frühlingsblume, haben. Nun aber durfte er nicht länger zögern. Es war höchste Zeit zur Visite. Doktor Sorger schritt eilig zu dem Hause derer, die von der Hoffnung lebten.

Indessen lag Martin Streitmann, der Patient in Nr. 37, blaß und nach Atem ringend in seinem Bett, das sein Sterbelager sein würde. Er war Landwirt, dreißig Jahre alt. Zwei Frauen waren bei ihm in dem kleinen, hellen Zimmer mit den großen Fenstern und den freundlich gestrichenen Wänden, das ihn während der letzten vier Monate beherbergt hatte. – Am Fußende saß Katharina Streitmann, seine Mutter, eine Frau von dreiundsechzig Jahren, mit vergrämtem Gesichtsausdruck und rotgeweinten Augen. Sie trug ein schwarzes, strenges Kleid und hielt ein abgegriffenes Gebetbuch in den Händen. Aber sie betete nicht, weder in ihrem Herzen, das sich in Qual wand, wenn sie daran dachte, daß sie ihren einzigen Sohn nun hergeben sollte, noch mit den Lippen, die fest geschlossen das schmerzhafte Weinen zurückdrängten, das aus ihrem Innern hervorquoll. Abwechselnd blickte sie von dem todkranken Sohn zu der um vier Jahre jüngeren Tochter, die am Fenster lehnte und stumm hinausblickte in den von der Frühlingssonne durchleuchteten Park.

Siegberte Streitmann war eine große, kräftige Erscheinung. Sie schien, im Gegensatz zu ihrem Bruder, die verkörperte Gesundheit zu sein. Ihre Bewegungen waren ruhig und bewußt, obgleich ihre sprechenden braunen Augen bewiesen, daß sie lebhafter, temperamentvoller Natur war.

Der Bruder wandte sich mühsam zum Fenster und blickte wie in stummer Bitte hinüber, wo Siegberte in ihrem lichtblauen Kleide stand. Ein Sonnenstrahl hatte sich in ihrem reichen, blonden Haar verfangen und ließ es golden schimmern. Sie spürte die Augen des Bruders auf sich gerichtet und wandte sich ihm zu: „Martin, möchtest du etwas?"

Da hob er die schmale Hand und winkte sie zu sich. Viel sprechen konnte er nicht mehr, aber sie wußte, was er ihr zu sagen hatte und half ihm.

„Du sorgst dich um den Hof, Martin. Ich verstehe dich. Aber du kannst ohne Sorge sein; ich übernehme ihn."

Ruhig und sicher klang ihre Stimme durch den Raum, und ihren Worten war anzumerken, daß es sich hier nicht um eine Redensart, sondern um einen ernst gefaßten Entschluß handelte.

Eine rasche Bewegung hinter ihrem Rücken ließ Siegberte in ihrer Rede innehalten. Sie wandte sich zur Mutter und sah in deren Augen, die eben noch schmerzerfüllt auf den Sohn geblickt hatten, den Schimmer eines verächtlichen Lächelns, das zwar nur für den Bruchteil einer Sekunde anhielt, aber doch lange genug dauerte, ihr zu zeigen, daß die Mutter in diesem Augenblick an ihr zweifelte. Das tat ihr weh. Aber der Ernst der Stunde war gewaltiger als die Verletzung ihres Gefühls und durchdrang sie, daß sie sich nun erst recht straffte und die Hand des leidenden Bruders wie zum Schwur ergriff: „Du kannst dich auf mich verlassen. Ich will das Erbe unserer Väter in Treue verwalten."

Ein befreiender Seufzer entrang sich der wunden Brust des Kranken. „Es ist nicht leicht für dich", erwiderte er, „aber ich weiß, du wirst es schaffen!"

Dann war es wieder eine ganze Weile still zwischen den drei Menschen, die alle wußten, daß es hier um ein letztes Abschiednehmen ging. Alle drei aber beschäftigten sich mit dem gleichen Gedanken, mit dem Gedanken an den heimatlichen Hof.

„Es ist eine mächtige Umstellung für dich", hob der Sterbende mit matter Stimme an. „Aber etwas Halbes liegt dir nicht; du wirst auch dieses zu meistern wissen. Der Hof wird unter deiner Führung nicht zugrunde gehen."

„Der Hof, das Erbgut", gab Siegberte zurück, „ich habe nie damit gerechnet, das Vatererbe übernehmen zu sollen, aber ich weiß, es muß sein; ich bin es dir und dem Vater schuldig. Und es wird gehen!"

Es gibt ein Unglück, sagte sich Frau Streitmann. Siegberte hat sich nie für Landwirtschaft interessiert. Man kann nicht damit beginnen, wenn man schon bald sechsundzwanzig Jahre alt ist. Sie kann kaum Unkraut vom Weizen unterscheiden. Das Mitleid mit dem Jungen bestimmt ihren Entschluß. Sie mag den guten Willen haben, aber es wird nichts daraus, nein, es gibt gewiß ein Unglück. – Ach Gott im Himmel, der Hof! Und meine Kraft reicht doch nicht mehr aus!

Das Frühlingslied der Amsel drang auch in Nr. 37, das Sterbezimmer. Da flüsterte Martin Streitmann den Namen seiner Braut, die er in wenigen Wochen hatte als sein Weib heimführen wollen.

Und wieder hielt er inne und richtete

seine Augen flehend zu seiner Schwester.

Und sie nickte ihm zu, tapfer und trostbereit. „Ja, ich will mich auch um Heidi kümmern."

Die Mutter schluchzte leise auf. Da wandte der Kranke mühsam den Kopf zu ihr. „Und auch um Mutter!" hauchten seine Lippen. Um Frau Streitmanns Selbstbeherrschung aber war es nun geschehen. Sie schlug die Hände vors Gesicht und weinte in haltlosem Schmerz, während ihre Tochter auch diese Sorge dem Bruder abnahm. Nun falteten sich Martins müde gewordene Hände, als sei es ihnen erst jetzt möglich zu rasten, jetzt, da Amt und Verantwortung auf andere Schultern gelegt war.

Gegen Mittag des folgenden Tages war es. Siegberte saß Doktor Kattwinkel gegenüber und besprach mit ihm die Überführung des Bruders in den Heimatort. Martin Streitmann war in der Frühe des Morgens gestorben. Die durchwachte Nacht hatte leichte Spuren auf dem Angesicht des Mädchens hinterlassen, und wer sie kannte, hätte wohl auch den Ausdruck tiefen Schmerzes in ihren Augen wahrgenommen, ein oberflächlicher Beobachter aber mochte sich über die sachliche, bestimmte Art ihres Auftretens unmittelbar nach dem Sterben des Bruders wundern.

Entweder ist sie gleichgültig oder gar hart, dachte Heiner Sorger, der sich ebenfalls im Sprechzimmer befand und nun schon eine Weile über seine schriftliche Arbeit hinweg Siegberte, die ihm bisher keinerlei Beachtung geschenkt hatte, betrachtete. Vielleicht aber weiß sie sich auch meisterhaft zu beherrschen.

Er hatte es hier im Büro des Chefs nun schon öfters erlebt, daß Angehörige verstorbener Patienten unter der Wucht ihres Schmerzes zusammenbrachen. Er hatte seiner Art gemäß Verständnis dafür. Die Ruhe dieses Mädchens aber reizte ihn. Vielleicht hatte kein geschwisterliches Verhältnis zwischen dem Verstorbenen und der Schwester bestanden. Hätte der Chef von diesen Gedankengängen gewußt, er hätte ihn sicher daran erinnert, daß er sich um nichts anderes als um die körperliche Beschaffenheit der Patienten, nicht aber um deren Familienangelegenheiten zu kümmern habe. Aber Heiner Sorger war nun einmal ein Philosoph, und als Doktor Kattwinkel für einige Minuten abgerufen wurde, nahm er Gelegenheit, ein Gespräch mit Siegberte Streitmann anzuknüpfen.

„Es tut mir leid, daß wir Ihrem Bruder nicht helfen konnten", sagte er. Da wandte sie ihm ihr Gesicht zu, und nun erkannte auch er, daß das Leid aus ihren Augen sprach, obgleich sie ruhig und gefaßt antwortete.

„Es war vorauszusehen", sagte Siegberte. Doktor Sorger blickte sie fragend an. Sie aber fuhr fort: „Als ich von den zwei Kavernen in seiner linken Lunge hörte, befürchtete ich schon das Schlimmste und konnte nicht glauben, daß die Anwendung des Pneu noch erfolgreich sein würde, wenigstens nicht in seinem Fall. Mein Bruder hat sich in jungen Jahren zu sehr überanstrengen müssen."

Sorger wunderte sich über ihre Kenntnisse. „Hat Doktor Kattwinkel mit Ihnen über die Art der Krankheit Ihres Bruders gesprochen, daß Sie so orientiert sind?" fragte er.

„Nur einiges – ich studiere selbst Medizin."

„Ah – Verzeihung!"

Der Chefarzt trat ein. Das Gespräch fand damit ein rasches Ende. Siegberte hatte bald das Notwendige geordnet und verabschiedete sich. Doktor Kattwinkel reichte ihr die Hand. „Ich bin froh, bei Ihnen so viel Verständnis zu finden. Ihre Frau Mutter scheint zu glauben, daß man ihrem Sohn hier nicht die rechte Behandlung und Pflege habe zuteil werden lassen. Wir haben jedoch unser Möglichstes getan."

„Das ist fraglos", antwortete das Mädchen. „Bitte, rechnen Sie ein solches Urteil dem Schmerz meiner Mutter zu. Es war ihr einziger Sohn."

Dann wandte sie sich zur Türe. Den jungen Arzt grüßte sie mit leichtem Neigen ihres Kopfes. Er aber stand auf und verbeugte sich. Irgend etwas zwang ihn, Achtung vor ihr zu empfinden, vielleicht war es die Art, wie sie von ihrer Mutter sprach. Selbständige, herbe Frauen waren ihm sonst nicht sympathisch, von dieser aber ging etwas seltsam Bestimmtes und zugleich Beruhigendes aus. – Er beugte sich aufs neue über die Akten, um seine Eintragungen zu beenden, aber seine Gedanken gingen wieder einmal eigene Wege. Doktor Kattwinkels Meinung, er, Sorger, hätte nicht Arzt werden sollen, war sicher richtig. Er war ein Schwärmer, ein Dichter, kurz, alles andere als ein nüchterner Mediziner. Auf dem Wege zu seinen Patienten fand er Frühlingsblumen, lauschte er dem Sehnsuchtsgesang der Vögel. Ob sich das mit seinem Beruf vertrug? –

Die Sekretärin des Chefarztes aber löschte Martin Streitmanns Namen in der Kartothek. Nr. 37 wurde für einen neuen Patienten frei.

Es war am Tag nach der Beerdigung, früh am Morgen. Millionen Tautropfen glänzten im Grase. Über der neuerwachten Erde wölbte sich ein klarer Himmel und verhieß einen schönen Tag. Auf dem Eichenhof war noch kein Laut vernehmbar. Vor der Einfahrt und im Hofraum lagen einzelne Tannenzweige verstreut. Da und dort auch eine geknickte Blume. Es waren Spuren der vielen Kränze und Sträuße, mit denen sie Martin Streitmanns Bahre und letzte Ruhestätte geschmückt hatten. – Wie ausgestorben lag er da, der Eichenhof. Kein Wunder, man hatte seinen Besitzer hinausgetragen auf den stillen Gottesacker und mit ihm – so hätte man wenigstens in der Stille dieses Morgens glauben können – alles Leben.

Doch jetzt wurde die schwere Eichentüre, an der noch der alte eiserne Klopfer seinen Platz hatte, leise geöffnet, und Siegberte trat heraus, aufrecht, mit offenem, klarem Blick und kraftvollen Bewegungen. Hier allerdings war Leben und Lebenskraft. Einen Augenblick stand das Mädchen vor dem Hause und atmete in vollen Zügen die erfrischende, würzige

Morgenluft ein. Das tat gut, das wirkte befreiend. Es war wie eine Gebärde des Empfangens, als Siegberte unwillkürlich die Hände hob. Wahrlich, dieser Morgen war ein Geschenk! Dann schloß sie sachte die Haustüre. Die Mutter durfte nicht gestört werden, sie brauchte dringend Ruhe nach den schweren Tagen, die hinter ihr lagen. Siegberte aber ging mit den ihr eigenen energischen Schritten über den großen Hof und durch die hintere Einfahrt hinaus aus dem Gehöft.

Da lagen sie nun vor ihr, die ausgedehnten Äcker und Wiesen, das Erbgut ihrer Väter, der heimatliche Boden, den ihre Vorfahren schon Generationen hindurch bearbeitet und bebaut hatten. Hunderte Male hatte sie hier gestanden, als Kind, als junges Mädchen, als Studentin, die die Ferien daheim verbrachte, im Sommer und Winter, zur Tages- und Nachtzeit. Immer hatte sie die Heimat geliebt und ihr auch in den Jahren ihres Fernseins Anhänglichkeit und Treue bewahrt. Heute aber, an diesem taufrischen Morgen, war es ihr, als befände sie sich zum erstenmal hier. Jetzt stand sie für das Land verantwortlich an dieser Stelle, an dem Besitz, den die Hand des Sterbenden ihr anvertraut hatte; es war das Erbgut der Väter, dessen Hüterin sie sein sollte.

Besitz verpflichtet! Siegberte wußte, es war kein Kleines, was sie da übernehmen mußte. – Mußte? – Jawohl! Heilige Forderungen standen vor ihr, Forderungen, die kein langes Besinnen und Erwägen über Für und Wider duldeten, sondern tatkräftiges Handeln und bewußten Einsatz aller Kräfte verlangten. Wohl hatte sich Gottfried Streitmanns einzige Tochter ein so ganz anderes Lebensziel gesteckt, aber sie wußte, jetzt handelte es sich nicht mehr um die Erfüllung eigener Wünsche, es ging um weit Größeres.

Fast zweihundert Morgen Land wollten bearbeitet sein. Dazu kam der fünfzig Morgen große Waldbesitz, aus dem Nutzen gezogen werden sollte. Der saubere, geräumige Stall beherbergte zwanzig Stück Rindvieh, darunter zwei Gespanne Fahrochsen. Weiter waren da sechs stattliche Pferde. Und außerdem gehörten zum Viehbestand des Hofes zwanzig Schlacht- und Zuchtschweine und reichlich Geflügel. Ja, Arbeit über Arbeit lag vor. Aber in Siegberte wohnte ein starker Wille, diese Arbeit zu bewältigen. Und jetzt, an diesem Morgen, wo sie das Land ihrer Väter überschaute, regte sich dieser Wille und wuchs und gab ihr die Gewißheit: es wird gehen! Und das um so mehr, als Martin, ihr Bruder, alles in mustergültig geordnetem Zustand verlassen, ja noch in seiner letzten Zeit neue Maschinen angeschafft hatte, die eine rationelle und fortschrittliche Bewirtschaftung ermöglichten.

Siegberte hatte sich nie fromm genannt, aber irgend etwas zwang sie in diesem Augenblick, die Hände zu falten. War es eine Bitte oder ein Gelübde, das aus ihrem Innern zum Himmel stieg? Woher kam ihr plötzlich die Erinnerung an das alte Wort: „Ziehe deine Schuhe aus, denn der Ort, darauf du stehst, ist heiliges Land"? – Ja, heiliges Land! Der Schweiß ihrer Väter hatte es getränkt.

Nun schienen sie ihr aus weiten Fernen zuzurufen: Jetzt mache du weiter, beweise, daß unser Schaffen und Ringen ums tägliche Brot nicht vergeblich war!

Siegberte war keine Schwärmerin. Als sie jedoch auf das vor ihr liegende Land blickte und den kraftvollen Erdgeruch atmete, war es ihr plötzlich, als seien die braunen Ackerschollen vor ihr lebendig. Nie vorher war ihr das so deutlich zum Bewußtsein gekommen als an diesem Morgen, da sie das Land übernahm. Und während sie ihren Weg am Rande der Felder fortsetzte und der Morgen, von güldenen Strahlen der Sonne durchwirkt, sich immer klarer und herrlicher ausbreitete, hielt sie Zwiesprache mit ihrer eigenen Seele.

Die letzten Tage waren sehr unruhig gewesen. Das Sterben des Bruders, die Vorbereitungen für die Beerdigung, der Empfang der vielen Verwandten und Bekannten, die an der Beerdigung teilnahmen – das alles hatte ihr keine Zeit zum Besinnen gelassen. Überall hatte man ihrer bedurft, überall hatte sie einspringen müssen. Da die Mutter vollständig zusammengebrochen war, hatte alles auf ihren Schultern gelegen. Nun aber mußte sie sich einmal innerlich zurechtfinden und all das Viele, was sich da angehäuft hatte, ordnen und jedem einzelnen seinen Platz zuweisen.

Es war Siegberte ein Bedürfnis, ihr Leben von seinen Anfängen an zu überdenken. Dafür aber war dieser stille Weg in der Frühe des neuen Morgens wie geschaffen.

Der Hof, die Heimat, das war das erste gewesen, oder sogar das einzige. Mehr und Weiteres gab es damals nicht für das kleine, blondhaarige Mädel, das im Wohnhaus, Stall und Scheune auf Entdeckungsreisen ausging und allerlei Geheimnisvollem nachspürte. Der Hof war lange Zeit ihre Welt gewesen, eine Welt, die ihr vollkommen genügt hatte. Was sich jenseits des großen Waldes und der dahinter ansteigenden Berge, die ihr damals unendlich hoch, dunkel und unheimlich vorkamen, befand, hatte sie keineswegs interessiert. Es gab zu Hause so viel zu entdecken und zu ergründen, daß man sich gar nicht nach draußen sehnte. Übrigens hätte sie es damals auch nicht gewagt, die Grenzen des väterlichen Gutes zu überschreiten, denn rings um dasselbe standen, wenngleich erst am äußersten Ende, die alten ehrwürdigen Eichbäume, nach denen der Besitz benannt war. Ihre mächtigen Kronen ragten gewiß bis an die Grenze des Himmels. Das kleine Persönchen kippte jedesmal beinahe hintenüber, wenn es sich bemühte, zu ihnen hinaufzublicken. Aber sie flößten ihm große Ehrfurcht ein und deuchten ihm wie treue Wächter, ohne deren Willen niemand hinaus oder herein kam. –

Und etwas anderes war auch von Anfang an dagewesen: die Arbeit. – Wie atmen, essen und trinken zum Leben zu gehören schien, so war die Arbeit wohl auch etwas Unentbehrliches; denn nicht einer auf dem Hofe ließ die Hände ruhen. Nur die Sonntage bildeten eine Ausnahme, denn der Eichenhofbauer forderte Sonntagsheiligung. Die Arbeit aber wurde als Gottesgabe betrachtet. So hatte Bertel spielend gelernt, mitzumachen. Wurden von einem der Mädchen die Hühner gefüttert, so war das dreijährige Kind auf seinen festen Beinchen eilig herbeigestapft. Mit dem Ruf: „Bertel auch!“ hatte die Kleine in die gefüllte Schürze der Magd gegriffen und mit vollen Händchen laut jauchzend dem gackernden Federvolk die Körner hingestreut. Zur Zeit der Heuernte hatte die Fünfjährige nicht geruht, bis der Vater ihr eine kleine Harke gezimmert hatte und sie „mithelfen“ ließ. Etwa um dieselbe Zeit bestieg sie zum erstenmal ein Pferd, um Reitversuche zu machen. Der Bruder, der die Anfangsschwierigkeiten der Reitkunst damals bereits überwunden hatte, half ihr dabei ritterlich.

So wurde Siegberte sehr bald mit den heimischen Gewohnheiten vertraut und wuchs unter fleißigen Menschen heran, die alles, was sie besaßen, in den Tag legten, aber auch alles, was dieser hergab, aus ihm herausholten.

Groß und ehrfurchtgebietend stand die

Gestalt des Vaters vor ihrem Auge. Der Vater! Er war für sie der Inbegriff alles Guten, er war die verkörperte Wahrhaftigkeit, die Treue und Gerechtigkeit. Sein Wort galt allen im Hause als unumstößlich. Niemand hätte gewagt, sich ihm zu widersetzen. Aber er war nicht nur der Fordernde, sondern auch der Gebende, Austeilende. Gewissenhafte Pflichterfüllung belohnte er gut. Nie war er kärglich, und väterlich sorgte er für das Wohlergehen seiner Knechte und Mägde. Aus seinen stahlblauen Augen sprach ein eiserner Wille, aber auch Gerechtigkeit, gepaart mit milder Güte. Sie verehrten ihn alle, den Eichenhofbauern; seine Kinder aber liebten ihn leidenschaftlich.

Katharina Streitmann, die Mutter, war aus einem kleinen Hause gekommen. Eichenhofbäuerin zu werden, war für sie der Inbegriff höchsten Glückes gewesen. Ihrem Mann war sie in rührender Treue ergeben und setzte ihren Stolz und ihre äußerste Kraft daran, gemeinsam mit ihm sich für den Hof, das Erbe seiner Väter, einzusetzen. Nie schonte sie sich und verlangte von Knechten und Mägden ebenfalls den Einsatz aller Kräfte. Sie kannte kein Nachgeben eigener Schwäche gegenüber, sie zeigte kaum je einmal eine weiche Regung und war, da mit der Zeit eine herbe Art in ihrem Wesen die Oberhand gewann, vom Gesinde mehr gefürchtet als geliebt. Aber das Rechte wollte auch sie; dafür war sie bekannt. Auch galt sie überall als tüchtige, strebsame Bäuerin.

Über den ersten fünfzehn Jahren ihrer Ehe lag ein Schatten. Sie hoffte vergebens auf Kindersegen. Ein Erbhof ohne Nachkommen – sie empfand es als Schmach und litt unsagbar unter ihrer Kinderlosigkeit. Kurz vor ihrem dreiunddreißigsten Geburtstag wurde dann Martin geboren. Jetzt atmete Katharina Streitmann wie von einer Last befreit auf und fühlte sich gleichwertig mit den Bäuerinnen der Nachbarhöfe. Sie hatte dem Hof einen Erben geschenkt! Vier Jahre später kam Siegberte. Die Kinder wuchsen in einer gesunden Atmosphäre fröhlich heran. Des Vaters Lebensgrundsätze prägten sich ihnen frühe ein. Sie hießen: Bete und arbeite! Er selbst tat beides und forderte dasselbe von den Seinen. Der Hof, das Erbe seiner Väter, war ihm heilig. Er fühlte sich Gott und seinen Nachkommen gegenüber dafür verantwortlich. In diesem Sinne erzog er auch seine Kinder und weckte besonders bei seinem Sohn, der einmal den Eichenhof übernehmen sollte, das Verständnis für die Aufgaben, Freuden und Leiden, die seiner als späterem Besitzer warteten. Siegberte meinte noch heute, den Vater mit dem damals noch jungen Bruder an den Äckern, auf denen das Korn der Ernte entgegenreifte, entlangschreiten zu sehen. Manchmal hatte sie sich solchen Gängen angeschlossen und glaubte noch heute die tiefe, wohlklingende Stimme des Vaters zu hören, die zu ihr und dem Bruder, ihrem kindlichen Verständnis entsprechend, von dem Wunder des Lebens sprach, das sich vor ihren Augen in Saat und Ernte offenbarte. Ja, der Vater! – der war bei ihr gleich nach dem lieben Gott gekommen und schien ihr lange Zeit beinahe wie er, allmächtig und sogar allwissend. Es war nämlich seltsam, man konnte vor ihm nichts verbergen. Wenn seine klaren Augen unter den buschigen Brauen ruhig forschend auf eines seiner Kinder gerichtet waren, so gab es bei diesem kein Verdrehen der Wahrheit, kein Ausweichen, man machte schon gar nicht den Versuch, ihn zu hintergehen; er sah ja doch allem auf den Grund. Dazu hatte man ihn viel zu lieb, um ihn zu kränken, ihn, den Wahren, der nichts so sehr verabscheute wie die Lüge. Nur selten strafte er. War es aber doch einmal nötig, so geschah es nachdrücklich. –

Kindlichen Spielen nachzugehen, dafür blieb Siegberte wenig Zeit. Früh hieß es mitzuhelfen und sich nützlich zu machen.

„Müßiggänger haben keinen Platz auf unserem Hof", pflegte die Mutter zu sagen. Was aber anderen Kindern Spielen und Tollen bedeutete, das wurde für Siegberte die Schule. Sie lernte ohne Mühe und mit dem größten Vergnügen. Der Vater, der die Begabung seiner Tochter bald erkannte, bestimmte, daß Siegberte einmal studieren solle. Er ahnte allerdings nicht, daß er das nicht mehr erleben werde.

Siegberte war im vierten Schuljahr, als der Weltkrieg ausbrach. Ihr Vater gehörte zu denen, die gleich in den ersten Kriegstagen an die Front gerufen wurden. Dreimal wurde er schwer verwundet, und jedesmal genas er wieder. Dann traf ihn doch noch die verhängnisvolle Kugel, die ihn nach schweren Leidenswochen in den Tod riß. Das war zwei Monate vor Kriegsende. Frau Streitmann glaubte, diesen Schlag nicht überleben zu können. Sie hatte stets geglaubt, vor dem Schwersten bewahrt zu bleiben. Nun traf sie es doch. Und als dann die Übriggebliebenen heimkehrten, packte es sie aufs neue. Für sie gab es keine Wiedersehensfreude: ihr blieb nur das Grab. Es schien, als habe die Kugel, die den Gatten traf, auch der Eichenhofbäuerin das Herz durchbohrt. Zur Schwermut neigend und verbittert wankte sie fortan durch ihre Tage.

Nach dem Tode ihres Mannes fand sich

in seiner Brieftasche ein an sie gerichteter Brief, aus dem hervorging, daß er seinen Tod vorausgeahnt hatte. Er bat sie, nicht zu verzagen und daran zu denken, daß sie für die Kinder leben müsse. – Ja, das war ganz des Vaters Art!

Auch an den Sohn hatte er geschrieben. Siegberte würde es nie vergessen, wie Martin sich damals mit dem letzten Gruß und Vermächtnis des Vaters in sein Zimmer eingeschlossen hatte. Als er wieder zum Vorschein kam, schien er um Jahre älter. Es war, als sei er plötzlich zum Manne gereift. Aus seinen Zügen sprach ernste, zielbewußte Entschlossenheit. Von diesem Tage an übernahm er, der Achtzehnjährige, den Hof. Heinrich, der alte Knecht, stand ihm beratend zur Seite und brachte seinem Eifer und Schaffensdrang großes Verständnis entgegen. Er wußte, was in dem Jungen vor sich ging; er hatte das Erbe aus der Hand seines Vaters entgegengenommen.

Unglaubliches leistete Martin Streitmann. Seine Kraft und Zeit gehörten vollkommen dem Hof. Seine Leistungen waren erstaunlich, obwohl er bei allem guten Willen doch längst nicht die genügende Erfahrung besaß, die das große Gut verlangte. Aber er hielt durch und wußte sich zu behaupten. Selbst die Mutter richtete sich nach und nach an der Tatkraft ihres jungen Sohnes wieder auf und warf schließlich ihre ganze Zukunftshoffnung auf ihn.

Auch Siegberte traf der Tod des geliebten Vaters hart. Das Glück ihrer Kinderzeit wurde durch ihn reichlich gekürzt. Aber ihr blieb als größtes Glück die Schule. Ihre Lehrer behaupteten, kaum je eine so lernbegierige Schülerin gehabt zu haben, und es erschien allen selbstverständlich, daß sie studiere. Ein inniges Verhältnis bestand zwischen ihr und dem Bruder, der nach dem Tode des Vaters auch für die Schwester Verantwortung fühlte, obgleich er nur vier Jahre älter war als sie.

Als Siegberte, durch die bedrückenden Zeitgeschehnisse beunruhigt, eines Tages mit Martin über ihre Zukunft sprach und ängstlich den Gedanken berührte, ob ein jahrelanges Studium für sie überhaupt durchführbar sei, zerstreute er alle ihre Bedenken in zuversichtlicher Selbstverständlichkeit. „Natürlich studierst du, es war doch Vaters Wille, und wir werden es schon schaffen", sagte er. Sie atmete auf und sah ihn dankbar an. Es wäre sie hart angekommen, hier verzichten zu müssen. Sie hatte sich von Anfang an entschlossen, Ärztin zu werden, und im Gedanken an dieses Ziel war sie ein froher Mensch geworden. Eines nur bedrückte sie oftmals. Die Mutter teilte ihre Freude an dem erwählten Beruf nicht. Sie fand es überflüssig, daß so viel Geld für das Studium der Tochter ausgegeben wurde. Martin, ja, der schaffte wenigstens etwas, und seine Arbeit brachte etwas ein.

Siegberte hätte ihm auf dem Hofe helfen sollen, bis sie sich mit einem reichen Bauernsohn aus der Umgebung verheiraten würde. Aber so ein Stadtfräulein, nein, das behagte ihr nicht. Martin versuchte, ihr diese engen Ideen auszureden. „Laß Siegberte!" sagte er. „Es war doch auch Vaters Wille, daß sie studiere."

„Ich sage ja auch nichts", erwiderte die Mutter dann wohl in müdem Ton. „Mir soll's auch so recht sein."

Martin Streitmanns Fleiß und Treue blieben nicht unbelohnt. Segen und Erfolg begleiteten seine Arbeit, die er im Sinne des Vaters fortsetzte.

Die Mutter wünschte, daß er heirate. „Es muß eine Frau ins Haus", sagte sie. „Ich selber bin am Ende meiner Kraft, und Siegberte zählt nicht."

Der Sohn aber zögerte. „Erst wenn ich die Rechte gefunden habe." Als er ihr dann aber seinen Entschluß mitteilte, Adelheid Wolkhardt, die jüngste Tochter des verstorbenen Dorfschullehrers, zur Frau zu nehmen, paßte ihr dieses gar nicht.

Sie begehrte auf: „Was kann solch zierliches Ding dir nützen? Du brauchst eine starke und auch eine wohlhabende Frau, die vor allem versteht, in einem Gehöft, wie das unsrige es ist, ihren Platz als Bäuerin auszufüllen und sich bei den Leuten durchzusetzen."

Er aber ließ sich nicht beirren, und da sie wußte, daß Widerstand hier erfolglos war, schwieg sie. Zu sehr glich er seinem Vater, der sich von einem einmal gefaßten Entschluß durch nichts und niemand hätte abbringen lassen.

Im Sommer dieses Jahres hätte die Hochzeit stattfinden sollen. Da packte ihn, den einzigen Sohn und Erben des Eichenhofes, die heimtückische Krankheit. Ihre Anzeichen mußte Martin schon längere Zeit bemerkt haben, nahm sie aber nicht weiter wichtig. Als er endlich ärztlichen Rat suchte, war es längst zu spät. Wohl wurde alles Menschenmögliche getan, um die kranke Lunge zu heilen; aber es war vergebens. Noch ehe der Bruder das Furchtbare erfaßt hatte, war sich Siegberte über die Hoffnungslosigkeit seines Zustandes klar.

Und nun sollte sie den Hof übernehmen! Wie so ganz anders war alles gekommen, als sie gedacht hatte! Sie stand vor dem Abschluß ihres Studiums und hatte sich gefreut, in etlichen Jahren eine eigene Praxis gründen zu können.

Was der Entschluß sie gekostet hatte, auf alle diese Pläne Verzicht zu leisten, wußte allein Gott. Aber nicht einen Augenblick waren ihr Zweifel gekommen. Sie hätte es nicht verantworten können, den Eichenhof einem Fremden zu übergeben – das Erbe, in das die Väter Gut und Blut gesenkt. Undenkbar, daß ein anderer den Acker bearbeiten sollte, den Vater und Bruder gepflügt hatten! Undenkbar, daß ein Fremder über den Hof bestimmen würde, der einst ihrer Führung anvertraut war! Mutters Kraft reichte bei weitem nicht aus. Also kam nur sie in Frage. Das bedeutete aber den Verzicht auf den Beruf, der ihr als höchstes Lebensziel vorgeschwebt hatte, denn beides, Bäuerin und zugleich Ärztin zu sein, war nicht zu vereinen. Jeder dieser beiden Plätze würde einen ganzen Menschen, den Einsatz aller Kräfte fordern.

Als dann die Stunde kam, da Martin schied, stand ihr Entschluß fest, gereift in Tagen und Nächten ernstlichen Ringens und Erwägens. Sie würde den Eichenhof übernehmen, das Erbe verwalten im

Sinne des Vaters und des Bruders, die beide ihr Letztes dafür gegeben hatten. Wohl hieß es nun für sie, ein neues Studium zu beginnen, denn zur Übernahme des Hofes waren mehr Kenntnisse nötig, als sie bis dahin besaß; ein gründliches Kennenlernen ihres neuen Aufgabengebietes war jetzt unerläßlich. Sollte sie nun einmal Bäuerin werden, so wollte sie es recht sein. Aber ein anderes stand ebenfalls als fester Entschluß vor ihr: sie würde ihr Studium und auch das praktische Jahr vorher beenden, ehe sie dem Hof ganz gehören würde. Es wäre ein Jammer und ein nie einzubringender Verlust, so kurz vor dem Ziele abzubrechen. Sicherlich würde sie ihre medizinischen Kenntnisse auch später dann und wann verwerten können.

Jetzt blieb Siegberte stehen. Die Sonne war nun über den Bergen emporgestiegen und hatte die Landschaft voll in ihr goldenes Licht getaucht. Heimat! dachte Siegberte, Heimat! Sie empfand diesen Morgen aufs neue als ein Geschenk. Sie war einen weiten Weg gegangen! Bis in ihre ersten Kindheitstage hatte er sie geführt! Und nun schaute sie noch einmal über das Land hin – über ihr Land. Und indem sie schaute, wußte sie, daß ein neuer Abschnitt ihres Lebens begonnen hatte.

Siegberte stand jetzt vor Gott und nahm das Land, die Heimaterde, aus seinen Händen entgegen. Sie dachte an den Vater, an den Bruder, die dem Vatererbe Treue hielten bis zum Tode. Sie wollte nicht zurückstehen und gelobte in ihrem Herzen die gleiche Treue. „Ich will des Erbguts Hüterin sein."

Vom Kirchhof hallten jetzt sechs Schläge durch den Morgen. Erwachendes Leben mit dem Geräusch des Schaffens erfüllte den jungen Tag.

Ohne daß Siegberte es eigentlich geplant hatte, war sie in die Nähe des Gottesackers gekommen. Nun wollte sie, ehe sie zurück zum Eichenhof kehrte, doch für einen Augenblick an das Grab des Bruders treten. Schon von weitem sah sie Adelheid, die Braut Martins, dort stehen. Leise trat sie hinzu. Da wandte die andere den Kopf und warf sich mit wehem Aufschluchzen an die Brust Siegbertes, die ihr längst Schwester geworden war.

„Heidi!“ Leise und beruhigend streichelte Siegberte den blonden Kopf an ihrer Schulter. Still standen sie so eine ganze Weile am Grabe dessen, den sie beide geliebt. Wie grausam war doch der Tod!

„Wann fährst du wieder?“ fragte schließlich die jüngere.

„Schon nächste Woche, erwiderte Siegberte, „aber vorher sollst du von meinen Plänen wissen.“

Auf dem Eichenhof war das Leben ebenfalls erwacht, als Siegberte von ihrem reichen Morgengang zurückkehrte. Franz, der zweite Knecht, war mit dem Hütejungen im Stall beschäftigt, aus dem soeben Lene und Hanne mit frischgefüllten Milcheimern traten. Beide Mädchen waren schon etliche Jahre auf dem Hof und zuverlässig. Auf dem Vorplatz begegnete ihr Hinnerk, der Altknecht. Er war schon Vaters rechte Hand gewesen zu der Zeit, da Siegberte noch ein Kind war. Obwohl er jetzt als Sechsundsiebzigjähriger am Ende seiner Kraft war, hätte sie den treuen Alten doch nicht missen mögen.

„Guten Morgen, Siegberte!“ grüßte er. „Die Frau hat schon nach dir gefragt.“

„Ich will gleich zu Mutter gehen“, erwiderte sie. „Du mußt wissen, daß ich heute schon einen weiten Weg zurückgelegt habe. – Ich habe mir mein Land besehen.“

Der Alte, dessen Rücken von schwerer Arbeit gebeugt war, mußte zu ihr emporblicken, wenn er mit ihr sprach. Er liebte Siegberte wie eine Tochter. Plötzlich streckte er ihr die zitternde, schwielige Hand hin: „Mit mir kannst du rechnen, solange ich mich noch auf den Füßen halten kann.“

Sie erwiderte seinen Händedruck. „Das weiß ich, Hinnerk, und ich danke dir. Nun darf ich aber Mutter nicht länger warten lassen.“

In der Küche hantierte Minchen, eine

entfernte Verwandte, am Herd. Ihres Fußleidens wegen vermochte sie keine andere als die Arbeit im Hause zu verrichten. Das aber geschah pünktlich und genau. „Der Kaffee ist fertig", rief sie Siegberte zu.

„Ich will heute mit Mutter allein frühstücken", erwiderte diese. „Bringe doch das Geschirr in ihr Zimmer. Wir haben einiges zu besprechen."

„Wo bleibst du nur?" murrte Frau Streitmann statt jeder Begrüßung. „Das kann ja in Zukunft gut werden, wenn du des Morgens so lange im Bett liegst."

„Ich bin schon seit halb fünf Uhr auf", war Siegbertes Antwort. „Und wie hast du geschlafen?"

„Gar nicht! Kein Auge hab ich zugetan. Die Sorge, was nun werden soll, läßt mir keine Ruhe."

Minchen trug das Kaffeegeschirr herein, und Siegberte setzte sich zur Mutter. „So, nun wollen wir zusammen frühstükken. Dabei läßt sich über manches reden." Sie goß den Kaffee in die Tassen und fuhr fort: „Du mußt dich wirklich jetzt nicht unnötig sorgen, wenn ich auch notwendigerweise noch eine Zeitlang fort muß."

Frau Streitmann unterbrach sie erregt: „So bestehst du doch darauf?"

„Ja, Mutter, aber ich komme zurück."

Da jammerte diese: „Ich hab's gewußt, gleich als du dem Martin so große Versprechungen gemacht hast. Ich hab gewußt, daß nichts dahintersteckt. Das hab ich kommen sehen. Aber recht ist es nicht, einem Sterbenden sein Wort geben und nachher..."

Das ertrug Siegberte nicht länger. Hart zuckte es aus ihren Augen.

„Mutter, ich vergesse nicht, daß deine Nerven sehr mitgenommen sind, aber ich bitte dich doch, gehe nicht zu weit. Was ich Martin auf dem Sterbebett gelobt habe, ist mir heilig, und ich stehe heute noch genauso bewußt dazu, wie in jener Stunde. Warum ich nun aber noch einmal fortgehe, das weißt du; ich habe es dir in den letzten Tagen zur Genüge auseinandergesetzt."

„Ach was!" Frau Streitmann machte

eine wegwerfende Handbewegung. „Wozu jetzt noch länger das viele Geld hinauswerfen? Was brauchst du weiterzustudieren, wenn du den Hof übernehmen willst! Den Kühen und Schweinen wirst du doch einmal nicht helfen können.“

„Aber Mutter, nimm doch Vernunft an! Du sprichst von dem vielen Geld, das hinausgeworfen wird. Siehst du nicht ein, daß ganz andere Summen verlorengingen, wenn ich nun nicht weiterstudieren würde? Alles Bisherige wäre dann doch umsonst gewesen. Nein, es behagt mir nicht, etwas Unfertiges auf die Seite zu legen. Ich mache meinen Doktor und komme dann zurück, um den Hof zu übernehmen. Du mußt doch schließlich einsehen, daß dies das einzig Richtige ist.“

Aber Frau Streitmann blieb unzugänglich. „Es dauert noch länger als ein Jahr, und bis dahin ist hier alles heruntergewirtschaftet.“

„Ein Hof, der so lange in Martin Streitmanns Händen war, ist so schnell nicht herunterzuwirtschaften, das weißt du doch!“

Die Bäuerin jammerte weiter: „Denkst du denn nicht daran, daß du immer älter wirst? Du bist im Sechsundzwanzigsten und hast noch keine Heiratsaussichten.“

„Und darum sorgst du dich?“

Nun begann Frau Streitmann zu weinen. „Jawohl, jawohl, du glaubst natürlich nicht, daß ich mich um dich sorge; aber so seid ihr Kinder. Der Martin hatte auch seinen eigenen Kopf. Hätte er auf mich gehört und vor ein paar Jahren eine vernünftige Frau geheiratet, so wäre heute gewiß ein Sohn da, der später einmal den Hof übernehmen könnte. Aber du! – du! – Das ist ja undenkbar. Willst du mit deinen feinen Kleidern etwa den Stall ausmisten?“

Das Mädchen schüttelte den Kopf und ließ den Redestrom der Mutter über sich ergehen.

„Das einzige ist, daß du heiratest. Könntest genug haben! Beckmillers Karl, Winners Emil, Bergers Otto, den Wilhelm von der Mühle. Sie alle würden dich nehmen.“

„Einer wäre ja nur möglich, Mutter, aber glaube mir, von denen wollte ich keinen."

„Sei nur obendrein noch so wählerisch. Was willst du denn? Das sind doch alles wohlhabende Bauernsöhne. Worauf wartest du eigentlich noch mit deinen sechsundzwanzig Jahren? – Aber das sage ich dir, so ein eingebildeter Stadtfatzke kommt mir nicht ins Haus."

„Nein, Mutter, einen eingebildeten Stadtfatzke werde ich dir auch nie bringen. Du darfst wirklich beruhigt sein. Ich weiß von keinem."

Frau Streitmann weinte heftiger. „Wenn ich wenigstens noch bei Kräften wäre! Aber so! Ständig die Schwindelanfälle! Und der Hinnerk, der taugt auch nichts mehr."

„Das ist kein Wunder. Er ist sechsundsiebzig und hat seit seinem zwanzigsten Jahr wie ein Pferd auf unserem Hof geschafft. Der hat wahrlich den Feierabend verdient. – Aber ich habe einen anderen Plan, Mutter. Er ist mir in der vergangenen Nacht, als ich schlaflos über alles nachdachte, gekommen. Ich nehme für die Zeit meiner Abwesenheit einen Verwalter. Gleich morgen will ich Umschau halten."

„Ach Gott im Himmel – jetzt willst du mir gar einen fremden Menschen ins Haus schleppen an den Platz, den mein armer Martin einst eingenommen hat. – Ach Martin, mein Junge, wärest du dageblieben, es sähe anders aus!"

Wenige Tage später betrat ein Fremder den Eichenhof. Er fragte den Hütejungen, der gerade den Steinplatz fegte, nach Siegberte Streitmann.

„Drinnen wird das Fräulein sein", antwortete dieser. „Soll ich sie rufen?"

Der Fremde aber steuerte bereits auf die Haustüre zu. „Ich werde sie schon finden."

Siegberte saß am Schreibtisch vor den Wirtschaftsbüchern. Sie hörte Schritte über den Hof kommen, hob den Kopf und warf einen Blick durchs Fenster.

„Wer ist das nur?" fragte sie sich. „Diese rudernden Armbewegungen sollte ich doch kennen.“ Da klopfte es schon, und gleich darauf stand der Fremde vor ihr. Einen Augenblick sagte er gar nichts und wartete mit einem vertraulichen Lächeln auf die Wirkung seines plötzlichen Erscheinens. Als Siegberte ihn nicht zu erkennen schien, begann er endlich: „Habe ich mich wirklich so verändert, daß du deinen einstigen Schulkameraden nicht mehr erkennst?“

Jetzt war Siegberte im Bilde. „Emil Holzbann! Tatsächlich, ich mußte mich erst besinnen.“ Sie reichte ihm die Hand. „Seit wann bist du im Ort?“

„Erst gestern gekommen“, erwiderte er, „'s hat mich nicht sonderlich in das alte Nest gezogen, bin anderes gewöhnt, nachdem ich zehn Jahre nicht zu Hause war.“

Siegbertes Augen ruhten fragend auf dem hochgewachsenen Menschen, der aus irgendeiner Ferne plötzlich hierhergeweht vor ihr stand. „Du weißt gewiß nicht, was Heimweh ist?“ fragte sie ihn. Er lachte.

„Nein, mit derlei Dingen geben wir uns grundsätzlich nicht ab.

Sie bot ihm einen Stuhl, und er begann in fließenden Worten von seinem Leben in Ostpreußen zu erzählen, wo er auf einem mächtigen Landgut als Verwalter gewesen war. „Von diesen Domänen kann man sich hier in Westfalen überhaupt keine Vorstellung machen", prahlte er. „Wir hatten unübersehbare Ländereien, an hundertfünfzig Kühe, achtzig bis hundert Schweine; das Geflügel zählt man schon gar nicht mehr. Alles ist aufs modernste und großzügigste angelegt. Da kommt man hier überhaupt nicht mit."

„Dann wirst du wohl bald wieder nach Ostpreußen zurückkehren?" fragte Siegberte.

Emil Holzbann schnalzte mit den Fingern. Da erst fiel dem Mädchen auf, wie wenig schön seine Hand geformt war. Es schien ihr, sie gehöre einem Menschen, der brutal zupacken konnte.

„Ja", antwortete Holzbann, „das ist nun so eine Sache und der eigentliche

Grund, warum ich zu dir komme. Ich war ganz bestürzt, als ich gestern bei meiner Heimkehr hörte, Martin sei gestorben. Wer hätte gedacht, daß meinem Freund ein so früher Tod beschieden sei." Er streckte Siegberte mit einer leichten Verbeugung die Hand hin. „Ich spreche dir mein tiefempfundenes Mitgefühl aus."

Wie komisch er ist, dachte das Mädchen, man merkte ihm an, daß er jahrelang nicht in der Heimat war. Und daß er Martin seinen Freund nennt! Siegberte erinnerte sich, daß die beiden sich nie besonders verstanden hatten.

Emil hatte eine landwirtschaftliche Schule besucht und war dann eine Zeitlang auf dem Hof seines Vaters, des Steinhaldenbauers, tätig gewesen. Da er jedoch mit seinem älteren Bruder, dem jetzigen Besitzer des Gehöftes, ständig in Streit lebte, hatte er das Elternhaus verlassen und war nach Ostpreußen gezogen. Man hatte damals gemunkelt, daß ein triftiger Grund dazu vorgelegen habe, der eigene Vater habe ihm die Tür gewiesen. – Aber was konnte man heute auf solchen Dorfklatsch geben! Zehn Jahre waren seitdem ins Land gegangen, und aus dem damals Siebzehnjährigen war immerhin ein junger Mann geworden, der sich sehen lassen konnte. Wer weiß, vielleicht hatte sich das Unausgeglichene seines Wesens längst gelegt. Es wäre unrecht, wollte man ihm jetzt mit Vorurteil begegnen.

Siegberte betrachtete prüfend den vor ihr Sitzenden. Er sah nicht übel aus, dieser Emil Holzbann. Er war sorgfältig und geschmackvoll gekleidet. Niemand hätte ihm angesehen, daß er aus einem westfälischen Dorf stammte und aus einem sehr einfachen Hause kam. Gewiß hatte er sich allerlei Kenntnisse angeeignet, er hob es wenigstens selbst betont hervor. Seine großtuerische Art wirkte allerdings unangenehm und störte Siegberte, die aller Übertreibung abhold war. Emil Holzbann störte es wenig, daß sie ihn studierte. Er redete lebhaft und mit vielen Gesten weiter und kramte allerlei Jugenderinnerungen hervor, die Siegberte wohl davon überzeugen sollten, wie gut er sich mit ihrem Bruder verstanden hatte. Plötzlich hielt er inne.

„Warum lachst du jetzt, Siegberte?" fragte er.

„Weil du deinem Sprechen nach der reinste Ostpreuße geworden bist."

„Fällt mir selber schon nicht mehr auf, man gewöhnt sich so was schnell an. – Aber nun weißt du noch immer nicht, was der eigentliche Grund meines Kommens ist. Man hat mir erzählt, du suchest einen Verwalter. Ich kann gut verstehen, daß du dich nicht in diesem Bauernkaff niederlassen willst. Wenn man erst einmal andere Luft geatmet hat! Du willst ja, wie ich höre, Ärztin werden, dann ist das hier schon nichts für dich. Ich habe mir nun gedacht, es könnte dir vielleicht angenehm sein, wenn ich mich um die Verwalterstelle bei dir bewerbe." Er lachte dröhnend. „Ha, ha, – es ist eigentlich wie ein Witz. Erst haben wir zusammen auf der Schulbank gesessen, und nun wäre die Möglichkeit vorhanden, daß ich dein Angestellter würde."

Siegbertes Gesicht veränderte sich. Sie

richtete sich auf und blickte den einstigen Schulkameraden mit überlegener Ruhe an.

„Da hast du recht, Emil, das wäre nicht gut denkbar. Es wird schon besser sein, ich nehme mir einen Verwalter von auswärts. Im übrigen gedenke ich selbst den Hof zu übernehmen, sobald ich mein Studium beendet habe."

Emil Holzbann biß sich auf die Lippen. Er merkte, daß er danebengehauen hatte. Erstaunlich, wie sich das Mädel herausgemacht hatte. Sie war ja immer etwas Apartes gewesen – aber wie sie da vor ihm saß, wahrhaftig, sie hatte etwas Königliches an sich! – Er mußte einlenken.

„Bitte versteh mich nicht falsch", fuhr er fort, „ich würde die Stelle gerne haben. Mutter ist nun auch schon alt. Vaters Tod hat sie sehr mitgenommen. Nun sähe sie es gerne, wenn ich hierbliebe, und warum soll ich ihr den Gefallen nicht tun?"

Eine halbe Stunde später verabschiedete sich Emil Holzbann, nachdem er sich die Erlaubnis erwirkt hatte, zwei Tage später wiederzukommen, um sich eine endgültige Antwort zu holen. Und nun saß Siegberte aufs neue über den Wirtschafsbüchern und überlegte.

War es ratsam, Holzbann als Verwalter anzustellen? War er fähig und gewissenhaft genug, einen solchen Hof selbständig zu führen? Landwirtschaftliche Kenntnisse besaß er zweifellos. Auf dem Lande groß geworden, war er mit den Verhältnissen am Platze vertraut, dazu kam seine Ausbildung auf der landwirtschaftlichen Schule und die Jahre praktischer Arbeit. – Warum zögerte sie eigentlich noch? Würde sie in den wenigen Tagen, die ihr noch vor der Abreise blieben, einen geeigneteren Verwalter finden? Es würde ebenfalls ein Fremder sein, einer, von dem sie bestimmt weniger wußte als von Holzbann. Der kam jedenfalls aus einem anständigen Hause. Seine Eltern waren als rechtschaffene Menschen bekannt, und auch die Geschwister, der ältere Bruder und die beiden Schwestern, erfreuten sich eines guten Rufes. Sollte Emil noch immer gewisse leichtsinnige Neigungen haben, so war doch anzunehmen, daß er sich hier, unter den Augen der Seinen und wo ihn jeder kannte, mehr zusammenreißen würde. Gewiß, es lag etwas in seiner Art, das sie abstieß. Je länger er auf sie eingeredet hatte, desto deutlicher war ihr das geworden, aber schließlich würde sie sich ja nicht mit ihm verheiraten, und sollte er wirklich enttäuschen, so konnte sie ihn entlassen. – Sie wollte hören, was Mutter dazu sagte. Es ging nicht an, daß sie ihr ohne weiteres einen x-beliebigen Menschen ins Haus setzte. Wer weiß, ob sie Holzbann duldete. Frau Streitmann aber äußerte keine Bedenken, im Gegenteil. Siegbertes Vorschlag sagte ihr zu. Es war gut, daß die Tochter nicht ahnte, welche Möglichkeiten die Mutter bereits erwog und wie sie begann, Pläne zu schmieden.

„Ja, Siegberte", sagte sie, „das ist gewiß das Gescheiteste, was du tun kannst. Wenn du doch darauf beharrst, wieder fortzugehen, dann muß einer her, dem du die Verantwortung übergeben kannst.

Und selbst, wenn du hierbliebest, ginge es nicht anders, denn du verstehst doch zu wenig von Landarbeit und von der ganzen Wirtschaft. Der Emil aber hat Erfahrung, er kann die Sache ganz anders in die Hand nehmen. Ja, das hast du recht gemacht."

„Ich habe ihm noch keine Zusage gegeben", erwiderte die Tochter, die durch die rasche Zustimmung der Mutter erfreut, aber auch stutzig geworden war. Wußte Mutter nicht, was damals über den jungen Holzbann gesprochen worden war? Die Dorfmeinung war ihr doch sonst nicht unwichtig. Übrigens würde man natürlich auf dem ostpreußischen Gut Erkundigungen über ihn einziehen. Sie sagte dieses der Mutter.

Aber Frau Streitmann entrüstete sich: „Was sind das wieder für Neuheiten? Du willst dich wohl als Hofbesitzerin und Herrin aufspielen? Aber noch bin ich auch da und habe ein Wörtlein mitzureden. Nachforschungen anstellen? Tatsächlich, du wärest dazu imstande. Bedenkst du nicht, daß es eine Beleidigung für Emil und auch für seine alte Mutter wäre! Jeder kennt sie als ehrenwerte Frau. Auch dem Steinhaldenbauer konnte keiner etwas nachsagen, und Emils Geschwister haben alle einen guten Ruf. Er wird nicht gerade aus der Art schlagen. Wenn schon ein Verwalter her muß, dann der Emil oder keiner."

Als Siegberte wenige Tage später nach Bonn reiste, war Holzbann Verwalter auf dem Eichenhof. Sie konnte nicht behaupten, daß diese Lösung sie restlos befriedigt hätte, aber schließlich war sie froh, Mutter zufrieden zu wissen. Außerdem hatte Emil Holzbann tadellose Zeugnisse vorgelegt. So mußte der Versuch nun einmal gewagt werden.

Frau Streitmann aber begann ein Gewebe zu spinnen, das ihr als einzige und beste Lösung der Fragen um die Zukunft des Eichenhofes schien. Schon vor ein paar Jahren hätte sie gerne Fäden geknüpft, die vom Eichenhof zum Steinhaldenhof führen sollten. Aber Martin war durchaus nicht zu bewegen gewesen, mit der Mutter zu gehen, obgleich sie immer wieder alle Vorzüge der Marthe Holzbann gepriesen hatte. Nun aber sah sie erneut eine Möglichkeit, die Erfüllung ihrer geheimen Wünsche zu erreichen. Emil und Siegberte! Der Steinhalden- und der Eichenhof? Wenngleich auch Gustav, der ältere Holzbann, bereits sein Erbe angetreten hatte, so würde für den zweiten schon noch genug übrigbleiben. Die Holzbanns hatten sich ihr Teil gesichert, das war bekannt. – Der Emil und die Siegberte! – Das mußte erreicht werden!

Ein Jahr später! Wieder sangen die Amseln und blühten Veilchen und Anemonen. Noch kurze Zeit, und die Natur würde sich wieder im Schmucke ihres schönsten Festgewandes zeigen. Wer hätte dem Locken und Werben der Sonnenstrahlen, die nach den rauhen Frostnächten des entschwundenen Winters doppelt wohltuend empfunden wurden, widerstehen können! Man meinte zu spüren, wie sich das neue Leben in jedem Ast und Zweig regte und dem Frühling entgegendrängte. Noch wenige Tage und die Knospen drüben am Kirschbaum würden ihre Hülle sprengen und ihre duftige Blütenpracht in tausendfacher Schönheit entfalten.

Sehnsüchtig blickten einige Patienten der chirurgischen Frauenabteilung des großen, neuen Krankenhauses von der seitlichen Glasveranda hinunter in den gepflegten Garten, der hinüberreichte bis zum Ufer des Rheines, dessen Wellen im Scheine der Mittagssonne hell aufleuchteten.

„Die Sonne!" sagte eine der Frauen. „Die Sonne!" Sie sagte nichts weiter als dieses. Alles jedoch, was sich an Hoffnung, Erwartung und Sehnsucht in ihr regte, lag in diesen zwei Worten. Und als hätten die zwei Wörtlein auch die anderen ergriffen, begannen diese in lebhafter Weise davon zu sprechen, wie es sein würde, wenn sie wieder gesund wären und zu ihren Familien zurückkehren dürften. Eine noch sehr junge Frau mit blassem, leidvollem Gesicht deutete sinnend auf den Kirschbaum: „Wenn der blüht, dann darf ich hoffentlich nach Hause."

Noch während sie sprach, war die zweite Assistenzärztin, aus dem Treppenhaus kommend, herzugetreten. Freundlich grüßte sie die Frauen. Dann wandte sie sich zu der Jüngsten.

„Haben Sie noch ein wenig Geduld, Frau Lenzke! Wenn Sie auch noch nicht zur Kirschblüte entlassen werden, gewiß aber, wenn die Früchte zu reifen beginnen." Und als sie in den Augen der Angesprochenen Tränen aufsteigen sah, faßte sie gütig nach ihrer Hand und sagte: „Sie dürfen nicht vergessen, wie krank Sie hierhergebracht wurden; es stand sehr schlimm um Sie. Nun wollen wir froh sein, daß die Heilung so gut eingesetzt hat."

„O Fräulein Doktor", erwiderte die junge Frau, „Sie wissen nicht, wie es ist, wenn man Mann und Kind hat, die auf einen warten. Mein kleines Bübchen wird seine Mama kaum noch wiedererkennen, wenn sie so viele Wochen fortbleibt. Wer weiß, wie ich alles daheim vorfinde, wenn ich endlich wiederkomme. Die Frau gehört einfach ins Haus. Aber Sie können das natürlich nicht so verstehen. Sie sind nicht verheiratet und wissen nichts von solchen Sorgen."

„Meinen Sie?" erwiderte die Ärztin und sah einen Augenblick sehr ernst und fast bekümmert aus. Dann aber lächelte sie der Patientin wieder ermutigend zu. „Eines verstehe ich aber gewiß, Frau Lenzke, und zwar das, daß Sie Ihrem Mann und Ihrem Kind keinen besseren Dienst erweisen können, als wenn Sie nun noch recht geduldig sind, damit Sie dann gesund und froh wieder zurückkehren und Ihren Platz als Gattin und Mutter neu gekräftigt wieder ausfüllen können. Und ist es hier nicht auch schön? Sehen Sie nur den wundervollen Blick auf den Rhein und die dahinter aufsteigende Hügelkette!"

„Ein wirklich netter Mensch!" sagte eine der Frauen, nachdem die Ärztin die breite Treppe hinabgeeilt und bereits im Nebengebäude, in dem sich die Kinderabteilung befand, verschwunden war.

„Die ist mir die liebste von allen“, fuhr eine andere fort. „Sie hat so eine ruhige Art.“

„Und doch kann sie sehr energisch sein“, wußte die dritte zu berichten. „Habt ihr übrigens bemerkt, wie sich ihr Gesichtsausdruck plötzlich veränderte, als Frau Lenzke sagte, sie könne nicht wissen, was es heißt, wenn daheim alles auf einen warte? Wer weiß, was dahintersteckt? Vielleicht eine unglückliche Liebe. Ist's euch übrigens nicht auch aufgefallen, daß Doktor Brosler sich sehr für sie interessiert?“

„Die beiden gäben auch ein schönes Paar.“

„Ich meine, der Chefarzt selber habe es auf sie abgesehen. Sie muß bei der Visite immer in seiner Nähe sein.“

„Na, vielleicht erleben wir noch was, solange wir hier sind.“

Sie ergingen sich in allerlei Vermutungen über dieses „anregende“ Thema, das die im Krankenhaus so träge dahintröpfelnde Zeit für eine Weile ausfüllte.

Doktor Brosler, der Stationsarzt der medizinischen Abteilung, kam soeben von einer Besprechung mit der Oberin des Hauses, als er ans Telefon gerufen wurde. Unwillig nahm er den Hörer. Was war denn jetzt wieder los? Er hatte heute seinen freien Nachmittag, es war jedoch wieder einmal nicht möglich, hier loszukommen. Aus seiner geplanten Bootsfahrt auf dem Rhein schien nichts werden zu wollen.

„Doktor Brosler“, meldete er sich nicht gerade liebenswürdig.

„Hier Heiner Sorger“, tönte es zurück.

Broslers üble Laune war augenblicklich verschwunden. Das war ja eine freudige Überraschung. Heiner Sorger, sein alter Jugendfreund und Studiengenosse! Allerdings, der hatte das Recht, zu jeder Tag- und Nachtstunde seine Ruhe zu stören.

„Wie kommst du hierher nach Bonn?“ fragte er.

„Auf der Durchreise, ich muß aber heute nacht leider schon weiter. Doch ein paar Stunden könnte ich dir schon widmen. Hättest du etwas Zeit für mich?"

„Ausgezeichnet, Heiner, ich habe gerade heute nachmittag vor zu bummeln."

„Das könnte ja nicht besser passen. In einer Viertelstunde bin ich bei dir. Servus Fred."

Dann standen sich die Freunde gegenüber.

„Heiner, alter Junge! Wie lange haben wir uns nicht gesehen?"

„Es sind zwei Jahre her. Mich hat's wieder einmal gepackt. Lach nicht! Hab mich noch nicht geändert. Die Sanatoriumsatmosphäre hing mir buchstäblich zum Halse heraus. Wird wohl der Frühling sein. Ich meinte, da oben ersticken zu müssen. Mein alter Herr, übrigens ein feiner Kerl, muß mir meinen Katzenjammer wohl angesehen haben. ‚Sorger', sagte er, ‚ich schlage Ihnen vor, ein paar Tage Urlaub zu nehmen, wird Ihnen natürlich im Sommer abgezogen – aber für Sie ist's notwendig, mal einen Schnaufer andere Luft einzuatmen.' Ich wollte ihm danken, denn ich war wirklich froh für sein Anerbieten, aber er wehrte ab. ‚Schon gut, schon gut – es sind zwar Kinderkrankheiten, aber man muß eben auch solche behandeln. Einmal werden sie auch überwunden sein.' – So kommt es, daß ich eine Rheinfahrt hinter mir habe. Fred, altes Haus, es war ein Fest. Ich war in Düsseldorf, habe in Köln entfernte Verwandte besucht und wollte Bonn nicht gesehen haben, ohne dich zu grüßen und Bande alter Freundschaft neu zu knüpfen."

Doktor Brosler hatte zu pfeifen begonnen ... „Köln am Rhein, du schönes Städtchen ...", unterbrach sich aber plötzlich und fragte mit listigem Augenzwinkern: „A propos entfernte Verwandte! Seit wann wohnt sie in Köln? Ich dachte, sie sei aus Ostpreußen und studiere in München Musik."

„Ach was", wehrte Sorger, „der Traum jener Zeiten ist längst im Nebel verdunstet."

„Also ist ein neuer Stern am Kölner Himmel aufgegangen?"

„Fred, ich bitte dich, red doch keinen

solchen Blödsinn. Wenn ich dir sage, daß ich entfernte Verwandte dort habe, so kannst du dich darauf verlassen. Es muß doch nicht immer ein Mädchen die Ursache einer Reise sein."

„Komm, komm, werde nur nicht gleich erregt." Doktor Brosler klopfte dem Freund beruhigend auf die Schulter. „Wenn man in deinem Alter und bei deiner Konstitution von Erstickungsanfällen im Frühling spricht, dann ... na ja – jedenfalls freue ich mich unbändig, daß du gekommen bist. Jetzt gehen wir zuerst in mein Stammkaffee und dann machen wir eine Paddelfahrt. Darf ich dich wohl davon in Kenntnis setzen, daß ich glücklicher Besitzer eines Bootes bin? Du hast zwar in vergangenen Tagen in allerlei seltenen Genüssen geschwelgt, aber eine Rheinfahrt in meinem eigenen Gefährt ist etwas ganz anderes als in einem gewöhnlichen Äppelkahn, wenn er sich auch hundertmal Vergnügungsdampfer nennt. Es kommt nämlich immer auf das an, was man sich unter Vergnügen vorstellt.

Heiner Sorger erklärte sich mit diesem Programm einverstanden. Gleichzeitig aber äußerte er auch den Wunsch, das neue Krankenhaus zu besichtigen.

Brosler lachte. „So spricht der, dem die Sanatoriumsatmosphäre zum Halse heraushängt! Aber ganz wie du willst. Ich schlage vor, daß wir gleich damit beginnen. Übrigens ist es mir selbst ein Vergnügen, dir unseren erstklassig eingerichteten Bau zu zeigen. Er sucht vergeblich seinesgleichen."

Helles Lachen tönte aus dem Kindersaal, als die beiden Herren eintraten.

„Hier befindet sich das Kroppzeug", erklärte Doktor Brosler und versetzte im gleichen Augenblick dem Freund einen gelinden Rippenstoß, um ihm daraufhin zuzuflüstern: „Guck vor dich, Heiner, ein seltenes Exemplar, ich muß dir nachher von ihr erzählen." Laut aber sagte er zu der Assistenzärztin, die sich eben mit den Kindern vergnügte: „Fräulein Streitmann, es ist mir eine Freude, Ihnen meinen Freund, der mich eben mit seinem Besuch überrumpelt hat, vorzustellen.

Heiner Sorger, Assistenzarzt der Luftkurheilstätte Fichtenhöhe – Fräulein Doktor Streitmann, die rechte Hand unseres Chefs."

Siegberte überhörte geflissentlich die letzten, leicht ironisch gesprochenen Worte. Sie begrüßte Doktor Sorger mit einer Wärme, die Brosler aufhorchen ließ: „Wir kennen uns bereits."

Auch Heiner Sorger war sichtlich erfreut, Siegberte Streitmann, die vor einem Jahr so großen Eindruck auf ihn gemacht hatte, wiederzusehen.

„Ihr kennt euch?" rief Brosler lachend, „das ist ja prachtvoll! Ich habe eine Idee! Unsere Kollegin wird uns auf unserer Rheinfahrt begleiten. Allerdings wird mein Paddelboot großzügig darauf verzichten, uns alle drei zu tragen, auf derartige Überlastungen ist es nicht eingerichtet, aber ich betrachte es als Vergnügen, ein Boot zu mieten, das uns alle aufnehmen kann. Fräulein Streitmann, ich erwarte keine Widerrede."

Siegberte lächelte. „Sie wissen, ich habe heute nicht frei."

„Ach was, Redensarten! Ich weiß ja, der Chef. Aber den kriegen wir schon 'rum. – Plötzliches Erscheinen eines Jugendfreundes aus Nordamerika. Dafür muß er Verständnis haben – und eine solche Nachricht tut ihm ganz gut."

Siegberte schüttelte den Kopf. „Nein, Doktor Brosler, da muß ich Sie schon enttäuschen."

„Ach ja, natürlich, ich vergaß. Wie konnte ich Ihrer Wahrheitsliebe nur eine solch anmaßende Forderung zumuten? So lassen wir eben Nordamerika weg, der Jugendfreund besteht doch jedenfalls."

Aber alle seine Versuche, Siegberte zu überreden, waren fruchtlos.

„Sie wissen genau, daß ich heute nicht auch noch aus dem Hause gehen kann, wenn Sie schon fehlen. Der Chef hat da seine berechtigten Grundsätze."

Jetzt versuchte Doktor Sorger sein Heil. „Aber heute abend ist es Ihnen doch gewiß möglich? Ich fahre erst mit dem Nachtzug weiter. Bitte schenken Sie uns ein paar Stunden."

Aber auch er hatte nicht mehr Erfolg.

Siegberte behauptete, arbeiten zu müssen.

„Na, dann wünsche ich Ihnen einen vergnügten Abend." Brosler war sichtlich verärgert. „Komm, Heiner, des Menschen Wille ist sein Himmelreich. Wir aber wollen unsere Freizeit genießen."

Schade, Doktor Sorger hätte diese unerwartete Begegnung gerne ein wenig ausgedehnt. Aber wenn sie unter gar keinen Umständen wollte! Etwas unbeholfen verabschiedete er sich von Siegberte und geriet in ziemliche Verwunderung, als der Freund ihn nach Verlassen des Kindersaals anfuhr: „Ich muß dir dann schon sagen, daß du mich deine Absichten, dich mit deiner Angebeteten zu treffen, ruhig hättest wissen lassen können. Geschieht dir ganz recht, daß sie dich jetzt abblitzen läßt. Wahrscheinlich tut sie das um meinetwillen, weil sie sich eine Weile von mir hat den Hof machen lassen. Wenn ich geahnt hätte, daß ihr beide…"

Sorger unterbrach ihn. „Vielleicht gestattest du, daß ich jetzt auch einmal zu

Wort komme. Vor allem laß dir sagen, daß du dir ein Phantasiegebäude aufgerichtet hast. Ich habe dieses Fräulein – na, wie heißt sie doch – Streit – Streitmann nur ganz kurz gesehen, als sie ihren todkranken Bruder, der bei uns im Sanatorium lag und dann auch starb, besuchte. Dabei haben wir nur ein paar ganz nebensächliche Worte gewechselt."

„Aber ihr habt doch getan, als ob ihr alte Freunde wäret."

„Wir? Du hast so getan!"

„Auf jeden Fall hat sie sich mächtig gefreut, dich zu sehen, und das will bei ihr schon was heißen. Mich braucht keiner in Mädelsaugen lesen lehren."

„Das beweist noch gar nichts", entgegnete Heiner Sorger. „Mir war diese Begegnung mit ihr ebenfalls eine freudige Überraschung. Aber weiter ist wahrhaftig nichts dahinter. Allerdings imponiert sie mir sehr."

Fred Brosler atmete sichtlich erleichtert auf. „Eigentlich kann es mir ja gleichgültig sein, denn ich habe sowieso bei ihr ausgespielt."

„Du sagst doch, sie habe sich von dir den Hof machen lassen."

„Was heißt machen lassen? Ich . . . sie hat eben auch mir gefallen, und . . . na ja, . . . sie will nichts von mir wissen. Immer freundlich, immer höflich, aber eine Eispflanze, wie sie kein Winter bringt. Na, ich hab's jetzt runtergeschluckt."

„Was, die Eispflanze? Wenn du dir nur nicht den Magen erkältet hast."

„Spotte nicht noch, es hat schon was gekostet, damit fertig zu werden. Aber schließlich habe ich nicht die Veranlagung, mich wegen der Dickköpfigkeit eines Mädchens aufzuhängen. Wer nicht will, der soll's bleibenlassen. So nach und nach bin ich auch dahintergekommen, daß wir nicht zueinander gepaßt hätten. Weißt du, so eine Strebernatur, wie die ist, ginge mir mit der Zeit auf die Nerven."

Beide Freunde waren nun im Garten angelangt. „So, jetzt hier rechts", sagte Brosler. „Da drüben sind nämlich Laboratorium und Röntgenräume."

Aber Heiner Sorger hatte plötzlich keine Lust mehr. „Nein, ich habe genug, laß uns jetzt Kaffee trinken. Ich muß mich nach den Tagen ungestörter Freiheit erst wieder an diese Luft gewöhnen."

„Gut, ganz wie du wünschst. Dann also hinüber zum Hauptportal und dort hinunter ins Terrassenkaffee Rheinblick."

„Du sagst, Fräulein Streitmann sei eine Strebernatur", nahm Heiner wieder den Faden auf.

„Ja, sie sitzt Abend für Abend bis spät in die Nacht über ihren Büchern. Weiß der Kuckuck weshalb! Ich weiß nicht, will sie sich spezialisieren oder tut sie es, um dem Alten zu imponieren. – Der ist sowieso ganz vernarrt in sie. Aber denke nur nicht etwa, daß ich eifersüchtig sei."

Heiner Sorger lachte. „Aber ihre Kameradschaft möchtest du doch nicht missen?"

„Nein, wenigstens vorerst nicht."

Keiner der beiden jungen Ärzte ahnte, daß diejenige, von der sie nun schon eine ganze Weile sprachen, am Treppenfenster des Kinderhauses stand und ihnen nachblickte. Es war Siegberte Streitmann nicht länger möglich gewesen, mit den Kindern zu lachen und zu scherzen, nachdem die beiden Kollegen sie verlassen hatten. Da stand sie nun und versuchte, sich über die Traurigkeit, die plötzlich über sie gekommen war, Rechenschaft zu geben. Gewiß waren die unfreundlichen Worte Doktor Broslers schuld daran. Was wußte der davon, wie gerne sie auch einmal einen Frühlingstag so richtig genießen würde. Aber wenn sie nicht von der vielseitigen Arbeit des Hauses beansprucht wurde, hieß es, sich für die Zukunft vorzubereiten, über landwirtschaftliche Fragen nachzudenken. – Aber was ging das Doktor Brosler an? Ja – manches Mal hätte es schon gutgetan, einen Menschen zu haben, zu dem man von all der Sorge und Verantwortung hätte reden können. „Sie wissen nicht, wie das ist, wenn man so dringend zu Hause gebraucht wird“, so hatte die Patientin gesagt. Ach, sie wußte es nur zu genau! Ein paarmal war sie zu flüchtigem Besuch daheim gewesen, aber jedesmal war sie mit schwerem Herzen wieder fortgegangen. Wohl hielt Holzbann, der

Verwalter, den Hof in Ordnung. Man konnte ihm keinerlei Vernachlässigung nachweisen, aber es war – ja, wie sollte sie es sich erklären? –, es war einfach nicht mehr die alte Atmosphäre der Heimat. Gewiß kam viel daher, daß Martin nicht mehr da war. Aber es war auch sonst so manches, was ihr nicht gefiel.

Hinnerk, der gute Alte, hatte lange ihre Hand gehalten. Sie hatte deutlich das Gefühl gehabt, er habe ihr etwas Besonderes zu sagen, aber es war dann nichts anderes über seine Lippen gekommen als: „Es wird Zeit, daß du kommst."

Den Hütejungen hatte sie nicht mehr auf dem Hof angetroffen. Es hieß, sein Vater habe ihn geholt. Der Verwalter allerdings behauptete, er sei faul gewesen und habe nichts getaugt. Die Stelle war jedoch gleich durch einen neuen Jungen besetzt worden. Als Siegberte ihm dann Vorhaltungen gemacht und ihm erklärt hatte, es ginge nicht an, daß er einfach Leute entlasse und anstelle, ohne sie um ihre Meinung zu fragen, hatte er sich damit herauszureden versucht, daß er ihr doch nicht jeden kleinen „Dreck“ mitteilen könne. Schließlich sei ja auch noch die Mutter da, wenn es sich um wirklich ernsthafte Entscheidungen handle, und listig hatte er hinzugefügt: „Wenn du erst wieder zu Hause bist, wird das natürlich anders sein.“ Bei sich selbst aber hatte er gedacht: Dann werde bald nur noch ich selbst zu bestimmen haben.

Eine der Mägde war gekommen und hatte den Besuch der Herrin dazu benutzt, ihr zu sagen, daß sie am nächsten Ersten den Hof verlassen werde. Als Siegberte nach dem Grunde geforscht hatte, war das Mädchen in Tränen ausgebrochen und aus der Stube gelaufen. Es war dann doch möglich gewesen, sie zum Bleiben zu überreden.

Alle diese Dinge beschäftigten Siegberte stark. Es konnte vorkommen, daß sie mitten in der Arbeit bei den Patienten oder im Operationssaal das Rauschen der heimatlichen Eichbäume zu hören vermeinte. Sie schienen ihr zuzuraunen: Kommst du noch nicht?

Die Heimat rief, und sie hatte diesem

Ruf Folge zu leisten. Und darum mußte sie jede freie Stunde, die ihr blieb, ausnützen, mußte lernen und sich vorbereiten, um nicht unwissend ihr neues Amt zu übernehmen. So kam es, daß sie kaum einmal Zeit für ein Vergnügen oder eine Erholung fand.

Während sie am Fenster stehend den beiden Ärzten nachblickte, tat es ihr plötzlich leid, daß sie die Einladung nicht angenommen hatte, besonders da Doktor Sorger nun gekommen war. Wie kam es nur, daß ihr so heimatlich zumute gewesen war, als er so unverhofft vor ihr gestanden war? Gewiß, er war ein ansehnlicher, sympathischer Mensch. Vielleicht fehlte seinem Gesichtsausdruck noch das männliche Gepräge. Er erschien fast wie noch ein wenig knabenhaft, und seine Augen verloren sich immer in weite Fernen, als suchten sie dort etwas. Ob er wohl ein tüchtiger Arzt war? Aber ein guter, reiner Mensch mußte er sein. Das sah man ihm auf den ersten Blick an. Es war etwas an ihm, das sie fesselte. Sie wollte sich glauben machen, Martin sei da mit im Spiele. Doktor Sorger hatte des Bruders Leiden, seine letzten Tage, sein Sterben miterlebt. Und weil sie spürte, daß er einen solchen Fall nicht eben nur als Dutzendschicksal nahm, fühlte sie etwas von einer inneren Verbindung. Jedenfalls tat ihr ihre Absage plötzlich leid. Auf ein paar Stunden wäre es nicht angekommen; sie hätten ihr sicher gutgetan. – Es mußte schön sein, einen frohen Abend mit Doktor Sorger zu verbringen.

„Herr Doktor Brosler, Sie werden am Telefon gewünscht." Das Serviermädchen rief es ihm zu.

Er antwortete mit ärgerlichen Worten: „So etwas nennt sich nun freier Tag. Kann mir bald was einbilden. Es scheint da drüben nicht ohne mich zu gehen. Ich suche mir wahrlich ein anderes Stammlokal, wo man mich nicht findet."

Vom Nebenzimmer her, wo sich der Fernsprecher befand; hörte man ihn fortfahren: „Hier Brosler. Was ist denn nun schon wieder los? – Was? – Tatsächlich? – Großartig, ganz großartig! Mein Freund wird ebenfalls beglückt sein. – – Jawohl, um sechs Uhr, wir essen dann gemeinsam. – Warten Sie, irgendwo, ich besinne mich gerade. – Es fällt mir dann schon was ein. – Solch eine seltene Gelegenheit muß gefeiert werden. – Und dann die Rheinfahrt, die heben wir natürlich auf, bis Sie dabei sind. – Also schön, – bis nachher – auf Wiedersehn!"

Und dann kam er zu seinem Freund gestürmt. „Mensch, Heiner, du hast Chancen, ganz gewiß! Das hab ich dir zu verdanken. Das soll ein Abend werden!" Er benahm sich wie ein übermütiger Schuljunge.

„Willst du mir nicht endlich erklären, was denn eigentlich los ist?" fragte Doktor Sorger.

„Los? Siegberte Streitmann kommt nun doch! Junge, was hast du eine lange Leitung, –"

Der sonnenhelle Frühlingstag verlor sich in einem milden Abend. Siegberte hatte vorgeschlagen, zuerst die Bootsfahrt zu machen und dann anschließend zu essen. „Mondscheinpartien zu Wasser um diese Jahreszeit könnten doch unangenehme Folgen nach sich ziehen", meinte sie.

Die Herren stimmten ihr bei. Sie hätten jeden ihrer Wünsche bedingungslos erfüllt.

Leise glitt der Kahn über das Wasser. Der Klang einer Glocke grüßte aus einem nahen Dorfe. Abendfriede lag über der Welt. Da und dort flammte ein Licht auf. Menschen kehrten von ihren Arbeitsstätten heim. Es war Feierabend!

Heiner Sorger konnte nicht anders, er mußte singen. Dieser Abend war gewißlich der Höhepunkt seiner Frühlingsferien. Prachtvoll drang seine Baritonstimme in den sinkenden Abend:

„Wie ist doch der Abend so traulich,
wie lächelnd der Tag verschied,
wie singen so herzlich erbaulich
die Vögel ihr Abendlied.

Die Blumen, die müssen wohl schweigen,
weil ihnen kein Ton beschert;
als stille Beter doch neigen

sie alle das Haupt zur Erd.

Und alles betet lebendig
um eine selige Ruh,
und alles mahnt mich beständig:
O Menschenkind, bete auch du!"

Der letzte Ton verhallte wie ein Hauch über dem Wasser. Dann blieb es eine ganze Weile still. Keiner der drei Menschen wagte das Schweigen zu brechen. In Siegbertes Augen schimmerte es feucht. Sie reichte Sorger die Hand und sagte schlicht dankend: „Das war schön!"

Eine Welle heißen Glückes durchströmte plötzlich den jungen Arzt. Er hätte diese Hand festhalten mögen. – „Meine Mutter liebte dieses Lied so sehr", antwortete er. „Darum singe ich es besonders gern."

Wer konnte ergründen, was in diesem Augenblick wieder in Brosler vor sich ging? Eben noch im Banne des verklungenen Liedes, zeigte sich plötzlich wieder der spöttische Zug auf seinem Gesicht. „Wahrlich, Heiner, du bist auf dem besten

Wege, die passende Stimmung zur Mondscheinpartie heraufzubeschwören. Schade, daß es noch ein wenig kühl dafür ist; aber die Glut des Herzens soll ja jeweils Ersatz leisten."

„Fred!"

„Schon gut, Heiner, schon gut, ärgern will ich dich nicht." Und während er die Ruder taktmäßig in Bewegung setzte, wiederholte er summend: „O Menschenkind, bet' auch du!" Aber es klang unverkennbar ironisch. Es mußte Siegberte und Heiner unangenehm berühren. Brosler brach plötzlich ab und wandte sich beinahe herausfordernd an die Kollegin. „Sind Sie eigentlich auch fromm, Fräulein Streitmann?"

Sie sah ihn ruhig an. „Wie kommen Sie jetzt auf diese Frage?"

„Oh, sie ist naheliegend, nachdem uns mein Freund zu dem Genuß eines religiösen Liedes verholfen hat."

„Es ist ein schönes Abendlied und hat mir wohlgetan", antwortete sie. „Und was das andere betrifft", sie blickte nachdenklich in die Ferne, „ich wollte oft, ich könnte mich fromm nennen. Ich hatte einen prächtigen Vater; seine Frömmigkeit war seine Stärke."

„Dann gehören Sie also zu denen, die beten?"

„Herr Doktor", sie sah ihn an, daß er, der Rücksichtslose, verwirrt die Augen abwenden mußte, „diese Frage beantworte ich Ihnen, wenn sie anders gestellt wird. Ich liebe es nicht, über Dinge, die mir heilig sind, zu spaßen." Jetzt wurde Sorger ärgerlich. „Fred, willst du absolut uns und dir den Abend verderben?"

„Um Gottes Willen, nein! Vergebt einem reuigen Sünder, der es nicht wert ist, seinen Fuß mit euch gemeinsam auf denselben Boden zu setzen. Falls ihr es wünschet, stürze ich mich augenblicklich in die kühle Flut, damit ihr von meiner störenden Gegenwart befreit seid." Seine geheuchelte Zerknirschung wirkte so erheiternd, daß die beiden in herzhaftes Lachen ausbrachen.

„So war er immer", erklärte Sorger, „ich hatte gehofft, es würde sich mit der Zeit eine Besserung bemerkbar machen, aber scheinbar ist bei ihm nichts mehr zu hoffen."

Um acht Uhr saßen die drei in einem kleinen, freundlich eingerichteten Nebenstübchen des Gasthauses Rheinrebe. Siegberte hatte heute zum ersten Mal die Trauerkleider abgelegt. Das stahlblaue Kleid von weichem Stoff, auf dem sie als einzigen Schmuck eine Bernsteinkette trug, kleidete sie vorzüglich.

Ein prächtiges Mädchen! dachte Heiner Sorger, während der Freund mit seiner Bewunderung nicht zurückhielt. „Wäre ich ein gottbegnadeter Künstler, ein Maler, ich würde eine Germanin auf die Leinwand zaubern, ein Kunstwerk seltenster Art müßte es werden, und Sie, Fräulein Streitmann, müßten das Modell sein."

„Wollen Sie mir mit solchen Schmeicheleien imponieren?" fragte sie zurück. „Ich bin jetzt viel mehr materiellen als künstlerischen Genüssen zugänglich. Ich habe Hunger."

Die Wirtin brachte Forellen, appetitlich angerichtete Salate und blutroten Wein.

„Das ist ein Fest!" rief Doktor Brosler gutgelaunt. „Wem verdanke ich es nun, Ihnen, Kollegin, oder dir, meinem alten Freund und Studiengenossen?"

„Vielleicht uns beiden", lächelte Siegberte. Dann aber wurde sie ernst. „Ja, wahrlich, ein seltenes Fest. Es ist lange her, daß ich mich in angenehmer Gesellschaft solcher Freude hingeben konnte."

„Ich höre, Sie studieren weiter?" fragte Doktor Sorger. „Darf man wissen, welches Ziel Sie verfolgen?"

Siegberte antwortete nicht gleich. Sollte sie hier das bisher so sorgsam gehütete Geheimnis enthüllen? Würden die beiden Männer, vor allem Brosler, vor dessen spöttelnden Bemerkungen man nie sicher war, Verständnis dafür haben? Sie würde es nicht ertragen, ihr Zukunftsbild von ihm zur Karikatur herabgewürdigt zu sehen.

Als aber gerade er sich in ernsthafter Weise dem Bitten des Freundes anschloß und ebenfalls seiner Verwunderung über ihr tägliches Studium aussprach, begann sie doch: „Sobald mein praktisches Jahr hinter mir liegt, kehre ich heim und übernehme unseren Erbhof, den mein Bruder, der sich dafür aufopferte, mir vor seinem Tode anvertraute. Ich werde Bäuerin."

Die beiden Männer erwiderten kein Wort. Brosler starrte Siegberte an, als sähe er eine Erscheinung. Der allezeit Beredte war in diesem Augenblick buchstäblich sprachlos. Siegberte aber ließ in schlichten und doch beredten Worten den väterlichen Hof vor den beiden erstehen. Ihre Schilderung war durchglüht von warmer Heimattreue; es war, als habe sie plötzlich die kleine Stube in der Rheinrebe, ihre beiden Zuhörer, ihre ganze Umgebung vergessen. All das Schwere, die Sorge, die Angst, die im Gedanken an den Eichenhof in letzter Zeit über sie hereinbrechen wollte, schien plötzlich von ihr abgefallen zu sein. Sie sah ihr Land, ihre Äcker, ihr Heimathaus, hörte wieder das Rauschen der Bäume, die wie treue Wächter das Gehöft umstanden. Das Herz wurde ihr warm beim Gedanken an das, was ihrer wartete, und sie empfand es wieder als ein köstliches Vorrecht, ein Geschenk des

Himmels, des Erbguts Hüterin zu sein. –

Plötzlich hielt sie erschrocken inne. Wie lange redete sie schon! Die beiden Männer hatten sie mit keinem Wort unterbrochen. Ganz verwirrt entschuldigte sie sich. „Ich habe mich vollständig vergessen. Das alles kann Sie ja gar nicht interessieren."

Und nun war es Heiner Sorger, der Siegberte die Hand entgegenstreckte und ihr mit ihren eigenen Worten dankte: „Das war schön!"

Brosler aber polterte in seiner Art los: „Begreifen tue ich nicht, wie man zu solchen Opfern bereit sein kann. Aber alle Achtung vor Ihnen, von jetzt an werde ich – na ja –, lassen wir das!"

„Sprechen Sie nicht von Opfern", erwiderte Siegberte. „Es fällt mir nicht leicht, die Medizin aufzugeben; aber es ist Pflicht, heilige Pflicht meinen Vätern gegenüber, zu tun, was ich mir vorgenommen habe."

Als Doktor Sorger durch die Nacht reiste, war es ihm, als sei durch die Begegnung mit Siegberte ein Licht auf seinen Weg gefallen. Wohl war ihm durch die Eröffnung ihrer Zukunftspläne das Hoffen auf eine Verbindung mit ihr, das sich während der gemeinsam verlebten Stunden erst leise und dann immer stärker in ihm geregt hatte, in weite Fernen gerückt, aber eines stand bei ihm fest: er mußte Fühlung mit Siegberte, diesem prächtigen Menschenkinde, behalten. Es bestand fraglos ein gegenseitiges Bewußtsein der Verbundenheit. Sie selbst empfand es auch. Er meinte es beim Abschiednehmen in ihren Augen gelesen zu haben, obgleich sie sich weder durch Blick noch Händedruck geäußert hatte. Vor allem aber bestätigte ihm sein Herz diese beglückende Annahme. – Fast beschämt hatte ihn ihre Opferbereitschaft. Daß sie mit solcher Selbstverständlichkeit den Weg ging, den sie als den rechten erkannt hatte, das dünkte ihn groß und stark. Unwillkürlich stellte er Vergleiche an zwischen ihrem und seinem Leben. Und er war ehrlich vor sich selber. Er gestand sich, daß er bis dahin viel zu sehr an sich selbst gedacht und allzu großen Wert auf ein bequemes und angenehmes Leben gelegt hatte. Seine Pflicht hatte er freilich immer getan. Aber er war doch, wie sein Vater – auch ein Arzt – ihn schon als Jungen sah, „stark zum Träumen und Sinnieren geneigt", weshalb er ihn damals schon mahnte: „Das Gestern gehört dir nicht mehr, das Morgen gehört dir noch nicht, das Heute aber ist dein Besitz; nütze es aus!"

Siegberte war unstreitig anders. Sie packte das Leben an und gestaltete es. Sie war ein Mensch, von dem Kraft ausging. Jeder, der mit ihr in Berührung kam, spürte das. Und das sah er groß an ihr, daß sie sich bei aller Entschlossenheit und Selbständigkeit, die das Leben von ihr forderte, ihr Frauentum bewahrt hatte. Heiner Sorger wußte, die Begegnung mit ihr bedeutete Bereicherung für sein Leben. Siegberte hatte ihm etwas mitgegeben auf seinen Weg. Er freute sich plötzlich auf seine Arbeit in Fichtenhöhe. Wie gut, daß sein Chef ihm diesen herrlichen Frühlingsurlaub gewährt hatte!

Kalt waren sie, diese frühen Morgenstunden im Oktober, kalt und von feuchtem Nebel durchdrungen. Es bedeutete schon eine Überwindung, das Bett und die angenehme Wärme des Hauses zu verlassen und früh um sechs Uhr Kartoffeln zu graben. Da wurden die Hände rissig. Der warme Hauch des Mundes verlor sich dampfend in der kalten Luft. Man fror an einem solchen Herbstmorgen beinahe wie im Winter, weil der Temperaturwechsel nach den warmen Sonnentagen gar zu rasch erfolgt war.

Siegberte war am vorhergehenden Tag heimgekehrt. Endgültig, um nun den Hof zu übernehmen – um nie wieder fortzugehen, wie sich die Mägde beglückt zuflüsterten. „Jetzt bleibe ich bei euch, hatte sie freundlich versichert, als sie jedem die Hand zur Begrüßung gereicht hatte. Ja, alle, ohne Ausnahme, waren sie froh. Jeder versprach sich von dem Heimkommen Siegbertes eine Wendung der Dinge zum Besseren.

Die Mutter aber dachte: Der Steinhaldenhof und der Eichenhof! Jetzt wird es endlich dahin kommen!

„Nun heißt es aufs Ziel losgehen", sagte sich Emil Holzbann und sah sich bereits als Herr und Besitzer des Eichenhofes. Er triumphierte beim Gedanken daran, daß dann die Verwalterrolle ausgespielt sei.

„Jetzt wird es wieder so, wie es zu des Eichenhofbauern und zu Martins Zeit war", sagte sich Hinnerk, der Altknecht, „denn Siegberte ist aus demselben Holz geschnitzt." Er atmete bei diesem Gedanken wie von einer Last befreit auf. Sorgenvoll hatte er seit langem die Dinge auf dem Hof verfolgt. Wahrlich, länger hätte Siegberte nicht fortbleiben dürfen. Wohl hatte Holzbann das Ganze gut in der Hand gehabt, weit besser als er, Hinnerk, es von dem Luftikus erwartet hatte. Er schien von ehrgeizigem Eifer erfaßt, den Hof, das Land in Ordnung zu halten, aber es war doch nicht so wie bei dem Eichenhofbauern und bei Martin. Beide hatten ihren Grund und Boden geliebt und waren sich ihrer Verantwortung nicht nur Menschen, sondern auch Gott gegenüber bewußt gewesen. Das fehlte bei Holzbann, und daher kam es wohl, daß es jetzt oft wie ein Alp auf allen lag. – Und dann die Gesinnung! Nie hatte man den Eichenhofbauern, ob es nun Vater oder Sohn war, fluchen gehört, nie hatte es solche Ausbrüche des Jähzorns gegeben. Er, Hinnerk, hatte es auch einige Male Holzbann zu verstehen gegeben, daß derlei auf dem Eichenhof nie üblich gewesen war. Da hatte dieser ihn aber derart angefaucht, daß der Alte es vorzog, zu schweigen.

Holzbann hatte Siegberte am Bahnhof abgeholt. In überschwenglicher Freundlichkeit begrüßte er sie. „Endlich!“ rief er. „Wir alle haben dein Heimkommen herbeigesehnt. Es ist doch nichts, wenn die Frau des Hauses fehlt! Deiner Mutter Kraft reicht nicht mehr weit.“

Du bist ein Fuchs! dachte Siegberte, die sich an seinen Ausspruch während seines ersten Besuches erinnerte. „Ich kann verstehen, daß du dich nicht in diesem Bauernkaff niederlassen willst", hatte er damals gesagt. Sein Mundwerk ist das Größte an ihm, konstatierte sie, als er neben ihr durch das Dorf dem Hof zuschritt und fast ununterbrochen auf sie einredete. Sie gab ihm den Auftrag, ihr am nächsten Morgen die Buchführung vorzulegen. Sie tat das bewußt. Sie wollte ihn, der vor den Augen der neugierigen Dorfbewohner so selbstverständlich und schier vertraut mit ihr tat, an seine Stellung erinnern. Er war natürlich klug genug, zu verbergen, daß ihr Auftrag ihn maßlos ärgerte.

Warte du, es kommt die Zeit, wo ich dir deinen Platz anweise, dachte er grollend. Laut aber sagte er in unterwürfiger Höflichkeit: „Jawohl, Siegberte, bestimme nur die Zeit. Ein überlegenes, selbstbewußtes Lächeln spielte um seinen sinnlichen Mund. Er war sich sicher, dafür gesorgt zu haben, daß sie ihm nichts nachsagen konnte. – Dann hatte sie ihn gefragt, was er für den nächsten Tag für Anordnungen getroffen habe.

„Auf dem hinteren Waldacker werden

die Kartoffeln ausgemacht", war seine Antwort gewesen. „Wir sind schon die ganze Woche dabei." Im stillen amüsierte er sich. Wie dachte sie sich eigentlich das Bäuerinsein? Geradezu lächerlich, sich vorzustellen, daß sie mit ihren weißen, gepflegten Händen richtig zugreifen wollte. – Fräulein Doktor Streitmann, der Stall soll ausgemistet werden, eine Kuh will kalben, wir müssen ans Schlachten der Schweine denken – bitte, wollen Sie sich dabei betätigen? Er lachte bei diesem Gedanken in sich hinein. – Ja, schöne Siegberte, ganz so einfach ist es doch nicht. – Es nimmt mich wahrlich wunder, wie lange deine Marotte anhält! –

Und dann war er heute morgen doch überrascht gewesen. Um halb sechs Uhr, als man sich zum Kaffee in der großen Stube sammelte, war sie bereits auf gewesen, hatte ohne weiteres am oberen Ende des Tisches Platz genommen, da, wo der Eichenhofbauer stets gesessen, und hatte, wie sie es von ihm gewohnt gewesen, das Tischgebet gesprochen. Ein dankbarer Blick des alten Hinnerk traf sie. In ihrer

Abwesenheit hatte er es trotz der höhnischen Bemerkungen Holzbanns durchgesetzt, daß ein Morgen- und Abendsegen gelesen wurde, obgleich es seinen alten, müden Augen schwerfiel. „Bei uns auf dem Eichenhof wurde es immer so gehalten", hatte er dem Verwalter, der das lächerlich fand, erklärt. „Unserem Vieh können wir's nicht verargen, daß es über den Freßtrog herfällt, ohne Gott Dank zu sagen. Dafür ist es auch nur das Vieh. Aber auf dieselbe Stufe mit Rindern und Schweinen stellen wir uns noch nicht." Nun war er so froh, daß Siegberte gleich den rechten Ton anschlug und den ersten Tag nach altem Brauch begann. Die Frau hätte es gewiß auch so gehalten, aber seit sie herzleidend war, hatte ihr der Arzt verboten, des Morgens die Arbeit schon mit den andern zu beginnen. So erschien sie meist erst, wenn die übrigen auf dem Feld waren. Daß Siegberte diesen guten Anfang gemacht hatte, nahm dem Alten auch die letzte Sorge. Nun wußte er, daß Siegberte nicht nur arbeiten konnte, sondern auch während ihres Fernseins das

Beten nicht verlernt hatte. Gottlob, ganz wie der Vater, dachte Hinnerk. Und es kam ihm zu Sinn, was der Eichenhofbauer oft gesagt hatte: „Arbeit ohne Gebet ist Sklaverei; Gebet ohne Arbeit ist Bettelei.“

Es war Siegberte eine Selbstverständlichkeit gewesen, mit Vaters Hof auch dessen gute Lebensgewohnheiten zu übernehmen. Dazu gehörte auch die Morgen- und Abendandacht. Und während sie jetzt las, saß Emil Holzbann neben ihr. Auf seinem Gesicht wechselten Spott und Verlegenheit. Es paßte ihm schon gar nicht, daß Siegberte so früh auf der Bildfläche erschien und gleich das Kommando übernahm. Aber es blieb ihm nichts anderes übrig, als gute Miene zum bösen Spiel zu machen. – Sie sah allerdings nicht aus, als betrachte sie das Ganze als Spielerei. In ihrem gestreiften Waschkleid und der großen Schürze machte sie ganz den Eindruck, als habe sie vor zu arbeiten. – Aber schließlich: Neue Besen kehren gut. – Abwarten!

Siegberte ging mit den andern auf den

Kartoffelacker. Was blieb Holzbann anderes übrig als mitzugehen? Gewöhnlich war er erst zwei, drei Stunden später gekommen, um die Leute bei ihrer Arbeit zu kontrollieren. Jetzt konnte er nicht anders, als gleich ihr von vornherein tüchtig mit anzufassen. Schauderhaft kalt war es. Die Ungemütlichkeit der nebelfeuchten, frühen Morgenstunde versetzte ihn in die denkbar schlechteste Laune. Er warf einen forschenden Blick zu Siegberte hinüber, die mit den anderen eifrig die gesammelten Kartoffeln in Säcke füllte. Mit ein paar Schritten war er an ihrer Seite. Er versuchte, seiner Stimme einen wohlwollend besorgten Ton zu geben. „Siegberte, das solltest du nicht machen. Geh doch nach Hause, deine Hände werden ganz rissig. Wir werden hier schon fertig. Übrigens hast du es als Herrin des Eichenhofes auch nicht nötig. Bei uns in Ostpreußen auf den Domänen hätte nie eine der Besitzersfrauen derartige Arbeit getan. Du überforderst dich gewiß."

Sie blickte ruhig zu ihm auf. „Ich bin

nicht Herrin, sondern Bäuerin und besitze keine Domäne, sondern den Hof, auf dem meine Väter mit eigener Hand ihr Leben lang geschafft haben. Warum sollte ich nicht dasselbe tun? Außerdem: wie soll ich dem Hof vorstehen, wenn ich nicht durch eigenes Zufassen mit jeder Arbeit vertraut geworden bin?"

Holzbann biß sich auf die Lippen. Daß er bei ihr aber auch immer daneben geraten mußte. Unwillig half er die gefüllten Säcke aufladen, zählte und notierte sie und befahl dem Knecht, mit dem Wagen abzufahren. Siegberte aber schaffte freudig und unermüdlich weiter, obgleich ihr Hände und Rücken von der ungewohnten Arbeit schmerzten. Sie warf den Dorfkindern, die nach alter Sitte während der Herbstferien auf den größeren Höfen bei der Kartoffelernte halfen, Scherzworte zu und vertröstete die Frierenden auf heißen Kaffee und ein gutes Frühstück, das Minchen dem Knecht mitgeben würde. Gegen Mittag forderte sie Holzbann auf, mit ihr zum Hof zurückzukehren und ihr die Bücher vorzulegen. Als Siegberte dann nach Überprüfung der Bücher und einem Rundgang durch die Scheunen und Ställe lobend zu Holzbann sagte: „Doch, Emil, du hast deine Sache recht gemacht!“ schwand seine Mißstimmung. Aber auch das ersehnte Ziel stand ihm vor Augen, größer und begehrenswerter als je. Er mußte es erreichen, mochte kommen, was wollte.

Krachend flog die Kammertüre der Mägde ins Schloß. Hanne warf sich auf den nächsten Stuhl, stampfte mit dem Fuß auf und ballte die Fäuste.

„Gemeiner Hund – elender, miserabler Lump!“

Lene, die schon halb am Einschlafen war, richtete sich blinzelnd aus ihren rotweißkarierten Kissen auf. „Wo bleibst du denn so lange? Und was ist los, daß du die Türe so zuschlägst?“

„Ein feiger Halunke ist er, das steht fest.

„Wer?“

„Na, wer anders als der Holzbann, der Herr Verwalter, der vornehme! Aber dem habe ich die richtige Antwort gegeben, das kannst du mir glauben.“

„Wieso? Erzähle!“ Lene war jetzt wieder hellwach. Die andere aber stierte vor sich hin.

„So red doch!“ drängte Lene. „War er etwa wieder frech zu dir?“

Endlich berichtete Hanne: „Frech? – Ja und nein! Nachgestiegen ist er mir, als ich in die Kammer heraufwollte, und hat gewinselt: ‚Johanna, ich wollte dich bitten, mir einen Gefallen zu tun. Sag der Siegberte – ich meine dem Fräulein Doktor – nichts von … von …‘ Er fing an zu stottern und verhaspelte sich elend. Da hab ich ihn unterbrochen und ihn angefaucht: ‚Von Ihrer Frechheit, meinen Sie? Daß Sie mir im dunklen Hausflur aufgelauert haben und ich mich mit Händen und Füßen gegen Sie wehren mußte, Sie Lump, Sie elender – und daß wir Mädels, seitdem Sie im Hause sind, nicht mehr wagen dürfen, in unserer Kammer zu schlafen, ohne die Tür verschlossen und verriegelt zu haben? Das meinen Sie doch, he?‘ – Du hättest ihn sehen und hören sollen, Lene! Hätt' ich nicht solche Wut auf ihn gehabt, ich hätte laut rausgelacht. Er trampelte voller Angst auf seinen Füßen herum, guckte in alle Ecken und legte den Finger auf den Mund: ‚St – st – Hanne, ich bitte dich, schrei doch nicht so laut. Wenn das einer hört!' ‚Jawohl, alle sollen sie's hören', hab ich noch viel lauter geschrien, ‚damit sie's wissen, was Sie für einer sind!' Da hat er angefangen zu betteln: 'Jetzt sei doch nicht so! Das war doch damals alles nur Spaß. Und hier – hier!' Was denkst du, hat mir der Kerl noch Geld angeboten, damit ich schweigen solle, ein Fünfmarkstück! Er hat mir's schon in die Hand drücken wollen."

„Und du?" – Lene richtete sich steil in ihrem Bett auf. Hast du's angenommen?"

„Ich – ?" Hanne lachte laut auf. „Auf den Boden habe ich's fallen lassen, daß es klirrend davonrollte. Und dann hab ich ihm eine Saftige runtergehauen. ‚So', hab ich gesagt, ‚die wollt ich Ihnen schon lange geben. Und die Sache ist mir viel zu dreckig, als daß ich darüber rede.' Dann hab ich ihn stehen lassen und bin die Treppe hinauf. Ich glaub, am liebsten wär er mir an die Gurgel gefahren, aber dazu hat er keinen Schneid gehabt. Dieses Großmaul."

Lene legte sich aufatmend in die Kissen zurück. „So ein hundsgemeiner Lump!"

Hanne begann sich langsam zu entkleiden. Da richtete sich die andere wieder auf. „Du, weißt du, was ich glaube: wir sollten es doch dem Fräulein sagen. Ich hab nämlich die Idee, daß der Kerl ein Auge auf sie geworfen hat. Der bildet sich ein, er wird noch Herr auf dem Hof. Da muß sie doch vorher wissen, was für einer er ist."

Hanne schüttelte den Kopf. „Denkst du, die ist so dumm? Die hat Menschenkenntnis genug, den zu durchschauen. Glaub nur nicht, daß sie auf so einen reinfällt. Das könnte dem größenwahnsinnigen Halunken so passen. Eine Frau mit 'm Doktortitel!" Sie schaltete das Licht aus und legte sich in ihr Bett. Sanftes Mondlicht erfüllte die Kammer und warf geheimnisvolle Schatten an die Wände.

Die beiden Mädchen aber fanden nicht so rasch den Weg ins Traumland.

„Ja, das Fräulein Siegberte“, nahm Lene den Faden wieder auf, „die ist eine ganz Seltene. Wie die mitschafft! Alles will sie kennenlernen und überall greift sie an. Was sagst du dazu, daß sie heute selbst auf dem Waldacker gesät hat? Ich kam gerade dazu, wie der Holzbann ihr das ausreden wollte, und habe mir in der Nähe zu schaffen gemacht, um ein wenig zuzuhören. – ‚Aber Siegberte‘, sagte er, ‚das wirst du doch nicht selbst machen wollen? Laß das doch den Franz machen, oder wenn es dir lieber ist, besorge ich es.‘ Da hat sie ihm einen Blick zugeworfen, als wolle sie sagen: ‚Kümmere dich nicht um Sachen, die dich nichts angehen.‘ Und dann hat sie ihm geantwortet: ‚Es ist genug Arbeit für euch alle da. Ich dachte, du wolltest heute den Acker am Friedhof pflügen? Wenn ich hier fertig bin, komme ich zu dir hinüber und will auch das Pflügen mit der Maschine probieren.‘“

„Und was hat er ihr erwidert?“ fragte Hanne gespannt.

„Gar nichts. Noch duckt er sich vor ihr. Und darum glaube ich auch, daß er hofft, Eichenhofbauer zu werden. Gott mög's verhüten, denn wenn er das würde, dann wäre das Ducken an ihr."

„Glaub doch nicht so was, Lene. Die gehört nicht zu denen, die sich ducken. Eine Tüchtige ist sie, da hast du recht! Ich muß mich nur wundern, wie sie melken und mit dem Vieh umgehen kann, so, als hätt' sie ihr Lebtag nichts anderes getan."

„Sie ist eben doch auf dem Land und als Bauerntochter aufgewachsen."

„Aber denk, wie lange sie keine solche Arbeit getan hat! Ich kann's eigentlich nicht verstehen, wie sie als Ärztin sich zu so was hergibt."

„Der Hinnerk sagt, sie schlage ganz ihrem Vater nach. Ich bin auf jeden Fall froh, daß sie auf dem Hofe ist. Wenn das so weitergegangen wäre, hätt' ich mir einen anderen Platz gesucht, das ist sicher. Jetzt aber Schluß, Hanne! Morgen heißt's wieder früh an die Arbeit gehen!"

Lene war aufs neue am Einschlafen. Da beugte sich Hanne noch einmal zu ihr hinüber: „Du – aber freuen tut's mich doch, daß ich dem eine wischen konnte!"

Am nächsten Tag regnete es in Strömen. Es war unmöglich, aufs Feld zu gehen. Siegberte setzte sich gleich am Morgen mit Hanne und Lene zu Minchen in die Küche, um Obst zu schneiden. Die Obsternte war in diesem Jahr besonders reichlich ausgefallen. Franz hatte mit dem Hütejungen einige große Körbe Äpfel und Birnen aus dem Keller heraufgeholt. Jetzt hieß es, die Früchte in Schnitze zu schneiden und zu dörren. Dann waren die beiden gegangen, um Holzbann, der verschiedene Reparaturen vornahm, zu helfen. –

Soeben schlurfte der alte Hinnerk zur Küchentüre herein. Bei solcher Witterung litt er heftig an Gichtschmerzen.

„Laßt mich ein bißchen bei euch in der warmen Küche sitzen", bat er, „die Wärme tut mir so gut."

Lene rückte ihm einen Stuhl nahe an den Ofen.

„Du willst mich wohl auch gleich dörren“, lachte er. „Nein, nein, ich setze mich zu euch. Komm, Minchen, gib mir ein Messer. Äpfel schnitzeln kann ich auch noch.“

„Laß deine Hände ruhn“, wehrte Siegberte. „Ich weiß, sie schmerzen dich. Ich will sie dir heute abend einmal massieren.“

Er dankte ihr mit einem warmen Blick, ließ es sich aber nicht nehmen, bei der Arbeit zu helfen.

Siegberte plauderte mit den Mägden, fragte nach ihren Angehörigen, warf Hinnerk ein Scherzwort zu und erzählte daneben allerlei Erlebnisse aus dem Krankenhaus. Flink und fröhlich ging die Arbeit von allen Händen. Gegen neun Uhr kam Frau Streitmann. Lene und Hanne warfen sich verstohlen einen Blick zu. Jetzt würde die zwanglose Unterhaltung ein rasches Ende finden. Unterhaltung während der Arbeit duldete die Bäuerin nicht.

Siegberte erzählte ruhig weiter. Ihre Mutter räusperte sich einige Male. Man sah ihr an, daß sie sich ärgerte. Schließlich fuhr sie die Mägde an: „Gafft nicht so umher. Wann wollt ihr fertig werden?“

Siegberte errötete. Ihr ausgeprägter Gerechtigkeitssinn duldete nicht, daß den Mädchen Unrecht geschah. „Aber Mutter“, erwiderte sie, „sie sind doch unaufhörlich an der Arbeit.“ Sie bemühte sich in ruhiger, freundlicher Weise zu reden, um die Mutter nicht zu reizen und aufzuregen. Schon seit Tagen machte sich bei dieser eine sich steigernde Unzufriedenheit bemerkbar. Daß Siegberte nun für die Mägde eintrat und ihr zu widersprechen wagte, war auch jetzt mehr, als Frau Streitmann ertragen konnte. Wütend warf sie das Messer in den Korb zurück, stand auf und verließ die Küche.

Alle schwiegen, peinlich berührt. Siegberte schämte sich für ihre Mutter. Sie suchte nach einer Entschuldigung und sagte: „Gewiß hat sie wieder eine schlechte Nacht gehabt. Das ist oft so bei Herzkranken. Ich will nach ihr sehen.“

Auch sie verließ die Küche. In diesem Augenblick wurde die Haustüre geöffnet. In triefendem Regenmantel, den Wetterhut tief in die Stirne gedrückt, betrat

Doktor Nölle, der alte Dorfarzt, das Haus. Hinter ihm witschte sein großer Jagdhund, von dessen langhaarigem Fell die reinsten Sturzbäche niedergingen, herein. Das Tier schüttelte sich derart, daß Siegberte flüchten mußte.

„Harras", rief sie, „was fällt dir ein!" Dann aber reichte sie dem Arzt die Hand.

„Bei solchem Wetter kommen Sie zu uns, Herr Doktor?"

„Daran bist du schuld, sonst keiner", brummte er und schälte sich umständlich aus seinem Mantel. Dann rief er in strengem Ton den Hund zurück, der an Siegberte freudig emporspringen wollte. „Harras, hierher!" und zu Siegberte gewandt, sagte er: „Ich habe mit dir etwas zu besprechen, Siegberte."

Diese hatte bereits die Türe zum Wohnzimmer geöffnet. „So bitte, Herr Doktor, wärmen Sie sich auf der Ofenbank ein wenig auf! Ich will schnell dem Harras in der Küche ein paar Knochen geben lassen."

„Der weiß, warum er gerne mit auf den Eichenhof kommt", brummte der alte

Arzt und ließ sich ächzend auf der warmen Kachelbank nieder. „So, hier wäre es vorerst zum Aushalten.“

Doktor Nölle lebte seit fünfunddreißig Jahren in Rotenacker. Er gehörte zum Ort wie die Kirche oder das Rathaus. Es gab kaum ein Haus in der ganzen Umgebung, in das er nicht schon gerufen worden war. Als tüchtiger Arzt war er in seinen besten Jahren nach Westfalen gekommen. „Alt, grau und lahm bin ich bei diesem Bauernvolk geworden“, pflegte er oft zu sagen. Aber keine Macht der Erde hätte ihn von seinen Westfalen mehr zu trennen vermocht.

„Nein, das geht nicht“, war seine Antwort gewesen, als Freunde ihm geraten hatten, sich zu verändern, eine Stadtpraxis zu eröffnen oder einen Ruf an ein Krankenhaus oder eine Klinik anzunehmen. „Nein, die hier sind an mich gewöhnt, und ich an sie; wir bleiben beieinander. Ich bin dabei, wenn ihre Kinder zur Welt kommen, sie rufen mich, wenn's mit ihnen zu Ende geht, und in der Zwischenzeit muß ich auch mal nach ihnen schauen. Laßt das man so, wie es ist!"

Und nun saß Siegberte dem alten Doktor gegenüber, der sie schon bei ihren Kinderkrankheiten behandelt hatte. Sie mußte lächeln, als er von der erhöhten Ofenbank auf sie herniederblickte. Seine von buschigen Brauen überschatteten Augen hatte er zusammengekniffen und blinzelte prüfend zu ihr herunter. „Tja", begann er und stützte die Hand auf seine in derben Manchesterhosen steckenden Beine, „das hat wohl so sein müssen, daß du wieder zurück auf den Hof gekommen bist. Das kommt mir gerade wie gerufen."

Siegberte blickte ihn fragend an. Sie wußte nicht, wo er hinaus wollte.

„Du bist nun also sozusagen meine Kollegin", fuhr Doktor Nölle fort. Und plötzlich begann er zu lachen. „Köstlich, einfach köstlich, wenn man so denkt – das kleine blonde Bertel vom Eichenhof meine Kollegin! – Weißt du noch, was du mir einmal geantwortet hast, als ich deine Zunge sehen wollte? ‚So etwas macht man nicht', hast du gesagt, ‚man darf nicht die Zunge rausstrecken.' Vier Jahre wirst du damals gewesen sein."

Er lachte erneut, aber Siegberte spürte, es war ein gütiges, väterliches Lachen, fast so wie eine Liebkosung.

„Ha, ha, ha, – das Bertel meine Kollegin! Übrigens habe ich davon gehört, wie du deinen Doktor gemacht hast. Sollst ja großartig abgeschnitten haben. Gratuliere, mein Kind, gratuliere wirklich!"

Siegberte wehrte ab. „Das liegt nun alles bereits hinter mir, Herr Doktor. – Sie wissen ja, daß ich jetzt Bäuerin bin. Mit dem anderen ist es nun vorbei."

„Vorbei? So siehst du aus!" Doktor Nölles Stimme klang sehr energisch. „Du bildest dir doch nicht etwa ein, daß alles, was du gelernt hast, nun für die Katz sein soll? Solche Werte läßt man nicht brach liegen. Und siehst du, meine Liebe, aus diesem Grund bin ich gekommen, um mit dir hierüber zu sprechen."

Jetzt war es an Siegberte, zu lachen. „Herr Doktor, wie soll ich das verstehen? Eben weil ich auf den Eichenhof zurückgekehrt bin, um ihn von nun an zu bewirtschaften, kann ich nicht mehr Ärztin sein."

„So, meinst du? – Ich will mich dir näher erklären. Von selber kommst du scheint's nicht darauf. Ich brauche dich, jawohl, ich, der alte Onkel Doktor. Du weißt ja – vielleicht weißt du es auch nicht, daß mir die Landpraxis hier viel zu anstrengend ist. Ich schaffe es einfach nicht mehr allein, und du wirst mich von jetzt an entlasten."

„Aber, Herr Doktor!"

„Bitte, keine Widerrede! Was ist das für eine Unart, einen alten Mann nicht ausreden zu lassen! – Du wirst also in Zukunft einen Teil meiner Patienten übernehmen. Ich habe schon längst daran gedacht, mir eine Hilfe, einen jungen Doktor oder so was Ähnliches, zu nehmen. Aber wer von diesen Herren will denn aufs Land? Es sei denn, man überreicht ihnen gleich mit einer Verbeugung die ganze Praxis."

Das plötzliche Eintreten Frau Streitmanns aus dem Nebenzimmer unterbrach seine Rede. Noch immer lagerte Ärger und Unmut auf ihrem Gesicht. Ihr

Gruß klang daher nicht besonders freundlich.

„Sie werden nichts dagegen haben, Eichenhofbäuerin, daß ich hier auf der Ofenbank sitzen bleibe“, sagte er und reichte ihr die Hand. „Ich muß nämlich meine Hose trocknen. Alles wegen Ihrer Tochter.“

Frau Streitmann hatte sich gesetzt und begann zu stricken. Das bedeutete: So, jetzt bleibe ich hier. Denkt nur nicht, daß ihr in meinem Hause hinter meinem Rükken Abmachungen treffen könnt! Ich bin auch noch da!

„Was ist mit der Siegberte?“ fragte sie.

„Siegberte wird in Zukunft als zweite Ärztin in Rotenacker und Umgebung tätig sein. Sie haben ja bereits im Nebenzimmer gehört, was ich mit ihr besprochen habe.“

„Ich habe nicht gelauscht!“ begehrte die Bäuerin auf.

„Nein, nur gut aufgepaßt!“ erwiderte der Arzt.

Nun ergriff Siegberte das Wort: „Herr Doktor, ich muß Ihnen sagen, daß ich neben meinen Pflichten hier auf dem Hof eine solche Verantwortung nicht übernehmen kann. Beides erfordert einen ganzen Menschen, sowohl der Beruf einer Ärztin, als auch der einer Bäuerin. Etwas Halbes aber liegt mir nicht."

Jetzt konnte Frau Streitmann nicht länger an sich halten. Sie erhob ihre Stimme. „Also das gibt's auf keinen Fall, für so was gebe ich unseren Hof nicht her. Das wäre ja noch schöner: allerlei Kranke hier herumsitzen zu haben und die Arbeit bliebe dann liegen. Noch habe ja auch ich ein Wörtchen mitzusprechen."

„Reden Sie doch nicht so unverständig", unterbrach sie Doktor Nölle, „sie soll hier doch keine Sprechstunden halten, sondern da, wo es notwendig ist, Patienten besuchen.

„Auch das noch! Auch das noch!" Frau Streitmann geriet außer sich. „Und die Arbeit auf dem Hof, die ist wohl nebensächlich?"

Doktor Nölle war nun auch keiner von denen, die Widerspruch ertragen. So gab er in gleichem Ton zurück. „Ich will Ihnen mal was sagen. Da werden Sie gar nicht gefragt. Die Entscheidung trifft Siegberte."

Diese war aufgestanden und dem Arzt einen Schritt näher getreten. „Herr Doktor", sagte sie und schnitt mit der Ruhe und Sicherheit ihrer Worte jede weitere Erörterung einfach ab, „es geht nicht. Glauben Sie nur nicht, daß es mir leichtgefallen wäre, auf meinen Beruf zu verzichten. Auch mein Chef in Bonn hat wahrlich mit allen Mitteln versucht, mich von meinem Entschluß abzubringen."

„Daher schreibt er auch so", unterbrach sie Doktor Nölle und verriet damit, daß der Leiter des Bonner Krankenhauses die Hand mit im Spiele hatte.

Siegberte aber ließ sich nicht beirren und fuhr fort: „Nachdem ich jedoch einmal diesen Vorsatz gefaßt habe, bleibt es auch dabei. Vergessen Sie nicht, ich gab meinem sterbenden Bruder mein Wort."

Der alte Arzt hatte sich von der Ofenbank erhoben. Prüfend fuhr er mit der Hand über seine Hose. Sie war trocken. Einen Augenblick sah er Siegberte scharf an. Ihre Mutter würdigte er keines Blikkes. Dann sagte er: „Würdest du es fertigbringen, einen Menschen in Schmerzen oder gar Todesnot liegen zu lassen, wenn er von dir Hilfe erwartet, und du imstande bist, sie ihm zu geben?

„Nein!" erwiderte Siegberte ohne Bedenken.

„Es ist gut!" brummte er, nahm seinen Stock und rief, die Türe öffnend, nach dem Hund. Nun aber vertrat Siegberte ihm den Weg. „Herr Doktor, ich mache rasch einen Glühwein. Ihre Kleider sind noch nicht trocken. Sie könnten sich eine Erkältung zuziehen."

Da blitzte es in seinen Augen auf, und verschmitzt lächelnd fragte er: „Daß du als Bäuerin dich so gut auskennst? Nee, nee, laß mich nur gehen! Deiner Mutter ist's auch lieber so. Nicht wahr, Eichenhofbäuerin, wir machen uns gegenseitig nichts vor? Übrigens muß ich noch nach Beckmillers Grete sehen. Die ist in die Jauchegrube gestürzt."

Gleich darauf stapfte er durch den Regen davon.

Als Siegberte sich wieder zu den andern in die Küche setzte, warteten die Mägde vergeblich auf ihr frisches Plaudern. Sie wurde die Worte des Arztes nicht los. Seine Gehilfin werden – wie schön müßte das sein – aber es war unmöglich. Ihr Platz war auf dem Hof. – Aber sie wußte es nun, daß sie doch noch nicht ganz fertig war mit dem vorigen Weg, sonst wäre sie leichter über dieses Verzichtenmüssen hinweggekommen. Verzicht? – War es nicht Vorrecht, des Erbguts Hüterin zu sein? Siegberte seufzte. – Als sie aber die Augen der beiden Mägde und des alten Knechtes fragend auf sich gerichtet sah, raffte sie sich auf. – Ich muß damit fertig werden. – Und schon hatte sie sich wieder in der Gewalt.

Frau Streitmann fütterte die Hühner. Hastig und aufgeregt, als fürchteten sie, nicht genug zu bekommen, pickten diese die Körner vom Boden auf und gingen dann und wann im Futterneid auch aufeinander los. Die Eichenhofbäuerin sah sich suchend um.

„Wo ist Holzbann?" fragte sie Hinnerk,

der eben mit einem Korb Kleinholz an ihr vorbeiging.

„Er verhandelt gerade mit dem Schlachter wegen der Schweine“, erwiderte dieser. „Drüben am Gartenzaun stehen die beiden.

„Wenn er fertig ist, soll er zu mir hereinkommen.“

„Ich will es ihm sagen.“

Und nun stand Frau Streitmann voller Erregung am Fenster der großen Stube und wartete. Zweifel stiegen in ihr hoch. War ihr Vorhaben recht? Oder würde sie diesen Schritt einmal bereuen müssen? – Aber jetzt nur keine Bedenken – sie mußte handeln. Die halbe Nacht hatte sie wieder schlaflos gelegen. Jetzt war es Zeit einzugreifen, wenn dieser langweilige Mensch, der Holzbann, nicht selbst vorwärts machte. Es galt jetzt, den richtigen Augenblick auszunutzen, da Siegberte ins Dorf gegangen war.

Holzbann trat ein. „Ihr habt mich rufen lassen?“ Fragend sah er die Bäuerin an. Ihre Erregung entging ihm nicht. Rote Flecken brannten auf ihren Wangen.

„Ich habe mit dir zu reden", begann sie und blieb vor ihm stehen. Sie war viel zu unruhig, um sich zu setzen. „Ich will dich fragen, wie du dir eigentlich deine Zukunft denkst."

Lauernd musterte er sie. Was bedeutete diese Frage, und wo wollte sie hinaus? Hier hieß es aufpassen. „Meine Zukunft?" wiederholte er gedehnt. „Noch bin ich ja hier!"

„Und später?"

„Später? – Eichenhofbäuerin, am besten ist's, Ihr sagt mir gleich, was dieses Fragen zu bedeuten hat."

„Hast du noch keine Heiratspläne? Du bist doch längst in dem Alter, wo du dir eine Familie gründen könntest."

„Gewiß, aber wenn diejenige, die ich will, mich nicht mag?"

„Hast du denn schon mit ihr gesprochen?"

„Nein, aber das merkt man doch."

Da ging Frau Streitmann und verriegelte die Türe, vergewisserte sich außerdem, ob die Fenster dicht geschlossen waren, damit ihnen niemand zuhören konnte, und trat dann wieder zu dem Verwalter. „Gib zu, du hast es auf Siegberte abgesehen?“

Holzbann antwortete nicht gleich. Die Sache war ihm nicht durchsichtig genug.

Da dämpfte die Bäuerin die Stimme. Dicht trat sie an ihn heran. „Emil, ich kenne dich von klein auf, mir wär's nur recht. Auf mich kannst du dabei rechnen. Aber ich sage dir, beeile dich, ehe ein anderer sie dir wegschnappt.“

Über Holzbanns Gesicht zog ein Leuchten. Wenn er die Mutter auf seiner Seite wußte, schien es ihm nicht mehr ganz so schwer, die Tochter zu gewinnen. Vor der Bäuerin aber tat er, als zögere er.

„Es ist nicht einfach, an Siegberte heranzukommen, und einen Korb mag ich mir nicht holen. Bisher hat sie mir auch noch kein einziges Mal gezeigt, daß sie etwas für mich übrig hat.“

„Mit mir kannst du rechnen“, wiederholte Frau Streitmann noch einmal, „aber sorge dafür, daß sie dir nicht entwischt. Allerdings mußt du vorsichtig vorgehen, denn sie hat einen elenden Starrkopf. Vor allem dürfen wir nicht zulassen, daß der verrückte alte Doktor seinen Willen durchsetzt." Und sie erzählte dem Aufhorchenden die Unterredung mit dem Arzt.

Holzbanns Augen nahmen einen listigen Ausdruck an. „Laßt sie", entgegnete er halblaut, „laßt sie nur gehen, wenn sie will; je öfters sie vom Hof fort ist, desto mehr ist sie auf mich angewiesen und schließlich ist sie froh, wenn sie mir die ganze Sache übergeben kann. Und später, – wenn ich dann nicht mehr nur Verwalter bin, dann hört die Doktorei schon von selber auf, das könnt Ihr mir glauben."

In diesem Augenblick wurde auf die Türklinke gedrückt.

„Was ist los?" rief Frau Streitmann, unwillig über die Störung, und glaubte nicht anders, als daß eine der Mägde draußen stände.

Es war aber Siegberte, die, früher wie erwartet, aus dem Dorfe zurückkam.

„Warum schließt du dich denn ein?" fragte sie. „Mach doch auf !"

Es blieb der Eichenhofbäuerin nichts

anderes übrig. Erstaunt blickte das Mädchen von einem zum andern. Wie kam Mutter dazu, sich mit Holzbann einzuschließen?

Dieser aber war nicht eine Spur verlegen, „'s ist recht, daß du gerade kommst, wir haben wegen der Schlachterei verhandelt. Der Metzger war vorhin da."

Siegberte maß ihn mit einem Blick der Verachtung. „Und deswegen mußte die Tür verriegelt werden?"

Ohne ein weiteres Wort zu verlieren, schritt sie an beiden vorbei in das Nebenzimmer. Holzbann verschwand schleunigst. Die Eichenhofbäuerin aber blieb wie ein gescholtenes Kind mit hängenden Armen mitten in der Stube stehen. Lähmende Angst kroch plötzlich an ihr empor. War ihre Handlungsweise nicht Verrat an der Tochter gewesen? –

Siegberte versuchte die unangenehmen Eindrücke abzuschütteln. Sie schalt sich selbst töricht und ihr Mißtrauen unrecht der Mutter gegenüber, aber es blieb doch etwas an ihr haften, das sie nicht mehr los wurde. Tagelang, nachdem sie ihre Mutter und Holzbann überrascht hatte, wartete sie auf eine Erklärung der Mutter über diese Unterredung; aber die Mutter war ihr ständig aus dem Weg gegangen. Und sie ausfragen – nein, das lag ihr nicht.

Warum wurde sie aber nicht fertig mit der Sache? Sie ärgerte sich schließlich über sich selbst und schob es darauf, daß augenblicklich wenig Arbeit auf dem Hof war. Wenn es erst wieder zum Frühjahr ging, würde ihr keine Zeit bleiben, törichten Gedanken nachzuhängen.

Holzbann zeigte indessen einen auffallenden Schaffenseifer. Aber Siegberte merkte wohl, daß er ihr dabei nach den Augen guckte. Plötzlich kam ihr einmal der Gedanke: Vielleicht will er dich heiraten! Das erschien ihr aber so lächerlich, daß sie keinen Augenblick länger eine solche Möglichkeit erwog.

Weihnachten nahte! Siegberte wollte mit der Mutter über die Vorbereitungen zum Fest und die Bescherung der Leute sprechen.

Diese aber wehrte griesgrämig ab: „Mir ist nicht zum Feiern zumute. Tu, was du willst!“

Kurz vor Weihnachten – man hatte auf dem Eichenhof etliche Tage mit dem Schlachten zu tun gehabt – brachte ein Junge aus dem Dorf ein Brieflein. Heidis Mutter, die Lehrerswitwe, bat Siegberte, sobald sie Zeit habe, nach ihrer Tochter zu sehen. Sie sei schon tagelang nicht recht wohl.

Am frühen Abend machte sich Siegberte auf den Weg. Hoher Schnee erschwerte das Vorwärtskommen. Sie aber empfand diesen Gang wie eine Befreiung. In vollen Zügen atmete sie die frische Winterluft. Wie tut das gut! Wie ein seidenes, fleckenloses Gewand breitete sich die Schneedecke über den Feldern aus. Mein Land! dachte Siegberte. Jetzt ruht es von den Anstrengungen des Sommers, wo es seine Kräfte verausgabt hat. Es ruht wohl behütet von der schützenden Schneedecke und sammelt neue Kraft. Wie weislich ist doch alles eingerichtet! Die Größe ist selbst in den kleinsten Dingen! – Unwillkürlich hob Siegberte den Blick zum nächtlichen dunklen Himmel und schaute eine geradezu überwältigende Pracht. So klar meinte sie den Sternenhimmel noch nie gesehen zu haben. Sie mußte einen Augenblick stille stehen, um diese Schönheit auf sich wirken lassen zu können. Und plötzlich kam die Erkenntnis wie eine Offenbarung über sie: das ist's, was mir in letzter Zeit gefehlt hat, ein inneres Zurruhekommen. Der Alltag hat mich, ich aber nicht ihn gehabt. Und es war ihr, als spräche jemand aus der Dunkelheit zu ihr: Sorge dafür, daß du nicht zum Sklaven deiner Arbeit wirst! Laß dich täglich beschenken mit dem Reichtum, der auch an deinem Wege auf dich wartet. – Woher kam ihr plötzlich die Erinnerung an jene Worte, die sie einmal auf einem Kunstkalender gelesen hatte:

„Willst du wahre Schönheit sehn,
mußt du stille Wege gehn,
in dem Lärm, der Hast des Lebens
suchst solch Einkehr du vergebens.

Stillesein ist dir so nötig,
auch die Einsamkeit kann segnen,
such die Stille, dann wirst sicher
du dir selbst und Gott begegnen."

Dir selbst – und Gott begegnen! Das war notwendig, wenn man nicht ins Schlepptau des Alltags geraten wollte. Siegberte empfand es dankbar, daß sie die Sprache dieser stillen Stunde verstanden hatte. – Da lag das märchenhaft schöne Landschaftsbild vor ihr. Die weite, schneebedeckte Flur, drüben die Häuser des jetzt so stillen Dorfes, aus denen trauter Lichtschein fiel und Wärme und Behaglichkeit verriet. Und dahinter die bewaldete Hügelkette schutzverheißend. Über allem aber wölbte sich dieser überwältigende Sternenhimmel.

Fast zögernd setzte Siegberte den Fuß vorwärts. Plötzlich drang leises Schluchzen an ihr Ohr. Wieder blieb sie stehen, lauschend, spähend. – Da schien jemand zu sein, dem dieser Winterabend nicht nur Schönheit bot. Das Schluchzen wurde zum kläglichen Weinen, in das sich eine zweite, eine Kinderstimme mischte.

„Mußt nicht weinen, Jettchen, wir werden den Weg schon finden. Wenn nur die Fußspuren nicht alle verweht wären! Vorhin konnte man sie noch gut erkennen."

Siegberte traute ihren Augen nicht. Zwei Kinder, nicht älter als vier und sechs Jahre, versuchten, sich mit aller Gewalt einen Weg durch den hohen Schnee zu bahnen, in den sie immer wieder bis über die Knie einsanken. Mit ein paar Schritten war Siegberte bei ihnen. Rotgefrorene Gesichtchen, angsterfüllte Kinderaugen erhoben sich zu ihr.

„Wir haben uns verlaufen", berichtete die Größere von beiden.

„Und ich will heim zur Mutter!" plärrte die Kleine. Siegberte hob sie empor und barg die steifgefrorenen Glieder unter ihrem Mantel.

„Du Armes, bist ja eiskalt!"

Hatte das ältere Mädchen sich bisher um der kleinen Schwester willen tapfer beherrscht, so waren es nun Siegbertes mitfühlende Worte, die auch ihren Tränenstrom auftauen ließ.

„Ich friere auch!“

„Komm, du darfst meine Handschuhe anziehen.“

Zwei beinahe erstarrte Händchen versanken in den weichen Hüllen. „Ah, da ist's warm drin.“

„Und nun sagt mir vor allem, was wollt ihr hier um diese Zeit?“

Das Kleinchen wollte gar nichts mehr, nur in der Geborgenheit des schützenden Mantels dieser großen Frau bleiben. Eng kuschelte es sich in Siegbertes Arm und sagte kein Wort. Die Schwester aber berichtete, die Mutter habe sie zum Herrn Doktor geschickt, weil sie die Schmerzen nicht mehr ausgehalten habe, schon heute nachmittag, aber der sei nicht daheim gewesen, auch jetzt nicht, nachdem sie den weiten Weg nun schon zum zweitenmal gemacht hätten.

„Und die Frau Doktor hat gesagt, wie wir gleich nach dem Mittagessen bei ihr waren, wir sollen zu dir gehen“, berichtete das Kind mit hoffnungsvollem Blick.

„Zu mir?“ fragte Siegberte ungläubig. „Kennst du mich denn?“

„Natürlich“, fuhr die Kleine wichtig fort. „Du bist doch die Siegberte aus dem Eichenhof. Mutter hat gesagt, du seiest mit ihr zur Schule gegangen.“

„Ah – dann seid ihr wohl die kleinen Mädel von der Klickmüller Friedel? – Und warum seid ihr dann nicht zu mir gekommen?“

„Wir waren doch auf dem Eichenhof, aber die Frau hat gesagt, wir sollen nur machen, daß wir fortkommen, du habest keine Zeit. Eine böse Frau war das!“

Die Frau? – Die Mutter? – Kein Wort hat sie gesagt, daß die Kinder dagewesen waren. Und Frieda Klickmüller wartete vielleicht daheim in größter Not und Schmerzen. – Siegberte griff entschlossen nach der Hand des Kindes. Jetzt war keine Zeit, sich über die Handlungsweise der Mutter zu ärgern, hier war Hilfe not.

„Weißt du den Weg?“ fragte das Kind ein wenig bänglich. „Der Wind hat alle Fußspuren verweht.“

„Wir bahnen uns selber unsern Weg", beruhigte sie Siegberte. „Komm nur, ich führe dich."

Es war etwa zehn Uhr, als sie mit den beiden Kindern in den Eichenhof zurückkehrte. Daß sie mit dem Widerstand der Mutter rechnen mußte, wußte sie, aber daß er sich so heftig äußern würde, hatte sie nicht geglaubt. Frau Streitmann war gerade dabei, sich zur Ruhe zu begeben, als ihre Tochter mit den beiden kleinen Mädchen ins Haus trat. Mitten auf der Treppe blieb die Bäuerin stehen, musterte kalten Blickes die Kinder und fragte in eisigem Ton: „Was bedeutet das?"

Ehe Siegberte noch eine Antwort geben konnte, erhob Friedel, das größere Mädchen, ihr Stimmchen: „Da ist sie, die böse Frau, die heute nachmittag so geschimpft hat."

Siegberte erschrak und schnitt dem Kind das Wort ab. „Mutter, ich habe Frau Klickmüller, du weißt doch, meine frühere Schulkameradin, die Friedel, ins Krankenhaus gebracht. Es war höchste Zeit. Nun müssen wir die Kinder für ein paar Tage aufnehmen. Der Vater hat Nachtdienst und kann sie nicht versorgen."

War Frau Streitmann schon beim Anblick der Kinder ärgerlich geworden, so geriet sie bei Siegbertes Worten geradezu in Empörung.

„Die Kinder aufnehmen? – Das fehlte noch! Der Eichenhof ist kein Obdachlosenasyl, merke dir das! Hat dich der alte Doktor jetzt doch herumgekriegt? Ich hab's ja von vornherein gewußt, die ganze Sache hier auf dem Hof betrachtest du als Spielerei."

„Mutter!" bat Siegberte mit einem Blick auf die Kinder, die sich ängstlich an sie drückten.

Aber Frau Streitmann ließ sich nicht beschwichtigen. Gebieterisch streckte sie die Hand aus und vertrat der Tochter den Weg.

„Du bringst die Kinder dahin, wo du sie geholt hast."

Jettchen, die Vierjährige, begann furchtsam zu weinen und versteckte ihr Gesicht in Siegbertes Rockfalten. Diese aber nahm kurz entschlossen die beiden Kleinen bei der Hand und schritt auf die Mutter zu, ruhig, aber bestimmt fordernd: „Laß uns vorbei, Mutter. Ich bringe die Kinder auf mein Zimmer."

Was war es, das Frau Streitmann bewog, zur Seite zu treten, widerwillig zwar, doch als folge sie einem inneren Zwang?

Sie erkannte in der Tochter den Vater – ihren Gatten. So war stets seine Haltung gewesen, wenn er etwas für richtig erkannt hatte. Aber schließlich bin ich ihre Mutter, verteidigte sie sich vor sich selbst. Wer hat denn eigentlich hier zu bestimmen? Ich Törin, daß ich nach Martins Tod die Sache aus der Hand gegeben habe. Nun bin ich in meinem eigenen Hause rechtlos geworden. Das ist schlimmer, denn lebendig begraben zu sein. – Aber ich habe es ja kommen sehen. Wenn wenigstens Holzbann aufs Ziel losginge, aber der ist ein Langweiler.

Mit jeder Stufe, die Frau Streitmann erstieg, arbeitete sie sich tiefer in Groll und Ärger hinein, und als sie schweratmend und erschöpft in ihre Schlafstube trat, war sie von dem Unrecht, das an ihr begangen wurde, so überzeugt, daß sie in Tränen ausbrach. „O Martin, mein Junge“, wimmerte sie, „so hättest du nie an mir gehandelt“, und sie kam sich unglaublich bedauernswert vor. Als sie aber den Blick zu dem über ihrem Bett hängenden Bild ihres Mannes hob, mußte sie sich abwenden. Es waren dieselben ernsthaft blickenden Augen, die Siegberte hatte, und diese ertrug sie jetzt nicht. –

Im Stübchen der Tochter wurden inzwischen die beiden Kinder entkleidet. Lene und Hanne, denen der Auftritt auf der Treppe nicht entgangen war, hatten sich auf den Zehenspitzen heraufgeschlichen und waren in das Zimmer des Fräuleins geschlüpft. „Können wir etwas helfen?“

„Ja, Lene, hole du warme Milch und Weißbrot aus der Küche, die Kleinen werden hungrig sein, obgleich ich fast glaube, daß ihre Müdigkeit größer ist als ihr Hunger. Und du, Hanne, ziehe die

Friedel aus. Wir legen sie in mein Bett."

Erst als die Kinder versorgt und warm zugedeckt in den Kissen lagen, erklärte Siegberte den Mädchen die Zusammenhänge.

„Frau Klickmüller erwartet ihr drittes Kind. Heute vormittag ist sie vor ihrem Hause gestürzt und hat heftige Schmerzen bekommen. In ihrer Angst schickte sie die beiden kleinen Mädchen zu Doktor Nölle. Der war von der Hebamme nach Dinkelsbrühl zu einer Geburt gerufen worden. So lag Frau Klickmüller hilflos in ihrem Hause, bis ich heute abend die Kinder, die sich im Schnee verlaufen hatten, fand. Ihr wißt, Klickmüllers wohnen außerhalb des Dorfes. Zum nächsten Haus hatte man länger als eine Viertelstunde zu gehen. So war keine Nachbarschaft da, die sich um die Arme kümmern konnte. Als ich die Frau sah, erkannte ich sofort, daß Hilfe dringend nötig und keine Zeit mehr zu verlieren war. Ich lief in die Wirtschaft zum Krug, rief noch einmal im Arzthause an. Doktor Nölle war noch immer nicht zurückgekehrt. So bestellte ich kurzerhand den Krankenwagen. Frau Klickmüller, die schreckliche Angst hatte und große Schmerzen ausstand, bat mich flehentlich, sie nicht allein zu lassen. Ich vermochte nicht, ihr diese Bitte abzuschlagen. Es blieb mir auch keine Zeit, die Kinder in irgendein Haus zu bringen. Kurz entschlossen packte ich sie mit in den Krankenwagen, besonders da beide in ein jammervolles Geschrei ausbrachen, als die fremden Männer ihre Mutter auf die Tragbahre hoben und hinaustrugen. So fuhr ich mit den dreien in die Stadt. Im Krankenhaus wurde mir bestätigt, was ich befürchtete. Das Kind war tot und Frau Klickmüller selbst sehr gefährdet. Ehe man sie in den Operationssaal fuhr, bat sie mich flehend: ‚Sieh nach meinen Kleinen, solange ich nicht zu Hause bin.' Arme Friedel, hoffentlich bleibt sie ihrem Mann und den Kindern erhalten. Bevor ich mit ihnen zurückfuhr – zum Glück erreichten wir noch den Abendzug – , telefonierte ich noch mit Fritz Klickmüller in der Fabrik, damit er weiß, was sich während seiner

Abwesenheit zugetragen hat. Der arme Mensch war ganz außer sich vor Angst um seine Frau. Und nun werden wir die Kinder zunächst hierbehalten, denn es sind keine Verwandten da, die sich ihrer annehmen könnten. Frau Klickmüllers Mutter ist ja seit Jahren gelähmt und selbst auf andere angewiesen."

Siegberte, die vor ihrer Zimmertüre den Mädchen berichtet hatte, schaute zu den Kindern hinein. Sie schliefen beide fest. „Jetzt ist es für euch aber auch höchste Zeit, zur Ruhe zu gehen", fuhr sie wieder zu den Mädchen gewandt fort. „Und morgen helft ihr mir, daß die armen Kleinen ihre Mutter nicht allzusehr vermissen."

Die beiden Mägde suchten ihre Kammer auf. „Ein seelenguter Mensch ist sie", sagte die eine.

„Aber mit ihrer Mutter wird es noch einen Kampf absetzen", meinte die andere. „Auf jeden Fall kann sie mit uns rechnen. Wir stehen zu ihr."

Siegberte stand überlegend vor dem Bett, in dem die kleinen Mädchen mit rotgeschlafenen Bäckchen lagen. Dann schritt sie entschlossen hinüber zur Schlafstube der Mutter. Durch die Ritzen der Türe drang Lichtschein. Also war sie noch wach. Siegberte wußte, eine Aussprache mit der Mutter war nötig, bevor der neue Tag begann, schon um der Kinder willen, die in ihrem Hause Zuflucht gefunden hatten. Es mußte Klarheit zwischen ihnen geschaffen werden, und zwar jetzt gleich.

Aber Frau Streitmann hatte die Türe verschlossen.

„Mutter“, bat Siegberte, „mach auf, ich möchte mit dir sprechen. Laß mich dir alles erklären.“

Es erfolgte keine Antwort.

„So höre doch, Mutter, ich bitte dich, öffne mir die Türe.“ Da wurde innen das Licht ausgeschaltet, und zornig klang es, als Frau Streitmann erwiderte: „Laß mich in Ruhe! Ich weiß ja, daß ich in diesem Hause nichts mehr zu sagen habe.“ Heftiges Schluchzen erstickte ihre weiteren Worte.

Einen Augenblick stand Siegberte unschlüssig, wartend. Sie mochte um der Leute willen das Gespräch mit der Mutter nicht vor der verschlossenen Türe fortsetzen. Andererseits trieb ihr Herz sie, diese jetzt nicht allein zu lassen.

Schließlich ging sie hinüber in ihr Stübchen. Vom Dorf her hallten elf Schläge durch die stille Winternacht. Aber Siegberte fühlte keine Müdigkeit. In ihr war alles wach und erregt. Und plötzlich fiel ihr ein, daß Heidi und ihre Mutter auf sie gewartet hatten. Was mochte dem jungen Mädchen fehlen? Wenn sie wirklich krank war, konnte es nur gut sein, wenn sie jetzt noch nach ihr sah. Wer weiß, ob sie morgen dazukam. Und sollte sie und auch die Mutter schon zur Ruhe gegangen sein, so schadete es nichts, wenn sie den Weg ins Dorf umsonst gemacht hatte. Leise öffnete sie die Kammertüre der Mädchen.

„Hanne, ich will noch schnell zu Lehrers Heidi gehen. Sie soll krank sein. Ich wollte dich bitten, ein wenig darauf zu achten, wenn etwa eines der Kinder unruhig wird. Sie schlafen zwar beide fest und werden wohl kaum aufwachen."

Hanne richtete sich auf. „Fräulein, jetzt so spät noch ins Dorf?"

„Soll ich Sie nicht begleiten?" fragte es aus dem anderen Bett.

„Nein, das ist nicht nötig. Ich fürchte mich nicht, aber es ist mir lieb, wenn ihr ein wenig auf die Kinder achtet. Es ist immerhin das erste Mal, daß sie in einer fremden Umgebung sind."

Und nun schritt sie ein zweites Mal an diesem Abend durch die winterliche Pracht. Es war dasselbe bezaubernd schöne Bild, wie es sich wenige Stunden vorher ihrem Auge geboten hatte, derselbe klare Sternenhimmel, der sie beglückt hatte, und doch war für Siegberte jetzt alles anders. Sie schritt durch die Nacht, als trüge sie unsichtbare Lasten, als hätte sie keinen Teil an der sie umgebenden reinen Schönheit.

Gehörte sie zu den Menschen, die Stimmungen und Gefühlsschwankungen unterworfen sind? Nein, Siegberte war ein Mensch von bewußter Kraft, erfüllt von Energie und Zielsicherheit. Was sie jetzt stark bewegte, war das bedrückende Bewußtsein des zunehmend unguten Verhältnisses zwischen der Mutter und ihr. Sie wußte, daß sie es auf die Dauer nicht ertragen würde, mit ihr in einem Hause zu leben, ohne daß volle Harmonie vorhanden war. Sollte sie eine vollwertige Arbeit leisten können, dann durften die Schatten häuslicher Disharmonien, unter denen sie nicht nur seelisch, sondern sogar körperlich litt, nicht auf ihren Weg fallen. Es war ihr, als schwänden ihre Kräfte, ihr Schaffensdrang und ihre Arbeitsfreudigkeit, wenn sie nicht von diesem Druck befreit wurde. Ihr Wesen bedurfte des ungestörten Friedens ihres Herzens, voller Harmonie in ihrer Umgebung, um wertvolle Arbeit leisten und etwas Ganzes aus ihrem Dasein machen zu können. Und darum mußte es zwischen der Mutter und ihr ins reine kommen. Siegberte war sich darüber klar, daß es unmöglich sein würde, allem Unangenehmen aus dem Weg zu gehen. Verantwortung brachte stets Kampf, Sorge, Last mit sich. Es würde auch in ihrem Leben an Enttäuschungen nicht fehlen, denen wollte sie keineswegs feige entfliehen. Aber in ihrem Hause mußte Friede sein, so wie es zu Vaters Zeiten auch gewesen war. Und daher mußte sie einen Weg finden, mit der Mutter in Liebe und Güte auszukommen – und wahrlich, das sollte möglich sein. Siegberte verstand nur zu gut, daß es der Mutter nicht leichtfiel, nicht mehr bestimmen und anordnen zu können, aber schließlich hatte diese selbst erkannt und oft genug ausgesprochen, daß sie längst nicht mehr imstande war, solchen Betrieb zu leiten. Auch hatte sie bereits nach Vaters Tod die Hauptverantwortung abgelegt. Warum nur erschwerte sie ihr jetzt ihre Aufgabe derartig? Und warum diese Härte, die sich heute in ihrer Haltung den beiden Kindern gegenüber kundtat?

Mit diesen Gedanken beschäftigt, war Siegberte ins Dorf gekommen, das in Dunkelheit und Schweigen lag. Im Häuschen der Lehrerswitwe schien man jedoch noch nicht zur Ruhe gegangen zu sein. Durch die Fensterscheiben drang

Lichtschein auf die Straße. Hoffentlich war Heidi nicht ernstlich krank!

Kaum hatte sich die Türe hinter Siegberte geschlossen, als sich von der Mauer des Rathauses eine schattenhafte Gestalt löste und auf die Dorfstraße trat. – Was tat Holzbann hier zu solch vorgerückter Stunde? Spionierte er gar hinter Siegberte her? –

Es war ihm nicht entgangen, daß sie kurz nach elf Uhr das Gehöft verlassen hatte. Was bedeutete das um diese Zeit? Es mußte ein triftiger Grund sein, der sie veranlaßte, in die kalte Nacht hinauszulaufen. Sollte tatsächlich einer vorhanden sein, der sie ihm weggeschnappt hatte und nun größere Rechte an sie besaß als er? Er mußte Gewißheit darüber haben. Siegberte ahnte bei ihrem nächtlichen Gang nicht, daß der Verwalter ihr heimlich folgte, erregt spähend, wohin sie ihre Schritte lenken würde.

Als er nun Siegberte in das Haus der Lehrerswitwe eintreten sah, atmete er erleichtert auf. Da schien nun allerdings kein Grund zu Befürchtungen vorhanden zu sein. Jetzt aber reifte ein Plan in seinem Innern! Er mußte noch heute Gewißheit haben, mußte mit ihr sprechen, bevor ein anderer ihm zuvorkam.

Frau Wolkhardt war nicht wenig erstaunt über Siegbertes Besuch zu solch später Stunde.

„So kommst du doch noch! sagte sie und streckte der Eintretenden in herzlicher Weise die Hand entgegen. „Wie gut, daß wir noch nicht schlafen!“

Heidi war mit einem leisen Freudenruf aufgesprungen. „Siegberte!“ Und plötzlich fiel sie ihr schluchzend um den Hals.

Liebevoll, so wie man ein Kind beruhigt, fuhr Siegberte ihr über das Haar. „Heidi, Liebes, weine nicht, komm, sag mir, was dir fehlt.“

Frau Wolkhardts Augen schimmerten feucht, als sie anstelle der Tochter erwiderte: „Ich bin seit Tagen in Sorge um sie. Das Essen will ihr nicht mehr schmecken. Sie schläft kaum und nimmt zusehends ab. Auf keinen Fall aber will sie, daß wir Doktor Nölle zu Rate ziehen. Und so bat ich dich, zu uns zu kommen.“

„Du bist heute bereits meine zweite Patientin", sagte Siegberte. „Wer weiß, vielleicht behält Doktor Nölle doch recht! Er hat mir nämlich für hier eine Praxis prophezeit." Sie versuchte das noch immer schluchzende junge Mädchen durch einen Scherz zu ermuntern. „Dann wirst du meine Sprechstundenhilfe, Heidi! Komm, laß mal sehen – der Puls ist gut. Temperaturerhöhung scheint nicht vorhanden zu sein. Schau mir einmal in die Augen." Und als sie ihre beiden Hände um das feingeformte, schmale Gesicht der Lehrerstochter legte und es zu sich emporhob, sagte sie: „Du grübelst zuviel, kleine Schwägerin. Das ist alles. Aber es wird davon nichts besser, und du rufst Martin damit nicht zurück. Komm, ich setze mich ein wenig zu euch, und du erzählst mir selbst von deinem Ergehen."

Es bestand für Siegberte kein Zweifel: Heidis Mattigkeit war nichts anderes als die Folge ihrer seelischen Verfassung. Sie vermochte den Tod des Verlobten nicht zu verschmerzen. Wenn die Möglichkeit bestände, sie in eine andere Umgebung zu versetzen, wo sie von ihrem Leid abgelenkt, wo ihr Dasein von einer Aufgabe ausgefüllt sein würde, wäre jede Sorge um ihr Befinden unnötig, denn sie war, obgleich zierlich und zart, doch kerngesund. So aber verlebte sie ihre Tage bei der verwitweten Mutter, die an dieser Tochter, vielleicht gerade weil sie so Schweres erlebt hatte, in besonderer Weise hing, wurde umsorgt und verwöhnt, mehr als es für sie im Augenblick gut war. Anstrengende Tätigkeit auf irgendeinem Arbeitsgebiet wäre für Adelheid die beste Medizin.

„Nun wird es wieder Weihnachten", klagte das junge Mädchen und blickte schmerzerfüllt auf ihre weißen Hände, die untätig in ihrem Schoße lagen. „Zum zweiten Mal Weihnachten seit Martins Tod!" Und die ganze Not der Freudlosigkeit ihres Daseins sprach aus ihren Worten.

Siegberte betrachtete sie einen Augenblick prüfend. Dann sagte sie: „Heidi, du hast zu wenig zu tun. Sieh deine Hände an. Sie sprechen für sich. Du bist zu oft untätig, und das ist Gift für dich. Du vergräbst dich in deinem Schmerz und verkümmerst dabei wie eine Blume im Schatten. Was du benötigst, ist Arbeit."

Du magst recht haben", erwiderte das Mädchen, „aber was soll ich tun? Wir haben kein Land, das zu bearbeiten wäre, außer unserem kleinen Garten, in dem es jetzt im Winter nichts zu tun gibt. Die wenige Arbeit in unserem Haushalt ist bald getan."

Vor Siegbertes Augen erstand plötzlich ein Bild. Sie sah die beiden kleinen Mädchen vor sich, die im Eichenhof dem neuen Tag entgegenschlummerten, und sprang auf.

„Heidi, ich hab's. Ich weiß für die nächste Zeit eine Aufgabe für dich. Du mußt, wenn deine Mutter damit einverstanden ist, Fridel Klickmüllers kleine Mädchen aufnehmen." Und sie berichtete von dem Erlebnis des Abends.

Voller Mitgefühl hörten die beiden Frauen zu.

„Arme Frieda!" sagte Frau Wolkhardt. „Hoffentlich muß sie nicht sterben. Sie ist trotz ihrer Armut glücklich verheiratet."

„Es wäre furchtbar!" flüsterte Heidi leise, und fuhr wie mit sich selbst redend fort: „Leid, wohin man blickt!"

Siegberte riß sie gewaltsam aus ihren schwermütigen Gedankengängen heraus: „Heidi, ich kann die beiden Kleinen, so gern ich auch möchte, nicht behalten. Mutter würde es nicht ertragen. Ihr wißt ja, wie es um ihr Herz steht. Und dann kann sie sich nicht mit dem Gedanken abfinden, daß ich auch noch andere Interessen als nur den Hof haben könnte. Es muß aber für die Kinder gesorgt werden, und mir scheint, bei euch wären sie am besten aufgehoben. Platz genug ist in eurem Haus. Und für dich, Heidi, ist das gerade die beste und richtige Aufgabe."

Die beiden Frauen blickten sich gegenseitig fragend an. Siegberte aber wartete gar keine Antwort ab. Sie erhob sich und küßte die kleine Schwägerin, wie sie Heidi gerne nannte, auf die Stirne.

„Kind, du mußt dich um deiner Jugend willen aufraffen. Du hast noch längst nicht alle Aufgaben deines Lebens erfüllt.

Gute Nacht! Gib acht, ich bringe dir morgen Leben und Freude ins Haus. – Frau Wolkhardt, Sie bringen mich wohl noch bis zum Tor. – O liebe Zeit, es ist schon halb ein Uhr! Wie unsolide, so spät nach Hause zu kommen!"

Als sich die Wohnzimmertüre hinter ihnen geschlossen hatte, beugte sich Siegberte zu Frau Wolkhardt.

„Es muß etwas geschehen. Heidi läuft Gefahr, in Schwermut zu versinken. Das ist der Grund, daß ich so bestimmt handelte, ohne über Klickmüllers Kinder zuerst mit Ihnen gesprochen zu haben. Es handelt sich ja nur um einige Tage, höchstens aber um ein paar Wochen. Diese Zeit wird jedoch genügen, uns zu zeigen, ob wir mit Heidi den rechten Weg eingeschlagen haben. Ich halte es für äußerst wichtig, daß schnellstens etwas geschieht."

Frau Wolkhardt drückte Siegberte warm die Hand. „Ich danke dir für dein offenes Wort. Ja, bringe uns die Kleinen. Sie sollen es gut haben. Und nun grüße mir die Mutter! Geht es ihr wieder einmal nicht gut? Wie steht es um ihre Gesundheit?“

Siegberte sah zu Boden. Als sie die Augen wieder zu der mütterlichen Freundin hob, war in ihnen etwas von Not zu lesen. „Es sind verschlossene Türen da“, sagte sie leise, „die den Zugang von Herz zu Herz ungemein erschweren.“

„Verschlossene Türen!“ wiederholte die im Sturm des Lebens gereifte Frau sinnend. Dann sprach sie ein feines Wort: „Es gibt einen Schlüssel, der sie aufschließt, obgleich man manchmal lange warten muß; einmal aber wird er sie öffnen – der Schlüssel der Liebe.“

Dann sah sie Siegberte prüfend in die Augen. „Solltest du deines Amtes schon müde sein, Kind?“

Da schüttelte diese energisch den blonden Kopf. „Nein, Mutter Wolkhardt, gewiß nicht, nur vielleicht noch ein wenig unerfahren in manchen Dingen. Aber nun muß ich gehen.“

Als Emil Holzbann die Wirtschaft zum Krug verließ, war er nicht mehr ganz sicher auf den Beinen, obgleich er sich gerade jetzt in der richtigen Verfassung wähnte, aufs Ziel loszusteuern. Er, der Forsche, hatte es sonst wahrlich nie nötig gehabt, sich Mut anzutrinken, aber diese Siegberte war so ganz anders als all die Frauen, mit denen er es bisher zu tun gehabt hatte. An sie kam man nicht so leicht heran. Heute jedoch, noch in dieser Nacht, würde er sich Gewißheit und, er zweifelte jetzt keinen Augenblick daran, auch ihre Zusage holen. Jawohl! Ha, er straffte sich schon jetzt im Wohlgefühl seines Erfolges. – Siegberte Streitmann, die Ärztin, die Tochter des Eichenhofbauern, seine Frau! – Die Dörfler, die elenden Spießbürger, würden nicht wenig staunen – und gelb anlaufen vor Neid und Eifersucht. Aber das schadete ihnen nichts. Er hatte es ihnen nicht vergessen, was sie ihm nachgeredet, diese Verleumder! – Aber wartet nur, wenn ich erst selbst Eichenhofbauer bin – wartet nur!

Kalt war die Luft. Ihn fröstelte, denn in der Wirtschaft war es überheiß gewesen. Dazu hatte er sich von innen mit etlichen Schnäpsen kräftig aufgewärmt.

„Haltung, Emil, wenn's auch schwerfällt!" rief ihm einer der beiden letzten Gäste nach, die sich noch im Krug befanden. Zu seiner Genugtuung nahm die Kellnerin sowie der alte Wirt neugierig am Fenster Aufstellung. Recht so, erzählt's nur im Dorf! – Herrschaft, es war doch nicht Glatteis? Der Boden schwankte ja unter seinen Füßen. Haltung, Haltung! – Wenn ihm nur der Kopf nicht so gebrummt hätte.

Siegberte war nicht wenig erstaunt, als sie sich angerufen hörte. Sie drehte sich um. Holzbann? Um diese Zeit? – Wie unangenehm! Und wie der Mensch torkelte!

„Sieg – Siegberte, – du – du – gestattest doch, daß ich dich – dich – nach Hause begleite? – Wir – wir wohnen ja unter einem Dach."

„Leider!" versetzte Siegberte eisig und übersah absichtlich die Hand, die er ihr zum Gruß entgegenstreckte.

„Leider? Leider?" wiederholte er fragend und bemühte sich vergeblich, neben ihr das Gleichgewicht zu halten. „Wieso leider?“

„Weil es keine Ehre ist, einen solchen Verwalter zu haben. Du bist ja vollkommen betrunken.“

„Ich? Betrunken?“ – Holzbann warf sich in die Brust und rannte dabei gegen einen Laternenpfahl. „Nie im Leben war ich so nüchtern wie jetzt.“

„Wenn das nüchtern sein soll, dann möchte ich dir nicht begegnen, wenn du einen Rausch hast.“

Er lachte. „Du bist drollig, Siegbertchen.“

„Bitte, vergiß nicht, mit wem du sprichst.“

„Nein, nein, niemals!“ beteuerte er torkelnd. „Ich werde es nie vergessen, Fräulein Doktor Siegberte Streitmann. – Und ich – ich – bin nur der Verwalter. – Ihr untertänigster Diener, gnädige Frau.“

Er zog den Hut und kippte bei der mißlungenen Verbeugung schier in den Schnee. – Siegberte schritt eiliger aus. Der Mensch ekelte sie an. Aber jetzt war nichts mit ihm anzufangen. Morgen jedoch wollte sie ihm gehörig die Meinung sagen.

Als sie die letzten Häuser des Dorfes erreicht hatte, folgte er ihr wieder dicht auf den Fersen.

„Siegberte, so warte doch – ich muß mit dir reden!“

Nun lag das weite, schneebedeckte Feld vor ihr. Sie fürchtete sich nicht etwa, aber es war ihr doch unangenehm, den einsamen Weg bis zum Eichenhof allein mit diesem betrunkenen Menschen zurückzulegen. Es waren immerhin noch fünfzehn Minuten zu gehen.

Nun hielt Holzbann den Zeitpunkt zu handeln für gekommen.

„Siegberte“, rief er und breitete die Arme aus. „Siegberte, ich muß es dir endlich sagen, ich – ich – hoppla!“

Er sank bis zu den Knien in eine Schneewehe. Als er sich wieder herausgekrabbelt hatte, war Siegberte bereits ein ganzes Stück weiter geeilt. Nur mühsam kam er vorwärts. Endlich hatte er sie eingeholt.

„Siegberte – so höre doch – ich – ich –

liebe dich! Du mußt meine Frau werden."

Das ging dem Mädchen doch zu weit. Mit einem Ruck wandte sie sich zu dem Aufdringlichen, daß dieser erschrocken zurücktaumelte, und fuhr ihn an: „Holzbann, kein weiteres Wort, unverschämter Mensch! Wir werden morgen weiterverhandeln, aber anders, als du dir das vorstellst."

Da hob der Betrunkene erneut die Arme und lallte: „Nicht erst morgen! Siegberte – heute, jetzt – hier!"

Sein alkoholgetränkter widerlicher Atem drang ihr ins Gesicht. Sie trat einen Schritt zurück. Er aber versuchte sie an sich zu reißen. Wäre er nüchterner gewesen, Siegberte hätte größere Mühe gehabt, sich seiner zu erwehren, so aber packte sie den Taumelnden mit festem Griff und stieß ihn in den Schnee.

Nun spürte Siegberte doch heftiges Herzklopfen. Wie gut, daß man dort hinten jetzt die treuen Wächter des Hofes, die alten Eichbäume, in den nächtlichen Himmel ragen sah. Ihr Entschluß stand fest: „Morgen verläßt Holzbann das

Haus. Für einen solchen Verwalter bedanke ich mich."

Als Emil Holzbann endlich wieder auf den Füßen stand, war er um ein gut Teil nüchterner geworden. Noch immer fluchend rieb er sich den Schnee aus den Augen. In ihm wütete es. Diese Erniedrigung verschmerzte er nicht so rasch. Drohend erhob er die Faust: „Das sollst du büßen!"

Als er sich jedoch anschickte, Siegberte zu folgen, gewahrte er zu seinem Erstaunen, daß sie sich nicht mehr allein auf dem Feldweg befand. Ein Mann ging an ihrer Seite. – Ein Mann? – Verteufelt, also doch ein Nebenbuhler.

„Ich schlage ihn nieder, den Schuft!" raste Holzbann und stürmte hinter den beiden her. Als er aber, näher kommend, den alten Hinnerk erkannte, verzog er sich wie ein geprügelter Hund auf einen Nebenweg. Zähneknirschend fauchte er: „Mit diesem verflixten Frauenzimmer habe ich nun einmal kein Glück."

Inzwischen erzählte Hinnerk Siegberte, daß die Sorge um sie ihn unsagbar gequält habe. „Ich wußte, daß du noch ins Dorf gegangen warst“, sagte er, „und hörte gleich darauf noch die Haustüre gehen. Als ich unruhig zum Fenster hinaussah, erkannte ich Holzbann, der dir nachschlich. Da erfaßte mich namenlose Angst um dich. Ich versuchte mich selbst zu beruhigen, sagte mir, daß ein Mädchen wie du sich schon zu wehren wisse, wenn es darauf ankomme. Aber ich fand keine Ruhe. Ich habe den Herrgott angerufen, er möge dich beschützen. Aber schließlich war mir's, als müsse ich ihm dabei doch ein wenig behilflich sein. Ich konnte nur mit meinen Gichthänden nicht so schnell in die Kleider kommen, sonst hätte ich dich eher erreicht. Nun aber bin ich froh, daß meine Sorge umsonst war. Der Holzbann hat dir doch nichts getan?“

„Ich habe ihn in einen Schneehaufen geworfen“, erwiderte sie. „Aber nun ist es doch gut, daß du da bist, Hinnerk – ich danke dir. Komm, stütze dich auf meinen Arm. Das Gehen ist hier beschwerlich.“

Frau Streitmann hatte lange schlaflos gelegen. Es stritten in ihr Empörung, gekränkte Ehre und auf der anderen Seite die Liebe zu ihrer Tochter, der sie mit ihren Heiratsplänen doch nur zum Lebensglück verhelfen wollte. Sie faßte endlich den Entschluß, mit Siegberte über Holzbanns Absichten zu sprechen, und zwar gleich morgen früh. Auch sie war sich darüber klar, daß etwas geschehen müsse.

Siegberte war nicht wenig erstaunt, als die Mutter am anderen Tag zum gemeinsamen Morgenessen erschien. Friedel und Jettchen, die beiden Kinder, die mit gutem Appetit ihre Hafersuppe löffelten, übersah sie geflissentlich. Hingegen vermißte sie sogleich den Verwalter, der heute nicht zur Mahlzeit erschienen war.

„Wo ist Holzbann?" fragte sie.

Minchen antwortete. „Er ist ganz früh ins Dorf gegangen, er sagte etwas von den Schlachtscheinen, die er auf dem Rathaus besorgen müsse, oder etwas Ähnliches. Ich habe ihn nicht recht verstanden."

Schweigsamer als gewöhnlich saß man am Tisch. Frau Streitmann wußte wohl, daß sie die Ursache der unbehaglichen Stille war. Sie mögen mich nicht, dachte sie bitter. Ich bin ihnen im Wege.

Siegberte reichte ihr nach Beendigung der Mahlzeit das Andachtsbuch. „Mutter, willst du lesen?"

„Nein, tu du das nur selber, und nachher kannst du mal zu mir kommen. Ich habe mit dir zu reden."

Schon eine ganze Weile hatten die Kinder ängstlich über ihre Teller hinweg auf die Frau mit dem strengen Gesicht gesehen, die ihnen noch keinen freundlichen Blick gegönnt hatte. Es war ihnen nicht entgangen, daß bei ihrem Eintritt in die Stube jedes frohe Gespräch verstummt war. Siegberte wollte gerade mit dem Lesen der Andacht beginnen, als die Kleinere in bitterliches Weinen ausbrach: „Ich – ich – will – zu meiner Mutter." Das genügte natürlich, um auch des Schwesterleins Tränenschleusen zu öffnen. Zum Erbarmen schluchzte das Kind in sein Schürzchen. Seine ganze Not kam heraus. Die Andacht war somit gestört.

„Kleine Dummerchen", sagte Siegberte, nachdem sie ein kurzes Gebet gesprochen und den Leuten ihre Tagesarbeit zugeteilt hatte. Sie nahm Jettchen auf den Schoß und trocknete beiden das tränennasse Gesichtchen.

„Wer wird denn weinen, nachdem man einen so guten Haferbrei verzehrt hat? Wenn ihr jetzt schön lieb seid, dürft ihr Minchen helfen Linsen auslesen. Ihr wißt doch, wie die Täubchen dem Aschenbrödel halfen. Die guten ins Töpfchen, die schlechten ins Kröpfchen. Die schlechten dürft ihr nachher den Hühnern streuen."

Schon waren die Kleinen getröstet und taten begeistert mit.

„Man könnte meinen, sie habe ihr Leben lang nichts anderes getan, als sich mit solch kleinen Puten abgegeben", sagte Minchen, „so gut kann sie's."

Frau Streitmann hatte brummend die große Stube verlassen. „Kindergeschrei! Das fehlt uns gerade noch – aber sie muß eben ihren Kopf durchgesetzt haben."

Dann trat Siegberte zu ihr ins Zimmer.

Einen Augenblick standen die beiden Frauen sich schweigend gegenüber, beide fast gleich groß, die Tochter aufrecht und kraftvoll. Klar blickte ihr Auge, ruhig wartete sie auf die Anrede der Mutter. Diese, schon etwas gebeugt, mit leise zitternden Händen, hatte in den Augen ein unruhiges Flackern. An ihrem Halse krochen langsam rote Streifen empor, bildeten auf den vorstehenden Backenknochen brennende Flecke und bewiesen Siegberte die mühsam zurückgehaltene Erregung der Mutter.

„Du wolltest mit mir reden", brach die Tochter das Schweigen und erwartete nichts anderes als neue Vorwürfe über ihr eigenmächtiges Handeln betreffs der Kinder. Aber die Vorwürfe blieben aus. Es berührte Siegberte seltsam, als die Mutter plötzlich wie in bittender Gebärde die Hände hob.

„Siegberte, Weihnachten steht vor der Türe. Ich habe einen einzigen Wunsch. Willst du ihn mir erfüllen?"

„Wenn es mir möglich ist, gerne", erwiderte Siegberte, ohne allerdings die leiseste Ahnung von der Art des Wunsches zu haben. – Was hatte das zu bedeuten? Wann war es je geschehen, daß die Mutter ihr gegenüber eine Bitte ausgesprochen hätte?

Frau Streitmann überfiel plötzlich eine Schwäche. Mit beiden Händen hielt sie sich an der Lehne eines Stuhles fest.

Siegberte legte liebevoll den Arm um die Schwankende.

„Setze dich, Mutter, und dann sage mir, was ich für dich tun kann."

„Holzbann – der Emil – –!" Frau Streitmann stockte. Weshalb wurde es ihr plötzlich so schwer, das, was sie sich mit so leuchtenden Farben ausgemalt hatte, der Tochter vorzubringen? Dann aber nahm sie einen Anlauf, ihre Worte überstürzten sich, als habe sie Angst, jemand könne sie hindern, ihre Gedanken auszusprechen. „Er will dich zur Frau. Er hat es mir gestanden, schon damals, als du uns bei verschlossener Tür fandest. – Es war mir leid – aber ich wollte dir nichts davon sagen, bis er selbst mit dir ins reine gekommen wäre. Nun aber, da er immer noch zögert, will ich dich darauf vorbereiten und dich bitten: Gib ihm dein Jawort. Es ist mein Weihnachtswunsch."

Noch immer stand Siegberte aufrecht vor der Mutter. In ihrem Gesicht aber war eine Veränderung vor sich gegangen. Man wußte nicht recht, was stärker hervortrat, der Zug der Verachtung oder der der Bitterkeit.

War es nicht geradezu ein Verhängnis? Nun äußerte die Mutter wirklich einmal einen Wunsch vor ihr, und sie war nicht imstande ihn zu erfüllen. – Holzbann? – Sie sah die Episode der Nacht vor sich, hörte das widerliche Lallen des Betrunkenen, der seiner Sinne nicht mehr mächtig war, und meinte zu verspüren, wie sein alkoholgetränkter Atem ihr Gesicht streifte. –

Und dieses Menschen Weib sollte sie werden? Der Ekel schüttelte sie. Aber es würde nun nicht schwerfallen, die Mutter zu überzeugen, daß das niemals sein könne. Wenn sie ihr das gestrige Erlebnis schildern würde, konnte sie nicht mehr wünschen, diesen charakterlosen Menschen als Schwiegersohn zu haben.

Die Eichenhofbäuerin deutete das Schweigen der Tochter günstig. Siegberte schien nicht abgeneigt zu sein, sie überlegte. Hoffnung regte sich in ihr, und sie begann die Vorzüge des Verwalters zu preisen.

„Emil ist ein tüchtiger Arbeiter. Du siehst doch selbst, daß er die Sache hier gut in der Hand hat. Es ist doch auch etwas ganz anderes, wenn ein Mann auf einem Hof bestimmt – und mir ist der Holzbann als Schwiegersohn nur recht." Im Eifer verriet sie ihre geheimsten Gedanken. „Denk doch, Siegberte, der Eichenhof und der Steinhaldenhof!"

Erst jetzt antwortete diese.

„Ja, Holzbann hat mit mir gesprochen."

„Und?" Die Bäuerin war ganz Erwartung. Ihre Hände hatten sich in höchster Erregung ineinander verkrampft. „Was hast du geantwortet, Siegberte?"

„Er wird noch heute das Haus verlassen."

„Siegberte!"

„Jawohl, Mutter, noch heute. Ich will ihn keinen Tag länger auf dem Hofe haben. Der widerliche Mensch hat es gewagt, mir vollkommen betrunken auf der Straße aufzulauern; er hat mich in diesem Zustand gefragt, ob ich seine Frau werden wolle. Dabei wurde er aufdringlich. Wäre er nicht so unsicher auf den Füßen gewesen, ich hätte Mühe gehabt, mich seiner zu erwehren. So warf ich ihn in den Schnee. – Mutter, du wirst doch nicht wollen, daß ein solcher die Arbeit unseres Vaters fortsetzt, sein Erbe übernimmt und der Ehemann deiner Tochter wird?"

Jetzt war auch Siegberte erregt. Wenn sie aber geglaubt hatte, die Mutter durch diese Schilderung zu überzeugen, irrte sie sich. Diese hatte sich derartig in ihre Idee verrannt, daß sie selbst für diese unerhörte Handlungsweise Holzbanns eine Entschuldigung fand.

„Siegberte, du darfst das nicht so tragisch nehmen. Jeder Mensch schlägt einmal über die Stränge. Lieber Gott, der Emil ist doch noch jung, er hat sich eben einmal vergessen, und schließlich ist es aus Verzweiflung geschehen, weil du immer so unnahbar gewesen bist."

„Mutter!" Siegberte schrie auf in Empörung. – Aber sie fand kein Verständnis, und als sie auf Holzbanns sofortiger Entlassung bestand, geriet Frau Streitmann in solchen Zorn, daß Siegberte mit einem Herzanfall rechnen mußte.

Sie vergaß sich so weit, der Tochter in höchster Erregung zu drohen: „Wenn du Holzbann die Türe weisest, verlasse auch ich das Haus." Siegberte hatte Mühe, sich zu beherrschen.

„Mutter", bat sie, „sei doch um Gottes willen vernünftig. Wenn du nicht an mich und meine Gefühle denken willst, so denke wenigstens an den Hof, an unser Erbe, das Vater und Martin uns hinterlassen haben."

Aber die Bäuerin schien von allen guten Geistern verlassen zu sein. Sie steigerte sich immer mehr in gehässige Erregung und schrie Siegberte schließlich an: „Wer gibt dir ein Recht, dich über einen anderen Menschen, der einmal einen Fehler begangen hat, in selbstgerechter Weise zu erheben? Auf alle Fälle verwaltest du so das Erbe deines Vaters nicht in seinem Sinne. Nie hätte er oder Martin so gehandelt. Keiner von ihnen würde mir so entgegengetreten sein, wie du es tust." Und im Zorn und Mitleid mit sich selbst brach sie in Tränen aus.

Siegberte war ratlos. – Wo begann hier ihre Pflicht und wo hörte sie auf? Aber Holzbann heiraten? Niemals! Sie wußte, das hätte der Vater nie von ihr verlangt. – Aber es war zwecklos, mit der Mutter jetzt darüber zu reden. Langsam wandte sie sich zur Türe, um das Zimmer zu verlassen. In diesem Augenblick stürzte Frau Streitmann wie ein gefällter Baum zu Boden. – Der Herzanfall war da.

Siegberte handelte jetzt als Ärztin. Hanne, die sie zur Hilfe herbeigerufen hatte, wunderte sich nicht wenig über die ruhige Art des Fräuleins, das keinerlei Erregung zeigte, sondern bewußt und sicher ihre Anordnungen traf. Es gelang ihnen beiden nicht, die Bäuerin ins Bett zu tragen. Siegberte mußte noch Lene bitten. Gemeinsam hoben sie nun den schweren Körper.

„Hanne, hol eine Schüssel mit Wasser“, befahl Siegberte, während Lene Frau Streitmanns Schuhe lösen mußte. Dann wurden beide wieder an die Arbeit geschickt. Siegberte öffnete der Mutter das Kleid, legte Umschläge auf das Herz und bettete sie sorgsam; alle Kränkungen und alle Aufregung der letzten Stunde waren gänzlich vergessen.

Als die Eichenhofbäuerin die Augen wieder öffnete und es ihr zum Bewußtstein kam, daß sie kraftlos und auf die Hilfe ihrer Tochter angewiesen auf ihrem Bette lag, begann sie erneut laut zu weinen. Unwillig zog sie das Kleid über der Brust zusammen. Siegberte kannte die herbe Art der Mutter und wußte, daß es ihr peinlich war, sich von ihr pflegen zu lassen. Sie beugte sich über die Mutter: „Mutter, du mußt mich den Umschlag schon noch einmal erneuern lassen, und hier ist auch die Medizin.“

Frau Streitmann schien es jedoch als

Erniedrigung zu empfinden, sich von ihrer Tochter behandeln zu lassen. Sie griff hastig nach dem Löffel: „Gib her, das kann ich selbst machen!" Dabei verschüttete sie die Tropfen, so daß Siegberte noch einmal nachfüllen mußte. „Und den Umschlag kann ich mir auch selbst machen. Stelle mir die Schüssel auf den Stuhl an mein Bett."

„Laß mich dir doch helfen", bat Siegberte. „Du mußt jetzt noch eine Weile ganz still liegen. Vor allen Dingen darfst du dich jetzt nicht erregen. Bitte, höre doch auf zu weinen!"

„Du hast gut reden", jammerte Frau Streitmann. „Wer ist denn schuld, daß ich mich so aufgeregt habe?"

„Komm, Mutter, laß das jetzt!"

Aber sie war wie ein eigensinniges Kind. „Was wird aus Holzbann?" – Siegberte antwortete nicht gleich.

„Siehst du, siehst du – und du sagst, ich dürfe mich nicht aufregen? – O Gott, mein Herz!"

Siegberte erneuerte den Umschlag. „Er soll vorerst auf dem Hof bleiben, das heißt, wenn er es nicht selbst als seine Pflicht betrachtet, zu gehen."

„Dann bist du schuld!"

„Sei ruhig, Mutter, so wie ich ihn einschätze, wird er nicht aus sich selbst gehen, dazu besitzt er zu wenig Charakter."

Dem Anfall folgte ein Ermattungszustand. Frau Streitmann schlief ein. Die augenblickliche Gefahr war behoben. Siegberte verließ auf Zehenspitzen das Zimmer, um die Mutter nicht zu wecken. Einen Augenblick mußte sie, die Starke, sich am Treppengeländer halten. Aber es war keine körperliche Erschlaffung, die ihr zu schaffen machte, sondern das Bewußtsein der Schwere ihrer Aufgaben.

Von unten hallte frohes Plaudern und Lachen der Klickmüllerschen Kinder zu ihr herauf. Da erinnerte sie sich ihres Vorsatzes, die Kleinen zu Heidi zu bringen. Ja, dorthin paßten sie besser. Der Eichenhof bot ihnen keine Heimat.

Sie stieg die Stufen hinunter und stand plötzlich vor Holzbann, der, im Hauseingang an der Wand lehnend, scheinbar auf sie gewartet hatte. Im Sonntagsanzug stand er da, den Hut in der Hand.

„Kann ich mit dir sprechen?“ fragte er, zerknirscht in Ton und Haltung.

Elender Heuchler, dachte Siegberte und öffnete die Türe zum Wohnzimmer. Lieber hätte sie ihm die Haustüre geöffnet. „Bitte“, sagte sie und schritt ihm voraus. Er folgte und blieb gleich neben der Türe stehen. Sie bot ihm keinen Stuhl an.

Holzbann begann: „Ich weiß, daß es von dir abhängt, ob ich noch länger in deinem Hause bleiben kann oder nicht. Du siehst, ich rechne damit, gehen zu müssen. Ich weiß, ich habe dich schwer beleidigt; wie unsagbar peinlich mir das ist, brauche ich dir wohl nicht zu sagen. Ich bin auch davon überzeugt, daß ich an dem Glück meines Lebens vorbeigegangen bin, denn wenn ich bis gestern glaubte, hoffen zu dürfen, so weiß ich heute, daß ich das verscherzt habe.“

„Du hattest nie Grund zu hoffen, daß ich dich heiraten würde“, unterbrach sie ihn, ohne eine Miene zu verziehen. Sie hätte den Menschen, der da so aalglatte

Worte fand, am liebsten am Kragen genommen und aus dem Hause geworfen.

„Und doch wage ich dich zu bitten", fuhr dieser fort, „verurteile mich nicht. Ich will meine Handlungsweise wahrlich nicht entschuldigen, aber es war ein Akt der Verzweiflung. Nun habe ich es verscherzt, habe deine Verachtung verdient, und doch möchte ich dich bitten, Siegberte, stoße mich nicht von dir. Laß mich wenigstens in deiner Nähe bleiben. Ich will nichts sein als dein Angestellter, dein Diener, und – mein Wort – an meiner Treue soll's nicht fehlen."

„Ich halte nicht viel von deinem Wort. Laß die Phrasen!"

Jetzt trat er einen Schritt näher. Wahrhaftig, seine Stimme bebte.

„Siegberte, sei doch nicht so grausam, glaube mir, ich bin mir selbst ein Rätsel. Sieh, ich könnte ja ganz andere Stellen innehaben. Du kennst meine Zeugnisse."

„Bitte, es hindert dich niemand zu gehen", wollte Siegberte sagen, besann sich jedoch auf das der Mutter gegebene

Wort und fühlte gleichzeitig, wie die daraus entstandene Bindung sie bereits jetzt zu quälen begann.

„Ich bitte dich", fuhr er fort und wollte nach ihrer Hand fassen, die sie ihm jedoch empört entzog, „ich bitte dich, versuche es noch einmal mit mir. Du weißt, daß ich arbeite, und ich verspreche dir, du sollst nie wieder Anlaß zur Klage haben. Nur laß mich in deiner Nähe bleiben. Dir allein könnte es gelingen, aus mir einen anderen Menschen zu machen."

Siegberte ertrug es nicht länger.

„Schweig!" fuhr sie auf. „Glaube nicht, daß du mit deinen Redensarten auch nur den geringsten Eindruck auf mich machst. Wenn ich dir heute nicht die Türe weise, so hast du es meiner Mutter zu verdanken. Sie hat für dich gebeten. Aber sei versichert, es ist nur ein Versuch. Und heiraten werde ich dich nie. Das merke dir! Wenn schon die Liebe fehlt, so müßte wenigstens Achtung vorhanden sein, die aber verdienst du nicht. Und jetzt geh an deine Arbeit!"

„Siegberte, wie danke ich dir!"

„Geh!"

Die Tür schloß sich hinter ihm. Siegberte aber ließ sich in den Sessel am Fenster fallen und stützte den Kopf in die Hand. Sie fühlte sich unfrei, ihre Hände waren gebunden. Wie sollte sie ihre Aufgabe auf dem Eichenhof ausführen können, solange dieser Holzbann da war! Sie meinte plötzlich Martins Stimme zu hören an dem Tage, da er von ihnen ging: „Es wird nicht leicht sein, aber du wirst es schaffen." Sie fühlte sich in diesem Augenblick so bedrückt, daß ihr dies mehr wie fraglich erschien. Ja, wenn sie mit der Mutter hätte rechnen können! Nicht mit ihrer körperlichen Kraft und Mitarbeit – das schien ihr das Wenigste; sie selbst war stark, gute Hilfskräfte standen ihr zur Seite, außerdem konnte man, wenn nötig noch einen Knecht anstellen –, nein, die Arbeit machte ihr geringe Sorge, aber die innerliche Spannung, die war ihr einfach unerträglich. Wie konnte Mutter ihr ein weiteres Zusammenarbeiten mit Holzbann zumuten?! Hatte sie kein Gefühl für ihr weibliches Empfinden? Wäre die Mutter nicht herzleidend, sie hätte die Entlassung des Verwalters durchgesetzt; aber jede heftige Erregung konnte ihr Tod sein, das wußte sie als Ärztin nur zu gut. So blieb nichts anderes übrig, als Holzbann weiter auf dem Hof zu beschäftigen. – Geradezu lächerlich, ein Verwalter, vor dem keiner im Hause Achtung hatte! Was die Mädchen von ihm hielten, bewiesen ihr deutlich deren Äußerungen. Aber schließlich würde die Mutter auch hierfür Entschuldigungen finden. Es war ihr, Siegberte, einfach unbegreiflich. Und das Furchtbare war, daß die Mutter jetzt, da sie Holzbanns Bleiben erzwungen hatte, weiter hoffte.

„Nein, Mutter!" Siegberte schüttelte sich voller Abscheu. „Lieber bleibe ich unverheiratet, wenn ich schon meinen Beruf, der mir teuer war, drangegeben habe. Aber ein solches Opfer fordert der Eichenhof nicht von mir. Schaffen will ich Tag und Nacht, auf jedes eigene Glück verzichten, des Erbguts Hüterin will ich sein, so wahr mir Gott helfe, aber einem

Unwürdigen vertraue ich mich nicht an."

Auf jedes eigene Glück verzichten! Wie schnell war das gesagt! Und plötzlich wußte sie, daß sie sich vielleicht noch nie in ihrem Leben so sehr nach einem Herzen, das für sie schlug, gesehnt hatte, wie gerade jetzt. Wie mußte es köstlich sein, einen Menschen zu wissen, mit dem man alles besprechen, dem man sich anvertrauen konnte! – Verzichten? – Ob das ihr Schicksal war?

Wie kam es, daß sie plötzlich Heiner Sorger vor sich sah, den jungen Arzt mit den warmherzigen Augen? Und woher dieses plötzliche Erkennen: das wäre das Herz, an das ich mich flüchten könnte!

Siegberte sprang auf, energisch und schier ärgerlich über sich selbst. Solch törichtes Sinnieren paßte ja gar nicht zu ihr. Doktor Sorger hatte seinen Aufgabenkreis im Sanatorium Fichtenhöhe und sie hier auf dem Hof ihrer Väter. Es führte keine Brücke von einem zum andern. Die Begegnung mit Sorger damals war für sie eine angenehme Erinnerung, weiter nichts, konnte nichts anderes sein.

Übrigens war es sehr unpassend für eine Bäuerin, hier untätig herumzusitzen. Sie wollte schnell noch einmal nach der Mutter sehen und dann noch vor dem Mittagessen die beiden Kinder zu Heidi bringen. –

Es war gut, daß sich gleich nach Weihnachten die Arbeit wieder mehrte. Sie wollte nachher auch noch im Krankenhaus anrufen, um sich nach Frau Klickmüllers Befinden zu erkundigen.

Im Häuschen der Lehrerswitwe hatte man bereits alles zum Empfang der beiden Mädchen vorbereitet. Im Gastzimmer standen zwei Kinderbettchen, die in der Bodenkammer schon beinahe in Vergessenheit geraten waren und noch aus Heidis und ihrer Geschwister Kinderzeit stammten. Ein paar Puppen und anderes Spielzeug waren ebenfalls aus jahrelanger Verbannung ans Tageslicht gefördert worden. Staunend und zugleich voll hoffender Freude beobachtete Frau Wolkhardt ihre Tochter, die immer wieder ans Fenster, ja sogar vors Haus lief, um Ausschau zu halten.

Hoffentlich bringt Siegberte nun auch die Kinder, dachte die Lehrersfrau, es scheint mir, als ob Heidi sich auf die neue Aufgabe freue.

Und dann kam das fröhliche Gefährt um die Ecke: Friedel und Jettchen warm in Decken gehüllt, so daß nur die Augen und Nasenspitzen hervorguckten, auf einem Schlitten, vor den Siegberte sich gespannt hatte.

Ein wenig verschüchtert standen die Kinder gleich darauf im Wohnzimmer der beiden Frauen. „Nicht wahr, hier ist's schön?" Siegberte zog der Kleinsten das Jäckchen aus, während Heidi der größeren Schwester aus den Lederstiefeln half.

„Ja", sagte diese und ließ die munteren Äuglein eifrig herumspazieren. „Blumen hat's hier, richtige Blumen, mitten im Winter."

Damit hatte sie bereits Mutter Wolkhardts Herz gewonnen. Wer ihre Blumen und Pflanzen lobte, die sie mit großer Sorgfalt pflegte, der tat ihr persönlich wohl. Jettchen aber hatte die Puppenecke entdeckt. Mit einem beglückten Aufschrei strebte sie von Siegbertes Schoß: „Oh, oh, Friedel, guck nur, für mich eine und für dich eine!“

„So, ich bin hier bereits überflüssig“, konstatierte Siegberte. „Auf jeden Fall sind die beiden am rechten Platz.“ Und zu dem größeren Kind gewandt: „Nicht wahr, Friedelchen, ihr seid recht lieb. Schau, ihr dürft so lange bei den Blumen und den Puppen bleiben, bis eure Mama wieder gesund ist. Der Papa kommt auch heute abend und sieht nach euch. Und dies hier ist die Oma Wolkhardt und das die Tante Heidi.“

Prüfend blickte das Kind die beiden Frauen an. Dann zog plötzlich ein Lächeln über das ernste Gesichtchen.

„Tante Heidi?“ wiederholte es. „Ich weiß ein Lied von dir.“

„Wie heißt es denn?“ fragte Heidi und beugte sich zu ihr nieder.

„Jupp – heidi, jupp – heida, Schnaps ist gut für Cholera“, sang das kleine Ding frischweg und verhalf Heidi damit zu einem herzlichen Lachen, zum ersten nach langer Zeit.

Siegberte machte sich getrost auf den Heimweg. Sie wußte die Kinder jetzt in guten Händen. Auf der Dorfstraße begegnete ihr Doktor Nölle.

„Ach, Bertel", rief er ihr schon von weitem entgegen, „so was nenn' ich Fügung. Gerade wollte ich zum Eichenhof hinüberschwenken, um mit dir zu reden. Vor allem herzlichen Dank, werte Kollegin!"

Er schüttelte ihr die Hand beinahe aus dem Gelenk. „Du bist gestern vorzüglich in die Bresche gesprungen. War das einzig Richtige, daß du die Friedel ins Krankenhaus gebracht hast. Armes Wurm, steht sehr fraglich um sie. Haben eben bei mir angerufen, Totgeburt, schon gestern, wirst es bereits wissen, sie selbst hat sich bei dem Sturz schwere innere Verletzungen zugezogen, wie gesagt, sehr fraglich. Ich höre, du hast die Kinder zu Wolkhardts gebracht. Sehr richtig, sehr richtig, die beiden Frauen haben ohnehin zu wenig zu tun."

„Ich dachte dabei hauptsächlich an Adelheids Gemütsverfassung", erwiderte Siegberte, „die macht mir Sorgen.

Die Kinder werden sie schon aufheitern."

„Gemütsverfassung?" Der alte Arzt tat, als finde er sich nicht gleich zurecht. „Was hat so ein junges Ding schon mit Gemütsverfassung zu tun?" – Plötzlich erinnerte er sich. „Ach so, Martins wegen. Na ja, aber schließlich gibt's doch noch mehr Männer auf der Welt, und die Heidi ist doch ein ansehnliches Mädel. – Aber jetzt zu der anderen Sache! Also es handelt sich um das verrückte Frauenzimmer, die Sophie Scharwenzel, du weißt doch, die alte Jungfer hinten am Steigbügel hinter der Kirche. Kommt da gestern eine Nachbarin, es sei nicht mehr auszuhalten, so jammere das alte Weib, es verbrenne schier innerlich, es müsse entsetzliche Schmerzen ausstehen. Sie wolle zwar keinen Doktor, aber ich solle doch um Gotteswillen nach ihr sehen, es sei nicht mehr auszuhalten, weder für die Scharwenzel, noch für die Nachbarschaft. Aus jedem Haus habe man schon einen anderen Tee gebracht, jeden habe sie gesoffen, aber geholfen habe kein einziger. – Na, ich geh' ja vor allem zu denen, die mich wollen, und nicht zu denen, die mich nicht wollen, und erstere hat's genug – aber schließlich, man kann doch so ein armes Luder nicht liegen lassen. Ich ging also heute morgen hin zu ihr. Wirklich und wahrhaftig, da liegt das Frauenzimmer, windet sich wie ein Wurm auf ihrem Strohsack und krallt ihre Finger in die Decke. – Was glaubst du aber: wie sie mich sieht, fängt sie an zu toben: ‚Raus, raus, es kommt kein Mannsbild an mich heran, ich bin mein Leben lang eine ehrsame Person gewesen.' Ich mocht' ihr zureden, wie ich wollte und ihr meine guten und edlen Absichten beteuern, sie blieb dabei: ‚Raus! Ich lasse mich von keinem Mann anrühren!' Siegberte, das ist mehr als Verrücktheit, aber meinetwegen, wer nicht will, der hat schon! Nun aber läßt mir die Sache doch keine Ruhe. Sie muß wahnsinnige Schmerzen haben. Jetzt bitt' ich dich, geh du hin, du bist kein Mann. Sieh nach, was dem Frauenzimmer fehlt, und dann wollen wir beraten, was zu machen ist."

Ehe Siegberte zu Wort kam, drehte der

Doktor ihr den Rücken zu und ging.

„So hören Sie doch, Herr Doktor", rief sie hinter ihm her. Er aber tat, als sei er schwerhörig und ließ sie einfach stehen. Wohl war Siegberte ärgerlich über den Arzt, der da einfach über sie verfügte und tat, als habe sie Zeit im Überfluß, aber schließlich brachte sie es nicht übers Herz, die Sophie am Steigbügel in ihrer Not allein zu lassen. Am besten war's, sie machte sich gleich auf den Weg, so erfuhr die Mutter erst gar nichts davon. Lächerlich, empfand sie etwa Furcht vor ihr? Sie war doch wahrlich alt genug, um zu wissen, was sie tat. Nein, Furcht war es nicht, aber sie wollte keinen Anlaß zu neuer Disharmonie geben. Diese Zusammenstöße ertrug sie einfach nicht. Aber in Zukunft, das nahm sie sich fest vor, würde sie nicht mehr nachgeben, wenn Doktor Nölle sie aus dem Hinterhalt überfiel, so daß sie sich gar nicht zur Wehr setzen konnte. Wenn sie bei der alten Scharwenzel gewesen war, wollte sie es ihm noch einmal, und zwar endgültig klarmachen, daß sie sich in keine weitere Krankenbehandlung einlassen würde.

So hatte es Siegberte vor und war sich selbst kaum klar darüber, daß ihr Schritt jetzt, da sie dem Häuschen der Kranken zuschritt, elastischer, ihr ganzes Aussehen froher wirkte. Sie war weit inniger mit ihrem aufgegebenen Beruf verwachsen, als sie selbst ahnte und zugegeben hätte.

„Hab ich's nicht gesagt?" schmunzelte Doktor Nölle, der sie hinter der Mauer des Schulhauses heimlich beobachtete. „Sie marschiert geradewegs zum Steigbügel hinauf. Ja, Bertel, der alte Doktor kriegt dich schon ran."

Die Sophie Scharwenzel äußerte dann auch keine weiteren Bedenken, die Siegberte vom Eichenhof nach sich sehen zu lassen, obgleich sie sich auch vor ihr mächtig schamhaft anstellte. Während Siegberte sich ihre Beschwerden erzählen ließ und sich in der blauen Emailleschüssel die Hände wusch, um die Kranke daraufhin zu untersuchen, vertraute die Alte ihr an, daß sie nichts von den Ärzten halte, die probierten nur an einem herum. Manchmal glückt es ihnen, einem zu helfen, aber dann sei es reiner Zufall. In den meisten Fällen kämen sie der Krankheit auch nicht auf die Spur.

„Nee, nee, die Doktors taugen alle nich viel."

Alma Pinkert, die Nachbarsfrau, dieselbe, die den Arzt benachrichtigt hatte und soeben einen neuen Tee brachte, einen, auf dessen Wunderwirkung die Totengräbersfrau schwöre und der gewißlich helfen würde, beeilte sich, ihr zu erklären, daß die Streitmanns-Siegberte doch auch eine „Doktorsche" sei. Bereits im Herbst habe sie ihre Lehrzeit beendet, im ganzen Dorf sei es gesprochen worden.

Trotz ihrer heftigen Schmerzen verzog die Kranke das Gesicht zu einem spöttischen Lächeln.

„Wer das glaubt! Was, Siegberte, die Alma flunkert mir was Schönes vor." Stöhnend unterbrach sie ihre Rede und preßte die Hände in die schmerzende Seite. Gleich darauf aber fuhr sie schon wieder fort: „Daß du Krankenpflege gelernt hast, das will ich schon glauben, aber daß du 'ne Doktorsche bist, nee!"

Siegberte hatte die Hände an dem blütenweißen Handtuch abgetrocknet und bestätigte jetzt die Aussage der Nachbarin. „Doch, doch, Sophie, es stimmt schon, und nun lassen Sie mich mal sehen. Sie aber, Frau Pinkert, tragen Ihren Tee wieder fort. Mir scheint, die arme Sophie ist lange genug Versuchskaninchen gewesen."

Brummend entfernte sich die Nachbarin: „Was das dumme Ding sich einbildet!"

Als Siegberte jedoch nach einer halben Stunde das Häuschen verließ, hielt sie es vor Neugierde nicht aus.

„Was fehlt denn nun der Sophie?" fragte sie, aus ihrer Wohnung tretend. In demselben Augenblick standen wie aus dem Erdboden gewachsen die Totengräbersfrau und deren Nachbarin, die Enklers-Rosa, vor ihren Haustüren. Schier herausfordernd wiederholten sie die Frage: „Ja, das möchten wir auch gerne wissen. Was fehlt dem armen Ding?"

„Die Gesundheit", erwiderte Siegberte, ohne eine Miene zu verziehen, und schritt aufrecht an den Frauen vorbei. Der Pinkert-Alma aber rief sie zu: „Frau Pinkert, Ihre Suppe brennt an, man riecht es bis hier draußen."

Da verschwand diese eilig und mit rotem Kopf in ihrer Küche. Die beiden anderen aber waren sich dann einig, daß die Streitmann-Siegberte eine ganz Eingebildete sei. Aber so sind die Studierten!

„An mein Bette kommt sie mal nich, wenn ich krank werde", brummte die Pinkert-Alma vor sich hin, als sie lärmend in ihrer Küche herumhantierte.

Siegberte aber ging schnurstracks ins Arzthaus. Die alte Scharwenzel war kränker, als sie ahnte. Eifrig und gewissenhaft berichtete sie Doktor Nölle von ihrer Untersuchung. Sie befürchtete eine verschleppte Gallenerkrankung und besprach mit dem Arzt das Für und Wider einer ihr notwendig erscheinenden Operation. Dabei vergaß sie vollkommen, daß sie sich vorgenommen hatte, Doktor Nölle jede Mitarbeit zu versagen. Dieser schmunzelte. So hatte er es haben wollen. Er stellte ihr die nötigen Arzneien zur Verfügung, glaubte aber nach Siegbertes Schilderung wie sie, daß es in dem Fall der Sophie Scharwenzel ohne eine Operation nicht abgehen werde.

„Du wirst dich schon auf ihren Widerstand gefaßt machen müssen", meinte er. „Sie wird sich mit Händen und Füßen dagegen sträuben, ins Krankenhaus zu gehen. Aber du wirst sie eher 'rumkriegen als irgend jemand anders." Er schien als ganz selbstverständlich anzunehmen, daß Siegberte alles Weitere übernehme.

Erst als diese sich auf dem Heimweg befand, kam es ihr zum Bewußtsein, daß sie ihrem Vorsatz nicht treu geblieben war. Aber merkwürdigerweise machte ihr dies plötzlich kein Kopfzerbrechen mehr. Sie empfand eine unglaubliche Freude und spürbare Entlastung. Das Erlebnis mit der Kranken, der Kontakt mit der geliebten Arbeit gaben ihr das innere Gleichgewicht zurück. Allerdings war sie sich darüber klar, daß sie wirklich nur in Ausnahmefällen Doktor Nölle helfen konnte. Die Arbeit auf dem Hof durfte unter keinen Umständen darunter leiden.

Aber es war dann in der Folge seltsam, alle Fälle, die an sie herantraten, waren gewissermaßen Ausnahmen, und jedesmal erlaubten sie kein langes Besinnen und Erwägen, sondern ihrer Dringlichkeit halber raschestes Handeln. So war es bei ihrem Hütejungen, der sich ein paar Tage später den Fuß verstauchte und den sie natürlich, da er im eigenen Hause war, selbst behandelte. So war es auch, als die Bäuerin des Nachbarhofes sich den Arm verbrühte und man nach ihr schickte, weil Doktor Nölle gerade in die Stadt gefahren war.

„Sie erzählen, daß du auch was verstehst", sagte der alte Erlenbauer treuherzig zu ihr. „Nun sieh mal zu, ob du die Frau wieder zurechtkriegst. Und weil du gerade da bist, könntest du dem Fritz" – das war der kleine Enkel – „mal in den Hals gucken. Der klagt schon ein paar

Tage über Schluckschmerzen." Die Schluckschmerzen entpuppten sich dann als eine bösartige Angina, die Siegberte wohl oder übel zwang, in den nächsten Tagen des öfteren nach dem Kinde zu sehen. Doktor Nölle, den Siegberte gebeten hatte, den Kleinen weiterzubehandeln, weigerte sich entschieden.

„Zwei können nicht an einem herumkurieren, da ist nur einer dem anderen im Wege. Außerdem aber haben die vom Erlenhof dich und nicht mich gerufen, und dann wirst du dich wohl noch daran erinnern, daß ich dich als meine Assistentin betrachte. Ich meine, ich hätte dir das unzweideutig gesagt. Und daß ich keinen Widerspruch vertrage, das weißt du auch. Nun kein weiteres Wort! Meinst du, ich habe Zeit, noch lange bei dir herumzustehen?" So knurrte der Alte und sah sie dabei doch so voll väterlicher Güte an, daß sie ihm einfach nicht zürnen konnte.

„Sie macht sich wirklich, ich kann zufrieden sein", brummelte er im Weitergehen vor sich hin und tat, als habe sie ihre Kenntnisse einzig und allein ihm zu verdanken. Siegberte aber dachte an den kommenden Frühling, der mit der Fülle seiner vielen Aufgaben und Pflichten ganz von selbst alles wieder in die geregelten Bahnen leiten würde. Doch jetzt kam erst einmal Weihnachten.

Zehn Tage vor dem Fest starb Friedel Klickmüller. Am gleichen Tage wurde die alte Scharwenzel operiert.

„Dreiundzwanzig Gallensteine!" schrie Pinkert-Alma in die Nachbarschaft. „Dreiundzwanzig Gallensteine hat man bei ihr gefunden! Kein Wunder, daß sie bald den Verstand verlor vor Schmerzen. Das soll ihr mal einer nachmachen. Aber die Siegberte, die scheint was zu verstehen. Die hat nämlich die Krankheit 'rausgefunden und der Sophie keine Ruhe gelassen, bis sie ins Krankenhaus ging. Leicht ist ihr's freilich nicht geworden, in dem Alter noch unters Messer. Na, und nun muß man ja auch erst mal sehen, wie die Sache ausläuft. Schließlich heißt's bei ihr auch: Operation gut verlaufen. Patient gestorben."

Sophie dachte jedoch nicht ans Sterben. Wohl war es eine Operation gewesen, die sie tatsächlich bis an den Rand des Grabes gebracht hatte, und sie lag auch jetzt noch todesmatt in ihren weißen Kissen, aber das Bewußtsein, von einer solchen Anzahl Gallensteine befreit zu sein, erfüllte sie mit neuer Lebenshoffnung. Sie glaubte fest an ihre Genesung.

„Es nimmt mich nur wunder, wie ich zu diesen gemeinen Dingern gekommen bin. Wie froh bin ich, daß ich auf Siegberte gehört habe. Alles was recht ist, die hat ihre Krankenpflege nicht umsonst gelernt. Sie versteht bestimmt mehr als mancher Doktor."

Der Heilige Abend nahte. Auch im Häuschen der Lehrerswitwe hatte man ein Bäumchen geschmückt, obgleich den beiden Kindern das hellste Licht ihres Lebens in der vorigen Woche erloschen war.

„Wir müssen ihnen trotzdem oder jetzt erst recht ein Weihnachtsfest bereiten", sagte Frau Wolkhardt. „Ihre kleinen Seelen leben noch ganz von der Freude, vom

Licht. Es ist ein Glück, daß sie noch nicht begreifen, in welche Dunkelheit sie geraten sind."

„Ja, Mutter, das ist ein Glück."

Heidi blickte von ihrer Arbeit auf. Sie war gerade dabei, ihre alte Puppenstube zu erneuern. „Früh genug werden sie's erfahren, was das bedeutet. Jetzt aber kann man noch die Hände um sie halten und sie vor dem kalten Wind des Lebens schützen. Arme Friedel, ihre Ehe war nur ein kurzes Glück."

Sie schwieg, erschüttert von diesem neuen Leiderlebnis, und geriet in Gefahr, darin unterzugehen. Plötzlich aber wurde sie durch ein Kinderstimmchen aus ihrem Sinnieren gerissen.

„Tante Heidi, bleibt die Türe noch lange zu? Kommt das Christkind noch immer nicht? Mach doch auf und sag uns, wie lange es noch dauert."

„Ja, mach auf!" echote das kleine Schwesterlein hinter der größeren her und schlug mit ihren Fäusten gebieterisch an die Türe. „Wir haben ausgeschlafen."

Heidi verstaute schnell die Puppenstube in dem Schrank und öffnete die Türe. „Herein, ihr Trabanten, ins warme Zimmer, daß ihr euch nicht erst erkältet!"

Frau Wolkhardt nahm frohen Herzens wahr, daß der dunkle Schatten auf dem Gesicht ihrer Tochter einem sonnigen Lächeln Platz machte, als sie die Kinder, die ihren Mittagsschlaf beendet hatten, ankleidete. Siegberte hatte recht, die Aufgabe an den beiden Kleinen hob Heidi über sich selbst und ihr Leid hinaus. Wie zwei lustige Vögelchen zwitscherten die Kinder. Ungemein wichtig hatten sie es.

„Tante Heidi, ich bin jetzt eigentlich schon zu alt, um mittags noch zu schlafen", meinte Friedel.

„Jettchen auch zu alt!" kam prompt das Echo.

„O ihr beiden Alten!" lachte Heidi. „Wenn sich erst einmal eure blassen Bäcklein färben und ihr kräftiger geworden seid, dann verzichten wir auf den Nachmittagsschlaf. Vorerst aber benötigt ihr ihn noch dringend. Und morgen ist Weihnachten. Das wird fein!" Sie begann mit lieblicher Stimme den beglückt lauschenden Kleinen vorzusingen: „Morgen, Kinder, wird's was geben, morgen werden wir uns freun."

Als Frau Wolkhardt in die Küche ging, um die Milch für die Kinder zu holen, standen Tränen der Freude in ihren Augen. Wie lange war es her, seit Heidi gesungen hatte! Hoffentlich dachte Fritz Klickmüller nicht daran, ihnen seine kleinen Mädelchen wegzunehmen. Armer Mann, ihm würde das Weihnachtsfest allerdings lichtlos sein. Sie hatten ihn zwar eingeladen, den Heiligen Abend in ihrem Häuschen bei den Kindern zu verleben, aber er hatte abgesagt.

„Ich muß allein sein mit meinem Schmerz. Doch danke ich ihnen, daß ich wenigstens die Kinder in Ihrer Obhut wissen darf. Mich aber zieht's nicht zu Weihnachtslichtern und Festgesang."

Sie verstanden es beide nur zu gut, und Heidi selbst bat die Mutter: „Überrede ihn nicht zu kommen. Die laute Freude der Kinder, die die Tragweite des Geschehens noch nicht erfassen, bereitet ihm nur

Schmerz. Er braucht jetzt Zeit für sich."

Und dann war es Heiliger Abend. Ein Klingen und Singen schien die Luft zu erfüllen. Auch im Eichenhof feierte man Weihnachten. Siegberte hatte, wie es zu des Vaters und Bruders Lebzeiten geschehen war, in der großen, sonst wenig benutzten Wohnstube, den mächtigen, bis an die Zimmerdecke reichenden Baum geschmückt, allen Hausgenossen nützliche Geschenke zurechtgelegt und liebevoll versucht, auch geheime Wünsche zu erraten, um sie wenn möglich zu erfüllen. Ob Mutter sich wohl über das warme Kleid und über das Heizkissen freute? Sie hatte es abgelehnt, Vorbereitungen für die Bescherung zu treffen. „Tu, wie du denkst", war ihre griesgrämige Antwort gewesen, „du weißt, daß nichts Unnötiges ausgegeben werden darf." Dann war sie aber doch recht unwillig geworden, als Siegberte einen bequemen Lehnstuhl für den alten Hinnerk bestellt hatte. Als ob so etwas nötig wäre!

„Was bekommt denn der Holzbann?"

fragte sie lauernd und herausfordernd.

„Dasselbe, was ich dem Franz gekauft habe, dazu noch einen Zwanzigmarkschein, weil er der Verwalter ist. Mehr kann er nicht erwarten."

Der Mutter entging die starke und vielsagende Betonung des Wortes „er" nicht. Sie hütete sich jedoch, etwas zu sagen. Sie glaubte, der Erfüllung ihres immer noch gehegten Lieblingswunsches näher zu kommen, wenn sie die Tochter nicht reizte. Die war nun einmal so halsstarrig. Es erschien ihr vor allem wichtig, daß Holzbann auf dem Hofe blieb und sich unentbehrlich machte. Aus diesem Grund ließ sie Siegberte auch gewähren, wenn diese da und dort zu einem Kranken gerufen wurde, obgleich sie sich im geheimen unglaublich darüber ärgerte.

Das Vieh war versorgt, das Abendessen eingenommen. Die Mädchen beeilten sich, ihre Werktagskleider mit den sonntäglichen zu vertauschen. Dann rief Siegberte ihre Hausgenossen zusammen. Den Hütejungen, dessen verstauchter Fuß noch immer Schmerzen verursachte, führte sie selbst behutsam an seinen Platz.

„Sieh, Peter, das sind deine Weihnachtsgeschenke!“

Ein überglücklicher, dankerfüllter Blick traf sie. Der Fünfzehnjährige war ihr glühendster Verehrer, besonders seitdem sie ihn so sorgsam pflegte. „Meinetwegen kann ich den anderen Fuß auch noch verstauchen“, hatte er seiner Mutter, die ihn besuchte, anvertraut. „Es ist zu schön, wenn sie einen so bemuttert.“

Siegberte schlug die Bibel auf und las die Weihnachtsgeschichte, so wie es der Vater auch immer getan hatte. Dann setzte sie sich ans Klavier, das der musikliebende Eichenhofbauer vor zwanzig Jahren für seine Kinder gekauft hatte, und sang und spielte ein Weihnachtslied. Außer der Bäuerin und dem Verwalter stimmten alle freudig mit ein. Erstere gedachte wehmütig des verstorbenen Mannes und Sohnes und ließ den Tränen freien Lauf. Letzterer aber fand es unter seiner Würde mitzusingen. Nein, er hatte die ihm durch Siegberte zugefügte Demütigung nicht vergessen, obgleich er ihr gegenüber stets den Unterwürfigen spielte, und heute, an diesem Weihnachtsabend, wurmte es ihn besonders, daß er noch immer nichts anderes als nur der bezahlte Angestellte dieses Hauses war. Eigentlich begriff er sein Verweilen auf dem Eichenhof selbst nicht. Was suchte er noch hier? Es sah nicht aus, als ob die Idee der Bäuerin jemals Wirklichkeit werden würde, und solch ein fruchtloses Warten lag ihm nun einmal nicht. Von den heimlichen Versprechungen der Eichenhofbäuerin konnte er auch nicht leben. Erst gestern hatte sie ihm im Hausflur zugeflüstert: „Du mußt nur Ausdauer haben, Emil, und dich auf dem Hof unentbehrlich machen. Mit der Zeit gibt sie schließlich doch nach.“ Pah, lächerlich! Da mußte er sich nun von ihr wie ein Knecht beschenken lassen und noch danken für die Rohrstiefel, die paar Hemden und eine Kiste Zigarren. Und dort in dem Briefumschlag würde eine Banknote sein. Dreck! Am liebsten hätte er darauf gespuckt. Er verzichtete darauf, von ihr bezahlt zu werden. Etwas ganz anderes wollte er. Sie, sie selbst, die starke, kraftvolle Siegberte begehrte er, nichts weniger denn sie.

Der alte Hinnerk saß mit gefalteten Händen in seinem Lehnstuhl. Mit zitternder Stimme versuchte er das Weihnachtslied mitzusingen, und eine Träne fiel dabei auf seine gichtgekrümmten Finger.

Das gute Kind, dachte er, es kommt ganz auf den Vater heraus. Wenn der Eichenhofbauer sie so am Klavier sitzen sehen könnte, im Schein der brennenden Kerzen! Und wie gut von ihr, ihn, den alten Knecht, der doch nichts mehr leisten konnte, so reich zu beschenken! Das gute Kind!

Die letzten Töne des Liedes waren verklungen. Still und sinnend saß Siegberte vor dem Instrument. Da gab sich Holzbann einen Ruck. Jawohl, er wußte, was sich schickte. Tatsächlich, er machte eine Verbeugung vor ihr, als er sich bedankte. Lene kicherte und Hanne gab ihr einen Rippenstoß.

Diese Kratzfüße hat er von seiner ostpreußischen Domäne mitgebracht, dachte Minchen und wartete gespannt der weiteren Dinge. Laut und vernehmlich bedankte sich Emil Holzbann, reichte auch der Bäuerin die Hand und wiederholte seine Verbeugung auch vor ihr. Notgedrungen fühlte sich nun auch Franz verpflichtet, seinen Dank abzustatten, aber er tat es ohne Kratzfuß und wurde sehr verlegen dabei. Siegberte half ihm freundlich darüber hinweg.

„'s ist schon recht, Franz." Sie reichte ihm in herzlicher Art die Hand. Die drei Mädchen hatten manche Abendstunde geopfert und gemeinsam für Siegberte eine große Decke gestickt. Diese überreichten sie ihr jetzt. Und nun hielt auch Peter, der Hütejunge, mit seiner Weihnachtsgabe nicht mehr zurück. Ein wenig verlegen zwar, er hätte es lieber unter vier Augen abgemacht, holte er unter seiner Jacke ein in feuerrotes Papier gehülltes, mächtiges Lebkuchenherz hervor, auf dem wahrhaftig mit weißen Zuckergußbuchstaben geschrieben stand: „Aus Liebe!" Die Tränen wollten ihm schier kommen, als die Mädchen hell auflachten, und er sah es wohl, daß der Verwalter sich hinter dem Rücken Siegbertes vielsagend an die Stirne griff, was heißen sollte: „Bei dir stimmt's wohl nicht ganz!" Aber er hatte es sich nun einmal in den Kopf gesetzt, dem Fräulein ein Lebkuchenherz zu schenken, und schließlich ging das keinen etwas an. Jawohl! – Siegberte freute sich denn auch herzlich über diese Weihnachtsüberraschung und versprach ihm, das Herz an einem roten Band über ihrem Bett aufzuhängen. Holzbann aber nahm sich in diesem Augenblick vor, dem Hütejungen noch heute eine Ohrfeige herunterzuhauen. Aber es kam noch anders.

Man saß gemütlich beieinander und tat sich gütlich an frischem Weihnachtsgebäck und anderen festtäglichen Genüssen, für die Siegberte gesorgt hatte, als draußen der eiserne Klopfer angeschlagen wurde. Minchen ging, um die Türe zu öffnen, und führte gleich darauf den Postboten herein.

„Er ist ganz durchgefroren und mehr

wie einmal bis über die Knie in den Schnee gesunken", berichtete sie.

„Ich will nicht stören", brummte der Graubart und war doch heilfroh, daß man ihn zu sitzen nötigte. Ein lichtstrahlender Weihnachtsbaum beglückt schließlich auch das Herz eines Dorfbriefträgers und ein dampfender Glühwein nicht weniger seinen Magen.

Siegberte aber blickte staunend auf den Spankorb, den er ihr gebracht hatte. Sie las den Namen des Absenders und spürte, wie eine heiße Welle sich ihr in die Wangen drängte. – Heiner Sorger, er sandte ihr einen Weihnachtsgruß?

Da drang die Stimme der Mutter an ihr Ohr. „Was hast du denn da?"

Siegberte spürte aller Augen auf sich gerichtet und wäre jetzt am liebsten allein gewesen.

„So pack doch einmal aus!" drängte die Mutter. Siegbertes Hände zitterten, Holzbann sah es genau, und nun brachen alle außer ihm in staunende Bewunderung aus.

Rote Rosen, leuchtend rote Rosen, mitten im kalten Winter! Eine Welle lieblichen Duftes entsandten die prachtvollen Blumen, einen Duft, der Siegberte schier betäubte. Oder war es die große Freude, die ihr fast den Atem nahm?

„Wer schickt dir denn Rosen?“ Unverkennbares Mißtrauen sprach aus der Frage der Mutter.

Siegberte blickte von den Rosen in ihrem Schoß auf und bemühte sich, ruhig zu antworten: „Doktor Sorger, ein Kollege.“ Und dann stand sie auf und trug den Weihnachtsgruß des Freundes – sie wußte jetzt, daß sie Heiner Sorger so nennen durfte – hinauf in ihr Zimmer. Sie mußte eine Weile allein sein. Allein mit der großen Weihnachtsfreude, die ihr Herz mit unaussprechlicher Seligkeit erfüllte.

Emil Holzbann aber nahm sich vor, dem Peter nicht nur eine, sondern zwei Ohrfeigen herunterzuhauen. Die zweite aber galt dem unbekannten „Kollegen“.

Obgleich Januar und Februar sich noch als treue Gefolgschaft des Winters zeigten und Schneefall sowie Frostnächte schier kein Ende nehmen wollten, schaffte man auf dem Eichenhof schon rege dem Frühjahr entgegen. Siegberte hatte soeben mit Holzbann einen Arbeitsplan entworfen. Er sparte nicht an bewundernden Redensarten.

„Wahrhaftig, Siegberte, du bist die geborene Bäuerin. Ich hätte dir das nie zugetraut. Dein praktisches und zugleich großzügiges Organisieren verrät ein außergewöhnliches Talent."

Er hätte wohl noch eine Weile so weitergemacht, aber sie warf ihm einen Blick zu, der ihn verstummen ließ. Glaubte er wirklich, durch seine plumpen Komplimente etwas zu erreichen?

Peter schleppte im Schweiße seines Angesichts bereits den ganzen Morgen Körbe voll Holz in den Schuppen. Franz hackte auf dem Hof Buchenscheite und begleitete sein Tun mit fröhlichem Pfeifen. Jedesmal, wenn der Hütejunge an dem Fenster, hinter dem er Siegberte vermutete, vorbeiging, zog er sein gutmütiges Jugengesicht in lachende Breite. Hoffentlich sah das Fräulein auch, wie er sich abmühte, alles ihr zuliebe.

Siegberte stand auf und klappte das große Rechnungsbuch zu. „Hast du die neue Saatmaschine bestellt?“ fragte Holzbann.

„Ja, die wird in diesen Tagen ankommen, du kannst sie dann mit Franz an der Bahn holen.“

Der Verwalter kniff die Lippen zusammen. Ein Knecht war er auf diesem Hof, nichts anderes als ein Knecht. Wahrlich, das war ein anderes Leben gewesen auf den ostpreußischen Domänen. Aber lange würde er nicht mehr zusehen, entweder – oder! Er ließ sich von einer Frau nicht kommandieren, am allerwenigsten von dieser, die er sich untertan zu machen wünschte. Wahrhaftig, er empfand es in diesem Augenblick deutlich, wenn das so weiterging, dann würde der Zeitpunkt kommen, da er Siegberte haßte.

„Und morgen wird auf die hinteren Äcker Mist gefahren“, bestimmte diese.

Da konnte er nicht mehr an sich halten,

er sagte: „Solches ist allerdings nicht die Arbeit eines Verwalters. Ich wollte dir ohnehin schon den Vorschlag machen, zu Franz noch einen zweiten Knecht anzustellen. Der Hinnerk taugt nichts mehr, und der Peter ist dumm wie Bohnenstroh."

Sie sah ihn ruhig an. „Du selbst hast den Hütejungen in meiner Abwesenheit angestellt, und daß er fleißig ist, wirst du nicht leugnen wollen. Sieh nur, wie er sich mit dem Holz da draußen abquält."

„Der tut so, weil er weiß, daß du ihn von hier beobachten kannst, und weil er sich bei dir eine gute Nummer holen will."

„Ich bewundere deinen Scharfsinn. Daß Peter seine Pflicht vernachlässigt, ist mir jedenfalls bisher nicht aufgefallen, daß er dir jedoch seit einiger Zeit ein Dorn im Auge ist, das habe ich bemerkt. Gib dich aber keinen Illusionen hin, der Junge bleibt auf dem Hof. Was aber deine Bedenken gegen das Mistfahren betrifft, so steht es dir jederzeit frei, dir einen Platz zu suchen, wo du als Verwalter weniger grobe Arbeit leisten mußt. Ich habe dir schon des öfteren gesagt, daß der Eichenhof nicht mit einer ostpreußischen Domäne zu vergleichen ist. Bei uns muß jeder kräftig mit zufassen. Ich selbst werde morgen mit Lene auf den Hinterwaldacker gehen, während Hanne und Peter das Feld am Friedhof besorgen. Du kannst es mit Franz ausmachen, wer von euch beiden die Mistfuhre und wer die seitlichen Äcker übernimmt. Aber wie gesagt, du kannst dich jederzeit verbessern, wenn sich dir eine Möglichkeit dazu bietet."

Holzbann versuchte einzulenken. „So war das doch nicht gemeint."

„Du hast dich jedenfalls deutlich genug ausgedrückt."

„Selbstverständlich mache ich morgen mit, du aber, Siegberte, solltest die Hände davon lassen. Eine Frau wie du und Mist streuen!"

„Du hast seltsame Begriffe von der Arbeit, das muß ich sagen, aber jetzt habe ich keine Zeit mehr."

In der Türe stieß sie mit der Mutter

zusammen. Sie hat gelauscht! Siegberte schämte sich zwar dieser Verdächtigung, aber es war zu offensichtlich. Ach, sie wußte nur zu gut, wie die Mutter immer noch hoffte und vielleicht auch hinter dieser Besprechung, die rein geschäftlicher Art war, die langersehnte Aussprache zwischen ihr und Holzbann gesucht und erwartet hatte. Nein, Mutter, diesen Gefallen werde ich dir nie tun können!

Der Verwalter war an den beiden Frauen vorbei aus dem Haus getreten, um an seine Arbeit zu gehen. Wie begründet Siegbertes Verdacht war, bewiesen ihr die Worte der Mutter.

„Daß du nie anders als in diesem herrschsüchtigen Ton mit dem Emil reden kannst!"

„Ich bin mir dessen nicht bewußt, Mutter."

„Wenn ich nur auch einmal deinen guten Willen sehen würde", klagte die Bäuerin.

„Meinen guten Willen?"

„Du weißt, was mein sehnlichster Wunsch ist."

Siegberte schüttelte den Kopf. „Nein, Mutter, nie, niemals könnte ich Holzbanns Frau werden."

„Das ist der Dank für alle Opfer, die Vater und ich für dich gebracht haben. Wenn ich nur daran denke, was deine Ausbildung gekostet hat."

Siegberte hatte eine rasche Antwort auf der Zunge, bezwang sich aber um der Mutter willen. Jede Erregung mußte von der Herzkranken ferngehalten werden. So wandte sie sich wortlos ab. Wie oft hatte die Mutter ihr nun schon vorgehalten, wieviel sie gekostet hatte. Wahrlich, es war nicht ganz einfach, diesen Vorhalt immer wieder schweigend über sich ergehen zu lassen.

An der Türe wandte sich Siegberte noch einmal um. „Du sprichst von Dank, Mutter. Ich hoffe, daß es mir noch gelingen wird, dir den Beweis meiner Dankbarkeit zu liefern. Der Hof, das Erbe unserer Väter, soll dermaleinst für mich sprechen."

Ein fröhliches Arbeiten war es am

nächsten Tag auf dem Hinterwaldacker. Lene mußte immer wieder hinüberblikken zu dem Fräulein, das ihr heute außergewöhnlich froh vorkam. War es die Sonne, die der Winterkälte zum Trotz ihre goldenen Strahlen siegreich auf die Erde sandte, kommende Frühlingsfreuden verheißend, oder hing es etwa mit dem Brief zusammen, den der Postbote auf dem Wege zur Feldarbeit Siegberte übergeben hatte, und der nun in ihrer Jackentasche steckte? „An Fräulein Doktor Siegberte Streitmann“, hatte der alte Briefträger betont und wichtig vorgelesen und dann ein wenig belustigt auf die junge Ärztin geblickt, die in ihren groben Schuhen, dem derben Rock und der kurzen Jacke, eine Mistgabel über der Schulter, kräftig ausholend über das Feld schritt. Sie, Lene, war dann vorausgegangen, und das Fräulein war stehengeblieben und hatte den Brief gelesen. Als sie dann auf den Acker kam, lag ein frohes Leuchten auf ihrem Gesicht, und das war den ganzen Morgen geblieben. Gewiß hatte sie eine gute Nachricht bekommen.

Lenes heimliche Vermutungen waren richtig. Der Brief war die Ursache, daß Siegberte heute so froh war. Er kam von Heiner Sorger, der seit Weihnachten schon zweimal geschrieben hatte. Seine Briefe enthielten keine Liebesbeteuerungen, sie verrieten nichts von glühenden Zukunftsversprechungen, aber sie sagten ihr, daß er ihr gut war, daß er teilnahm an ihrem Erleben. Sie erzählten von seiner Arbeit im Sanatorium, mit der er seit letztem Frühjahr innig verwachsen war. Er gestand ihr, daß sie, Siegberte, ihm durch ihre tapfere Haltung dem Erbe ihrer Vorfahren gegenüber zu einer inneren Festigkeit verholfen habe, die ihm bis dahin gefehlt habe. „Ihr selbstverständliches Verzichtleisten hat mich beschämt“, bekannte er ihr. Und dann erzählte er von seinen Patienten, von der harmonischen Zusammenarbeit mit seinem Chef, den er je länger, desto mehr schätzenlerne. Er berichtete von seinem Freund, Doktor Brosler, der sich verlobt habe, weil ihm, wie er schrieb, die Einsamkeit seines Lebens unerträglich geworden war. In fröhlich teilnehmender Art erkundigte er sich nach Siegbertes Ergehen.

Sorger ahnte wohl kaum, was seine Briefe ihr bedeuteten, ihr, die sich hier in der Heimat oft unglaublich einsam fühlte, die immer und überall die Starke, Gebende sein mußte und die sich so gerne auch einmal beschenken ließ. Und wahrlich, seine Briefe, aus denen so viel Liebe und Herzensgüte, aber auch ehrliches Vorwärtsstreben und der Wunsch nach einem nutzbringenden Dasein sprach, waren ihr stets eine Bereicherung. Zweimal hatte sie nun auch ihm geschrieben, und sie empfand den Briefwechsel mit diesem feinen Menschen als köstliches Geschenk. Irgendwelchen Zukunftshoffnungen gab sie sich dabei nicht hin. Wie sollte bei der Verschiedenheit ihrer Lebensaufgaben je eine gegenseitige Bindung möglich sein? Allerdings, wenn Sorger sich eine Frau nehmen würde, mußte sie damit rechnen, seine Freundschaft zu verlieren. Der Briefwechsel würde bestimmt aufhören, aber daran wollte sie heute nicht denken. Nein, froh und dankbar wollte sie diese Freundschaft genießen und sich in dunklen Stunden daran aufrichten. Sie nahm sich vor, gleich heute abend Doktor Sorger zu antworten.

Lenes Stimme riß Siegberte aus ihrem Gedankengang: „Sehen Sie doch einmal dort hinüber, was schreien denn die Kinder so?"

Am Ende des Feldweges, der von der Dorfstraße abbog und zu Streitmanns Ackern führte, wurde eine Anzahl Kinder sichtbar. Aufgeregt fuchtelten sie mit den Armen in der Luft und suchten laut schreiend sich bemerkbar zu machen. Siegberte hielt in ihrer Arbeit inne. Sie begriff nicht, was die Kinder wollten. Weil alle durcheinanderschrien, konnte man kein Wort verstehen. Sie gab ihnen ein Zeichen, näher zu kommen. Keuchend stolperten die Kinder über die Erdschollen. Nun konnte man Einzelheiten verstehen.

„Ein Autounfall . . . gegen einen Baum gefahren . . . eine Frau tot . . . sofort kommen!"

Vier, fünf überschrien sich geradezu. Endlich gelang es einem größeren Mädchen, die anderen zum Schweigen zu bringen. Es berichtete nun einigermaßen verständlich von einem Unfall, der sich am Ende des Dorfes zugetragen hatte. Eine Dame habe die Macht über das Steuer verloren, sei gegen einen Baum gefahren, und das Auto sei in den Graben gestürzt. Wahrscheinlich sei die Frau tot.

„Warum habt ihr Doktor Nölle nicht gerufen?“

„Der ist nicht zu Hause.“

Was blieb Siegberte übrig, als nach den Verunglückten zu sehen? Allerdings hatte sie keine Zeit, vorher zum Eichenhof zu gehen und die Kleider zu wechseln. Im nächsten Hause bat sie um die Erlaubnis, sich die Hände reinigen zu dürfen. Dann eilte sie, von den Kindern begleitet, der Unglücksstelle zu. Das halbe Dorf hatte sich versammelt, und aufgeregte Zurufe drangen an Siegbertes Ohr.

„Da kommt Siegberte. – Fräulein Doktor Streitmann. – Jetzt wird man sehen, ob sie was versteht. Doch, die kann was. Das hat man an der Scharwenzeln gesehen. – Achtung, macht Platz!"

Auch die Landjäger waren bereits erschienen und notierten eifrig den Hergang des Unglücksfalles. Durch die gaffenden, neugierigen Dorfbewohner, an dem prachtvollen, aber jetzt schwer beschädigten Wagen vorbei, bahnte Siegberte sich einen Weg zu der Verunglückten.

Eine junge gepflegte Frau, höchstens vierundzwanzig Jahre alt, elegant gekleidet, lag auf der Erde. Decken und Mäntel hatte man unter sie gebreitet. Sie hatte die Augen geschlossen und glich mehr einer Toten als einer Lebenden. An ihrer Seite kniete ein Herr, wohl ihr Gatte, auf dessen Stirne eine breite Wunde klaffte, gegen die er immer wieder sein bereits blutdurchtränktes Taschentuch drückte.

Siegberte stellte sich vor. „Doktor Streitmann, praktische Ärztin. Bitte wollen Sie mich einmal sehen lassen?"

Wäre die Situation nicht so ernst gewesen, sie hätte hell auflachen müssen über den maßlos erstaunten Blick, mit dem dieser Herr sie musterte. Er stellte sich als Rolf Kabel vor. Und nun war es interessant zu sehen, wie die Dorfleute, mit denen Siegberte eigentlich recht wenig persönliche Berührung hatte, dieses stumme Fragen in den Augen des Fremden zu deuten wußten und sich gänzlich unaufgefordert bemühten, etwaige Zweifel in bezug auf Siegberte bei diesem Menschen zu zerstreuen.

„Jawohl“, rief die Pinkert-Alma, die selbstverständlich auch am Platze war, „das könn' Se mir glauben, die Siegberte vom Eichenhof ist eine Doktorsche. Der olle Nölle, das ist unser Dorfarzt, der hat es selbst gesagt. Und er hat sogar behauptet, daß sie mehr wisse als er. Und das will was heißen.“

„Ja, und die Scharwenzeln hat sie auch gerettet“, berichtete eine andere Frau.

„Dreiundzwanzig Gallensteine hat sie gehabt.“

Siegberte winkte unwillig ab. „Seid doch still, Leute, und steht hier nicht so herum!“ Aber die Totengräbersfrau mußte doch noch schnell berichten, daß die Siegberte ihrem Mann auch noch ein gutes Mittel gegen die Gicht gewußt habe, und den verbrannten Arm der Erlenhofbäuerin habe sie auch geheilt.

Inzwischen hatte sich Siegberte über die Verunglückte gebeugt. Der neben ihr kniende Mann blickte angsterfüllt auf die reglose Gestalt der jungen Frau. Neugierig drängten die Dorfleute heran, besorgt, daß ihnen nur ja nichts von dem interessanten Geschehnis entgehe. Siegberte mußte ihnen schließlich ganz energisch den Rückzug befehlen und wurde darin von den beiden Gendarmen, die jetzt mit ihren Notizen fertig waren, tatkräftig unterstützt.

Nur widerwillig gehorchten die Leute, blieben aber nach etlichen zehn Metern aufs neue stehen.

„Sieh nur, die Siegberte“, murrten die Frauen. „So brauchte sie nun auch nicht gerade auftreten. Jetzt hätt' man mal was erleben können, und nun jagt sie einen fort. Sieh, sieh, jetzt spricht sie mit ihm. Wenn man nur was verstehen könnte.“

Als Siegberte sich vom Boden aufrichtete und eine der Frauen zu sich winkte, rannten sie gleich alle diensteifrig herbei.

„Schnell, lauf eine ins Dorf", befahl sie, „der Metzger soll mit seinem Privatauto kommen. Und hier diesen Zettel bringt Frau Doktor Nölle. Sie gibt euch Verbandsstoff. Lauft aber, es eilt!"

Dann wandte sie sich wieder dem Fremden zu, der noch immer in gleicher Stellung neben seiner Frau kniete.

„Es ist nur eine tiefe Ohnmacht. Ob sich Ihre Gattin innere Verletzungen zugezogen hat, müssen wir erst sehen. Ihre Stirnwunde scheint mir allerdings auch nicht unwesentlich zu sein. Wir werden sie nähen müssen. Hoffentlich kommen die Frauen schnell mit dem Verbandsstoff zurück."

Der Mann aber stöhnte auf: „Gott sei Dank, sie ist nicht tot. Es wäre entsetzlich gewesen."

Eine Viertelstunde später wurde die Besinnungslose behutsam in den Wagen des Metzgers gehoben, der unter inniger Teilnahme der Umstehenden, deren Zahl sich bis dahin verdreifacht hatte, davonfuhr. Siegberte begleitete die Verunglückten. Das schwerbeschädigte Auto blieb indessen, gewissenhaft bewacht von der begeisterten Dorfjugend, im Straßengraben zurück.

Vier Wochen später. Wohl leuchteten auf den Hängen noch vereinzelte Schneeflächen ins Tal hernieder, aber in den Gärten regten sich bereits die ersten Schneeglöckchen, und das Lied der Amsel ließ jeden Zweifel verstummen: der Frühling war da!

Rolf Kabel trat durch die hintere Pforte in den lauschigen Garten, der die Villa umgab. Ein ausgedehnter Waldspaziergang lag hinter ihm, von dem er einen prächtigen Strauß harzduftenden Tannengrüns, dazu silberglänzende, seidenweiche Weidenkätzchen heimbrachte. Damit wollte er Sabine erfreuen.

Erst wenige Wochen bewohnte der Schriftsteller mit seiner jungen Frau die Villa an der Berghalde, etwa eine halbe Stunde von Rotenacker entfernt. Der vorige Besitzer, ein Fabrikant, hatte sie verkauft, weil er näher bei seinem Unternehmen wohnen wollte und sich ein größeres, neuzeitlicheres Haus gebaut hatte. Rolf Kabel aber glaubte, den rechten Platz gefunden zu haben, wo er sich, inmitten der landschaftlichen Schönheit dieser Gegend und fern vom lauten Getriebe der Großstadt, seiner schriftstellerischen Tätigkeit widmen konnte.

Ein wenig zagend hatte er anfangs zu seiner Frau von diesem Kaufplan gesprochen. Wie würde sie, die in all ihren Lebensgewohnheiten und Interessen Großstadtkind war, diese Umstellung auffassen? Zu seiner großen Verwunderung aber war Sabine von diesem Plan begeistert gewesen. Wie ein Kind hatte sie in die Hände geklatscht und sich auf das Leben auf dem Lande gefreut. Sie hatte Pläne geschmiedet und konnte den Zeitpunkt des Umzuges kaum erwarten. Wanderungen wollte sie mit ihrem Mann unternehmen und Blumen im Garten pflanzen, Geflügel sollte angeschafft werden, Hühner und Tauben, und natürlich mußte ein großer Hund her, der sie begleitete, wenn sie einmal allein durch den Wald ging, denn Wälder waren nach ihrem Großstadtbegriff immer unheimlich. – Und er, Rolf, hatte sie schwärmen und planen lassen und war froh, daß sie so bereitwillig auf seinen Wunsch einging. Er kannte ja seine junge Frau und wußte, daß ihre jetzt hell auflodernde Begeisterung möglicherweise sehr bald ins Gegenteil umschlagen würde. Vielleicht aber war der Einfluß des stillen Landlebens, das im neuen Hause auf sie warten würde, doch stark genug, ihre noch sehr sprunghafte, flatterhafte Art in neue, für sie notwendige Bahnen zu leiten. Und vielleicht, ach wie sehr wünschte er es, würde ihnen beiden doch noch ein neues, glückliches Eheleben vergönnt sein. Denn so wie es bisher gewesen war, konnte es unmöglich weitergehen. Dessen war er sich bewußt. Fünf Jahre waren sie jetzt verheiratet. Fünf Jahre waren vergangen, seitdem er Sabine, die verwöhnte, damals erst neunzehnjährige, einzige Tochter des Großkaufmanns Bergerhoff heimgeführt hatte. Wie eine leuchtende Blume war ihm das zierliche, lebensfrohe junge Mädchen erschienen, eine Blume, die im Garten seines Lebens den ersten und schönsten Platz einnehmen sollte. Sie schien ihm in ihrer lachenden Heiterkeit die notwendige Ergänzung zu seiner ernsten und nachdenklichen Art zu sein. Ihr jugendlicher Frohsinn, ihr helles Lachen würde ihm zu dem in seinem Beruf so nötigen Höhenflug verhelfen. So waren sie Eheleute geworden. Behutsam hatte er die zarte Blume in seinen Garten verpflanzt, um gar bald zu erkennen, daß er sich eine Treibhauspflanze heimgeholt hatte. Ihre Heiterkeit und Frische waren nicht aus dem kraftvollen Boden eines tiefen Gemütslebens hervorgegangen, sondern die Folge eines gänzlich unbeschwerten Daseins. Sie war gewohnt, stets alle Wünsche zu sehen und immer als Hauptperson betrachtet zu werden, um die sich alles im Hause drehte. Als es aber dann für sie hieß, Pflichten zu erfüllen, als ihr Tag nicht nur mit Tändelei und

Spielerei ausgefüllt war, sondern Forderungen an sie stellte, versagte sie kläglich. Ihr fröhliches Lachen verklang, ihre gute Laune schwand. Eine Blume, die außerhalb der gewohnten Treibhausluft bald ihre Frische verlor!

Wie Schuppen fiel es Rolf Kabel von den Augen, hart und bitter war die Erkenntnis: Du sehntest dich nach dem dir bestimmten Wandergefährten, nach dem guten Kameraden deines Lebens und hast dich nun an ein maßlos verwöhntes, unfertiges Kind gebunden, das vollkommen von seinem Ich beherrscht wird.

Ganz leise begann Rolf Kabel Hoffnung zu schöpfen, als er die Villa gekauft hatte. Vielleicht, so dachte er, hilft ihr die neue Lebensumstellung, die Stille des Waldes, die Verbundenheit mit der Natur, die ihm selbst stets köstliche Lebensbereicherung bedeutete. Er zweifelte keinen Augenblick daran, daß er hier freier und beschwingter schaffen könne als vordem. Vielleicht kam auch über Sabine hier draußen die rechte und so notwendige Lebenserkenntnis. Wie gerne wollte er an ein Wunder glauben! Denn ein Wunder mußte geschehen, sollte, was längst in seiner Ehe zerbrochen war, wieder zusammengefügt werden.

Und dann war der Umzug gekommen. Seit vier Wochen wohnte man in dem neuen Hause, dem Rolf den Namen „Heimkehr“ gegeben hatte. Sein ganzes Zukunftshoffen und Sehnen war in dieses Wort gelegt. Vier Wochen, und gleich am dritten Tag war das Unglück geschehen. Sabine hatte gewünscht, mit dem neuen Wagen eine Fahrt zu machen, um die Gegend kennenzulernen. Rolf hatte ihr vorgeschlagen, damit zu warten, bis sie in ihrem neuen Heim, wo alles noch drunter und drüber lag, vollkommen eingerichtet seien. Sie aber behauptete, die Köchin und das Zimmermädchen könnten gut ohne sie weitermachen, und hatte auf ihrem Willen bestanden. Schließlich war er ihres kindischen Quälens und Schmollens müde geworden und hatte eingewilligt. Nun wollte Sabine den

Wagen auch selbst steuern. Kurz vor dem Umzug hatte sie in Bonn noch eine Fahrschule besucht, war jedoch mit der Ausbildung nicht ganz fertig geworden und besaß noch keinen Führerschein. Das hinderte sie jedoch keineswegs daran, selbst fahren zu wollen. Rolf widersetzte sich dem energisch.

„Wie leicht kann etwas passieren, außerdem kennst du den neuen Wagen noch zu wenig. Ich dulde es auf keinen Fall."

Sie aber war heftig geworden. „Ich bin doch kein kleines Kind mehr, dem du einfach etwas verbieten kannst. Wenn ich auch den Führerschein noch nicht besitze, so habe ich doch genügend gelernt, um mir zuzutrauen, den Wagen zu steuern – ich will jetzt einfach fahren."

Da hatte er, über ihren Eigensinn ärgerlich geworden, wütend geantwortet: „So fahre in dein Unglück, mir soll's gleich sein."

Und wirklich, es wurde eine Unglücksfahrt. Sabine hatte die Macht über das Auto verloren, war gegen einen Baum gefahren und nur wie durch ein Wunder am Leben geblieben. Das war nun schon ein Wunder, allerdings ein anderes als das von ihm erhoffte.

Eine Gehirnerschütterung hatte die seltsame junge Ärztin, die wie eine Bäuerin wirkte, festgestellt, keine weiteren inneren Verletzungen. Nun hieß es für Sabine, ruhig zu liegen und Geduld zu haben, wahrlich, das kostete sie etwas.

Die Ärztin hatte gleich erklärt, nur ausnahmsweise, und weil es sich um einen Unglückfall handle, bei dem rasches Eingreifen notwendig sei, gekommen zu sein. Sie habe keine Praxis und helfe nur in dringenden Fällen dem Dorfarzt aus. Sie hatte, nachdem Sabine aus der tiefen Ohnmacht erwacht war, auch darauf bestanden, Doktor Nölle hinzuzuziehen. Sabine aber hatte von diesem Raubautz, wie sie den alten Herrn nannte, der mit ihr umging wie mit einem Kind und sie anschrie, als sei sie schwerhörig, nichts wissen wollen und sich entschieden geweigert, ihn ein zweites Mal an ihr Bett zu lassen. Lieber wolle sie, wenn es schon nicht anders gehe, diese merkwürdige Ärztin, obgleich es ihr sehr fraglich scheine, ob sie wirklich eine solche sei. Man müsse nur einmal ihre bäuerische Kleidung ansehen. Aber tausendmal lieber die als diesen groben Dorfarzt. Mit dieser Meinungsäußerung der Patientin war Doktor Nölle sehr einverstanden gewesen, freute er sich doch über jeden „neuen Fall“ in Siegbertes „Praxis“.

Rolf Kabel aber hatte, um ganz sicher zu sein, doch einen bekannten Bonner Arzt gebeten, nach seiner Frau zu sehen. Und da war es geschehen, daß dieser mit Siegberte zusammentraf und die beiden sich als gute, alte Bekannte die Hände schüttelten.

„Fräulein Doktor Streitmann war meine Assistentin“, erklärte Doktor Riesel, der Chefarzt des Bonner Krankenhauses. „Bei ihr sind Sie, Frau Kabel, in den besten Händen.“ Er stellte dieselbe Diagnose wie Siegberte.

Siegberte war über dem Lob ihres einstigen Chefs freudig errötet und wagte nun wirklich nicht, die Behandlung von

Frau Kabel abzulehnen, um so weniger, als anzunehmen war, daß sich bei Schonung und Ruhe die Sache rasch behob. So war es gekommen, daß Siegberte während der letzten Wochen des öfteren im Hause „Heimkehr“ zu sehen war und man sie dort als einen feinen und wertvollen Menschen achten gelernt hatte.

Über all dies Erleben der letzten Wochen hatte Rolf Kabel auf seinem Waldspaziergang nachgedacht und war dankbar und froh darüber, daß der Autounfall keine schwerer wiegenden Folgen gehabt hatte. Wie entsetzlich, wenn Sabine tot gewesen wäre! Ewig hätte er seiner letzten Worte denken müssen: „So fahre in dein Unglück, mir soll's gleich sein!“ Nein, so hätte es nicht kommen dürfen. Er liebte dieses Kind an seiner Seite immer noch, obgleich ihm längst klar war, daß Sabine ihm nie Lebenskameradin sein würde. Sie war nun eben sein Weib, und er mußte sich damit abfinden, seinem inneren Dasein nach einsam zu sein.

Ein Stücklein Frühling brachte er ihr

heute. Bald würde sie selbst ihn auf seinen Waldwegen begleiten können. Als Rolf Kabel das Zimmer betrat, in dem seine Frau auf dem Ruhebett lag, sah er auf den ersten Blick, daß sie geweint hatte.

„Na, Sabine", fragte er, „hast du wieder einmal die Geduld verloren? Sieh, was ich dir gebracht habe. Einen Gruß vom Lenz."

Und er legte ihr den prächtigen Strauß in den Schoß. Sie aber schob ihn unwillig beiseite.

„So lange läßt du mich allein. Natürlich, dir ist's einerlei, ob ich vor Langeweile vergehe, wenn nur du dein Vergnügen hast!"

„Aber Sabine!" Rolf Kabel bemühte sich, gelassen zu bleiben. „Du weißt, wie gerne ich dich mitgenommen hätte, aber die Ärztin hat dir nun einmal noch für diese Woche Bettruhe verordnet, und da müssen wir uns eben fügen."

„Wir?" höhnte sie gereizt. „Wir? Du kannst dich doch nicht mit mir im gleichen Atemzug nennen. Ich allein bin die

Betroffene. Du spazierst in der Gegend herum, während ich einsam hier liegen muß und kein Mensch sich um mich kümmert."

„Jetzt sei doch vernünftig. Als ich von dir fortging, hast du fest geschlafen, und wie Tilde mir soeben sagte, hat sie vor einer Viertelstunde nach dir gesehen, und du warst noch immer nicht aufgewacht."

„Ach was, Tilde, dieses unzuverlässige Ding. Ich bin schon längst hellwach, aber das ist euch allen ja ganz gleichgültig."

Rolf hatte sich einen niederen Sessel herangezogen und an ihrer Seite Platz genommen. Mit fast väterlicher Geduld faßte er nach ihrer Hand. „Sabine, wie oft habe ich dir in diesen Wochen schon gesagt, daß wir froh sein wollen, daß das Unglück nicht noch schlimmere Folgen hatte. Jetzt hab' doch noch ein wenig Geduld. In ein paar Tagen darfst du aufstehen."

Aber all sein gütiges Zureden war fruchtlos. Sie ließ sich nicht von dem Gedanken abbringen, verlassen, unverstanden und bemitleidenswert zu sein.

Wie ein ungezogenes Kind trat sie mit dem Fuß gegen die Wand, an die das Ruhebett stieß.

„Wären wir nur nie hierhergezogen. Wenn ich in Bonn verunglückt wäre, würden mich wenigstens meine Freundinnen besuchen. Übrigens wäre das Unglück dort gar nicht geschehen, denn da hätte ich die Fahrschule weiter besucht und meinen Führerschein bekommen."

„Auch die besten Fahrer sind schon verunglückt", entgegnete ihr Mann, „und schließlich habe ich dich ja gewarnt, Sabine. Wenn du ehrlich bist, mußt du zugeben, daß es allein daran lag, daß du nicht auf mich hörtest."

Jetzt weinte sie los. „Natürlich, ich bin immer an allem schuld, ich allein. Vielleicht überlegst du einmal, ob nicht du selbst die Ursache warst; du hast das Unglück herbeigeführt, jawohl, du! Geradezu heraufbeschworen hast du es! Willst du vielleicht leugnen, daß du mich angeschrien hast: ‚So fahre doch in dein Unglück, es ist mir gleich!'? Jawohl, das hast du gesagt!"

Und nun begann sie heftig zu schluchzen: „Wahrscheinlich wäre es dir lieber gewesen, ich wäre tödlich verunglückt!"

Rolf Kabel war aufgesprungen. „Sabine, du bist charakterlos. Wie oft habe ich dir jetzt schon gesagt, daß ich meine zornigen Worte von jenem Tag bereue. Mehr kann ich doch nicht tun. Wenn du aber glaubst, mir immer wieder Vorhaltungen darüber machen zu müssen, so ist das einfach niederträchtig, nichts anderes. Ich verzichte!"

Er verließ in höchstem Zorn das Zimmer, dessen Türe hinter sich zuwerfend. Eine ganze Weile stand er am offenen Fenster seines Arbeitsraumes. Milde, weiche Frühlingsluft drang zu ihm herein. Dort drüben gaukelte der erste Schmetterling über den Rasen, dessen Grasspitzen noch etwas zaghaft aus der Erde hervorguckten, so, als getrauten sie sich noch nicht recht an die Oberfläche. Rolf Kabel stieß einen Seufzer aus: „Heimkehr" hatte er dieses Haus genannt. Wahrlich, die äußeren Voraussetzungen waren da. Wie ein Gemälde breitete sich das Tal zu den Füßen des Waldhanges aus. Prächtig war der Blick von hier oben. Dort links lag Rotenacker, das schmucke, von Wohlstand zeugende Dorf. Von hier oben konnte man deutlich das rege Schaffen vor den Bauernhäusern sehen. Überall rüstete man zur kommenden Feldarbeit. Und wie schön würde es sein, wenn der Laubwald sich in seinem zarten Frühlingsgewand präsentierte und die weiten Wiesen sich mit den ersten Frühlingsblumen schmücken würden. Sein Künstlerauge sah das alles bereits vor sich. Wie hatte er sich gefreut, seinen Garten zu bepflanzen, ihn zu pflegen und ein kleines Heimatparadies zu schaffen. – „Heimkehr!“

Er schloß das Fenster und setzte sich an den Schreibtisch, auf dem die zuletzt geschriebenen Blätter seines neuen Buches lagen. Schon seit Monaten arbeitete er an einem Heimatroman. Plötzlich griff er nach der Feder und schrieb mit großen Buchstaben quer über ein leeres Blatt: „Heimkehren kann nur der, dem die Heimat verlorenging!“

Er bezweifelte, daß Sabine sich hier je heimisch fühlen würde, es sei denn, daß sie ihre falschen Forderungen und Voraussetzungen aufgab. Noch stand sie sich selbst im Wege, und wenn sie das nicht erkannte und ehrlich bekämpfte, würde ihr Hiersein ihr nie zur Heimkehr werden.

Sabines Schluchzen drang noch immer zu ihm herein, und plötzlich empfand er tiefes Mitleid mit ihr. Im Grunde genommen war ja nicht sie schuld an der verkehrten Lebensrichtung, die sie eingeschlagen hatte, sondern ihre Eltern, die sie so maßlos verwöhnt, ihr aber das, was zu einem sich erfüllenden Leben gehört, nie geboten hatten. Ihr Dasein war von Kind auf ein Leben in Luxus und Überfluß, ein glückheischendes Taumeln von einem Vergnügen zum andern, aber ohne jede Aufgabe und ohne jede Sorge und Verantwortung. Kein Wunder, daß Sabine jetzt versagte.

Daß ihm die Erkenntnis darüber aber nicht früher gekommen war! Oder sollte gerade ihm diese Aufgabe zufallen, ihr nahezubringen und zu vermitteln, was Erziehung und Elternhaus an ihr versäumt hatten?

Rolf Kabel stützte den Kopf in die Hand. Fünf Jahre hatte er vergeblich versucht, ihr zu helfen, und es sah nicht aus, als würde es ihm gelingen. Plötzlich hörte er seine Frau rufen: „Rolf!“ und noch einmal weinend: „Rolf!“

Er stand auf und ging zu ihr. Sie hatte ihren hellblonden gelockten Kopf in die Kissen gewühlt und das tränennasse Taschentuch vor die Augen gedrückt. Er beugte sich zu ihr herab.

„Was ist, Sabine?“

„Du sollst kommen, du sollst nicht immer so häßlich zu mir sein.“

Stumm bückte er sich, um die auf dem Boden verstreut liegenden Zweige seines Straußes aufzuheben.

„Die ollen Dinger stechen so“, schmollte sie. „Laß sie doch liegen und sei jetzt mal nett zu mir.“

„Ich will sie in die Tonvase auf meinen Schreibtisch stellen“, sagte er und trug die Weidenkätzchen und Tannenzweige sorgsam hinaus. Ein Kind ist sie, ging es ihm durch den Sinn, ein unreifes, unerzogenes Kind! Ich bringe ihr den Frühling, und sie jammert, daß er sticht!

Er rückte den Strauß an den rechten Platz. Die letzten Sonnenstrahlen fielen auf die Tannenzweige, aus deren dunklem Grün sich die Silberkätzchen hell hervorhoben. Aus dem Nebenzimmer tönte erneut Sabines weinerliches Rufen: „Nun läßt du mich wieder allein!"

Unwillig legte er die Blätter in das Fach seines Schreibtisches. Mit dem Schreiben wurde es heute nichts mehr.

Im Eichenhof gab es eine unruhige Nacht. Blanka, eine der prächtigen Kühe, sollte kalben. Holzbann und Franz hatten die halbe Nacht im Stall zugebracht. Der Notschrei des Tieres beunruhigte auch die anderen Kühe. Immer wieder betrat Siegberte den Stall. Sie legte den Arm um den Hals des Tieres. „Blanka, bald ist es vorüber, gute, alte Blanka!" Und das Tier wandte den Kopf zu ihr und sah sie wie hilfesuchend an. So verrann Stunde um

Stunde. Holzbann, der keinerlei Müdigkeit zeigte, obgleich es bereits auf drei Uhr morgens ging, meinte schließlich, es sei irgend etwas nicht in Ordnung.

„Ich werde dem Tierarzt telefonieren", sagte Siegberte, „es muß etwas geschehen!"

Als dieser eine Stunde später auf dem Hof eintraf, war alles vorüber. Auf der Strohschütte im Stall aber lagen zwei Kälber.

„Beide tot!" sagte Holzbann. Der Tierarzt kümmerte sich vor allem um das Muttertier, gab dem Verwalter weitere Aufträge, sprach mit Siegberte einige Worte und machte sich baldmöglichst wieder auf den Heimweg.

Etwas später schritt Siegberte ebenfalls aus dem Hof über den Feldweg, hinein in die Dämmerung des jungen Morgens. Wohl hätte sie des Schlafes bedurft, denn sie war todmüde. Die letzten Tage hatten viel Arbeit gebracht, und sie spürte es genau, daß ihr Körper solch strenges, anhaltendes Schaffen noch nicht genügend gewöhnt war. Aber unter keinen

Umständen hätte sie jetzt schlafen können. Sie meinte noch den zornigen Ausruf der Mutter zu hören.

„Hab ich's nicht gesagt", hatte diese in Gegenwart der drei Männer geschrien, als sie unverhofft in den Stall trat und die beiden toten Kälber entdeckte. „Da siehst du's, wie wir vom Unglück verfolgt sind. Du richtest den Hof zugrunde, aber mach nur so weiter, fungiere nur in der Gegend als Fräulein Doktor, was aus deines Vaters Haus und Land wird, das scheint dir ja gleichgültig zu sein!"

Kein Wort hatte Siegberte zu antworten vermocht, aber nun wurde sie diese ungerechten Vorwürfe nicht los. Hatte die Mutter recht? War sie pflichtvergessen? Hatte sie etwas versäumt? Wohl war der Tierarzt der Bäuerin ins Wort gefallen: „Frau Streitmann, was reden Sie denn da? So etwas kommt vor. Daran ist doch niemand schuldig. Beim Brückenbauer ist gestern die beste Kuh samt dem Kalb draufgegangen."

Aber Siegberte in ihrer gewissenhaften Art peinigte sich nun mit Selbstvorwürfen. Vielleicht war es doch unrecht, daß sie sich nicht ganz entschieden geweigert hatte, Doktor Nölle auszuhelfen. Warum nur war sie ihrem ersten Vorsatz nicht treu geblieben? Andererseits aber hatte sie doch in keinem der Fälle selbst etwas unternommen. Stets war man zu ihr gekommen und hatte um ihre Hilfe gebeten. Wäre es zu verantworten gewesen, sich dagegen taub zu stellen? Aber sie wußte ja nur zu genau, warum Mutter so ärgerlich auf sie war. Wäre sie Holzbanns Frau, würde sicher der Schaden im Stall geringer geachtet werden.

Siegberte setzte sich am Wegrand auf einen Grenzstein, der am Ende eines ihrer großen Obsthöfe stand. Erschöpft lehnte sie sich an den Stamm des mächtigen, alten Birnbaumes, unter dem sie in ihren Kinderjahren mit Martin oft im Grase gelegen hatte.

Plötzlich schrak sie zusammen. Was hatte das zu bedeuten, jetzt und hier? Aus der Morgendämmerung löste sich eine Gestalt und kam auf sie zu. Ein Mann, groß, kraftvoll, ruhig. Siegberte fühlte ihr

Herz wie rasend klopfen. Gott im Himmel, das war doch der Vater, ihr Vater. Sie wollte schreien, wollte aufspringen, aber weder Füße noch Stimme gehorchten ihr. Der Eichenhofbauer aber trat auf seine Tochter zu, ganz so wie in früheren Jahren, und deutlich vernahm sie seine Stimme.

„Siegberte, heb auf, was vor deine Schwelle gelegt ist! Auf die Treue kommt es an. Nie war es Sitte, daß ein Streitmann einem andern die Hilfe versagte, um die er ihn bat. Der Weg zu Gott geht immer über deinen Nächsten, und der Dienst am Menschen ist heiliger Dienst, der Dienst an der Scholle aber nicht minder. Erbitte dir Kraft für beides. Hebe auf, was vor deine Schwelle gelegt ist!“

„Vater!“ Siegberte schrie auf und wollte nach ihm greifen. Da war er nicht mehr da. Nur der Acker, das Feld lag vor ihr, Vaters Grund und Boden. Über den bewaldeten Hügeln erglänzten die ersten Strahlen der aufgehenden Sonne. Vom Dorf her hallten fünf Schläge durch den neuen Morgen. Da erkannte Siegberte, daß sie am Wegrand sitzend vor Ermattung eingeschlafen war. Sie hatte den Vater im Traum gesehen. Aber seine Worte, die Antwort auf ihre Not und Angst wollte sie in ihrem Herzen bewahren und als kostbares Gut mit hineintragen in ihren Tag.

Siegbertes Augen füllten sich mit Tränen. Sie, die Starke, weinte. „Ich danke dir, Gott!“ flüsterten ihre Lippen. „Nun sehe ich meinen Weg wieder vor mir.“

Dann erhob sie sich. Es fröstelte sie. Noch einmal glitt ihr Blick über die Äcker und blieb schließlich an dem bewaldeten Hügel hinter dem Dorf haften. Von dem Berghaus an seinem Hange grüßte ein blasses Licht in den Morgen. Ob Rolf Kabel wieder die Nacht durchgearbeitet hatte?

Bei Siegbertes letztem Besuch hatte die junge Frau der Ärztin geklagt: „Denken Sie, Fräulein Doktor, mein Mann, der Böse, schreibt jetzt ganze Nächte hindurch. Immer muß ich dann allein in dem großen Zimmer liegen, wo der dunkle Wald zum Fenster hereinschaut und die

Käuzchen rufen. Mir wird dann ganz gruselig, zumal der Schrei der Käuzchen als Warnung des Todes gedeutet wird. Sagen Sie es doch Rolf, daß er mich nachts nicht allein läßt. Vielleicht hört er eher auf Sie als auf mich."

Der Schriftsteller aber hatte seine Frau mit einem stummen Blick angesehen, und der Scherz, mit dem er den peinlichen Augenblick überbrücken wollte, mißriet.

Nun blinkte sein Licht wieder ins Tal herunter; die kleine Frau war also die Nacht abermals allein geblieben. Siegberte hatte sich in den letzten Wochen viel mit diesen beiden Menschen beschäftigt. Ob ihnen nicht zu helfen war?

Der Dienst am Menschen ist heiliger Dienst. Ob sie auch hier einen solchen zu erfüllen hatte?

Langsam wandte sie sich um. Sie mußte zurück zum Eichenhof. Ein neuer Arbeitstag hatte begonnen.

Wenige Wochen später zeigte sich die Natur in ihrem Brautgewand. Ein Schönheitswettbewerb schien begonnen zu haben, an dem sich alles, was da draußen Leben in sich barg, zu beteiligen schien. Selbst der ernste Tannenwald tat mit. All seinen Tannenkindern hatte er hellgrüne Maienspitzen an die Zweige gesteckt, so daß sie ebenso festlich wirkten wie die bräutlichen Birken, die den Waldrand säumten und ihre zarten Frühlingsschleier graziös im Winde bewegten. Auf den Wiesen blühte es in allen Farben, und in den Weißdornhecken brachen Tausende von Knospen auf. Die Luft war erfüllt von dem vielstimmigen Gesumme fleißiger Insekten, und buntschimmernde Schmetterlinge gaukelten wonnetrunken durch diese Frühlingsherrlichkeit.

Sonntagmorgen war's! In Gruppen standen die festtäglich gekleideten Dorfleute auf dem Kirchplatz. Der Morgengottesdienst war beendet. Man hielt einen kleinen Schwatz, grüßte hier einen Bekannten, dort einen Nachbarn, unterhielt sich über den Stand der Felder, politisierte auch ein wenig und freute sich der sonntäglichen Ruhe nach dem regen Umtrieb der Woche.

Unter den Kirchgängern befanden sich auch Siegberte und ihre Mutter. Es war von jeher im Eichenhof Sitte gewesen, am Sonntag ins Gotteshaus zu gehen. Jeder, der im Hause abkömmlich war, machte sich auf den Kirchweg. Siegberte war bei dieser Gewohnheit geblieben und ermöglichte ihren Hausgenossen den Kirchenbesuch so oft es anging. Holzbann verzichtete allerdings großzügig darauf.

Frau Streitmann war wochenlang nicht zur Kirche gekommen. Ihr Herz hatte ihr wieder einmal recht zugesetzt, und als sie es heute gewagt hatte, ins Dorf zu gehen, fiel ihr krankes Aussehen allen auf.

„Die Eichenhofbäuerin macht es auch nicht mehr lange“, bemerkte eine der Umstehenden und blickte den beiden Frauengestalten nach, die langsam über den Kirchplatz schritten.

„Ja, wenn man es am Herzen hat“, pflichtete eine andere bei.

„Nun hat sie einen Doktor im Haus

und muß schließlich trotzdem sterben."

„Nun red kein dummes Zeug, sterben müssen wir alle. Du hast doch gehört, was der Pastor gesagt hat."

„Aber die Streitmanns-Mutter ist doch kaum sechzig. Da kann einer noch lange leben. Mir scheint, es ist nicht die Krankheit allein, die an ihr zehrt. Sie soll sich mit der Tochter nicht verstehn. Die Siegberte will wohl nicht ans Heiraten denken, und die Kathrein meint, es gehöre ein Mann auf'n Hof."

„Ich glaube, sie hoffte auf den Holzbann, aber die Siegberte will ihn nicht. Darüber ärgert sich die Alte."

Während sich die Dorfbewohner über die beiden Frauen des Eichenhofes unterhielten, waren diese am Friedhof angelangt, wo sie nach den Gräbern sehen wollten. Fürsorglich geleitete Siegberte die Mutter am Arm über die schmalen Wege. Jetzt mußte sie sich erst eine Weile auf einer der Friedhofsbänke ausruhen, so hatte die kleine Wegstrecke sie erschöpft. Siegberte saß neben der Mutter und blickte ihr besorgt ins Gesicht.

„Der Weg hat dich angestrengt“, sagte sie. „Ich werde dir heute nachmittag den Liegestuhl in den Garten stellen. Ich glaube, heute kann man’s schon riskieren, draußen zu liegen. Das wird dir gut tun.“

Frau Streitmann machte eine müde Handbewegung.

„Wird nicht mehr viel Zweck haben, es ist bald aus mit mir.“

„Rede doch nicht so“, wehrte Siegberte, dein Herz kann sich noch ganz erholen. Du mußt aber auch genügend Lebenswillen aufbringen.“

„Lebenswillen!“ höhnte die Bäuerin mit bitterem Lächeln. „Je eher ich gehe, desto besser für dich, dann ist die Alte dir nicht mehr im Wege.“

„Mutter, es ist mir unerklärlich, womit ich deinen Groll verdient habe!“ Leidenschaftlich stieß Siegberte diese Worte hervor. „Finde dich doch einmal damit ab, daß ich nicht Holzbanns Frau werden kann. Soll es denn zwischen dir und mir nie anders werden? Glaubst du nicht, daß auch ich viel lieber sähe, der Hof wäre in den Händen eines Mannes? Aber der rechte muß es sein, sonst gebe ich ihn nicht aus den Händen. Es wäre unrecht, Martin und dem Vater gegenüber. Nie kann ein Emil Holzbann der Nachfolger des Eichenhofbauern werden. Ein Mann, der Gott lästert, der, was dem Vater heilig war, zu Boden treten würde, ist unseres Erbes nicht würdig. Nein, Mutter, schlage dir das aus dem Sinn, daraus wird nie etwas. Aber uns beide laß im Frieden miteinander leben. Du mußt es doch sehen, daß ich meine ganze Kraft einsetze, den Hof vorwärtszubringen, und bisher ist es auch gelungen. Wir haben wahrlich Grund zum Danken. Und sollte für mich noch ein Mann bestimmt sein, dann wird der rechte eines Tages vor der Türe stehen, einer, dem ich dann gerne und aus willigem Herzen Vaters Erbe übergeben werde. Sollte es mir aber bestimmt sein, meinen Weg allein gehen zu müssen, dann ist es auch gut. In jedem Fall will ich tapfer und treu sein. Das übrige überlasse ich Gott."

Siegberte hatte sich in Wärme geredet.

Bittend sah sie die Mutter an. Ach, wenn sie nur auch verstehen wollte! Aber die Eichenhofbäuerin hatte keine Antwort für das Werben ihres Kindes. Finster war ihr Blick in die Weite gerichtet, der strenge Mund fest verschlossen. Nein, sie gab nicht nach, da mochte kommen, was wollte!

Auf Martins Grab leuchtete das liebliche Blau eines frischen Vergißmeinnichtkranzes. Heidi schien dagewesen zu sein. Auch auf die Ruhestätte des Eichenhofbauern hatte sie einen solchen Strauß gelegt.

Jetzt verließen die Frauen den Friedhof. Schweigend schritten sie nebeneinander durch die Felder, auf denen die aufgegangene Saat der Sonne entgegenstrebte. Siegberte machte die Mutter auf den gesunden Stand des Ackers aufmerksam und wies auf die in prachtvoller Blüte stehenden Obstbäume, die reiche Frucht verhießen. Sie erhielt jedoch kaum eine Antwort. Der Eichenhofbäuerin Herz war für die Schönheit des reichen, leuchtenden Frühlingssonntags verschlossen. Sie hatte keinen Blick für alles Schöne.

Am Abend dieses Tages wurde Siegberte bei Kabels erwartet. Wohl war die junge Frau nun schon eine ganze Weile wiederhergestellt, und ihre Aufgabe als Ärztin war somit erfüllt. Doch hatte sich während der Krankheitswochen ein freundschaftliches Verhältnis zwischen Siegberte und dem jungen Ehepaar gebildet, das zu diesem Besuch Anlaß gab.

„Es ist hier oft so sterbenslangweilig“, hatte Sabine unlängst Siegberte geklagt. „Kommen Sie doch öfters zu uns! Wir haben hier gar keinen Verkehr. Sie glauben gar nicht, wie sehr ich das vermisse.“

Und Rolf Kabel hatte sich den Bitten seiner Frau angeschlossen. „Es wäre uns eine große Freude, Sie öfters bei uns zu sehen, Fräulein Doktor.“ Siegberte hatte gerne dieser Aufforderung Folge geleistet, entsprach eine solche Verbindung doch auch ihrem eigenen Bedürfnis. Die junge Frau war zwar das reinste Kind. Aber schließlich gab es auch an diesem

Kinde noch eine Aufgabe zu erfüllen. Merkwürdig, seit jener Nacht, da sie träumend den Vater gesehen und er ihr in so seltsamer Weise Antwort gegeben hatte auf die Fragen, die sie damals so stark bewegten, sah sie mehr als früher in jeder Begegnung mit einem Menschen eine Aufforderung zu einem Dienst, und gerne wollte sie auch an dieser Frau eine Aufgabe erfüllen. Sie empfand oft tiefes Mitleid mit ihr, die ihr so arm vorkam, obgleich sie sich jeden Wunsch erfüllen konnte. Da lebte sie nun in dem wunderschönen Haus, das, mit feinstem Geschmack eingerichtet, warme Behaglichkeit ausströmte, und war darin doch nicht daheim. Die sie umgebende landschaftliche Schönheit hatte ihr auch nicht viel zu bedeuten. Es ging ihr der Sinn dafür ab. Vor allem aber schien über der Ehe dieser beiden Menschen ein dunkler Schatten zu schweben. Da war kein gemeinsames Wandern, kein harmonisches Ineinanderklingen, sondern ein gezwungenes Nebeneinanderherlaufen. Sie taten ihr beide leid, besonders aber

Rolf Kabel, dieser große, ernsthafte Mensch, mit den tiefen, sinnenden Augen und der hohen Stirn. Mit äußerer Ruhe verband sich bei ihm eine lebhafte rege Geistestätigkeit. Ein Gespräch mit ihm zu führen, bedeutete einen Genuß und brachte immer Gewinn. Seine Bewegungen waren voll Maß und verrieten doch wieder Temperament.

Sie war nun schon des öfteren hinauf zur „Heimkehr" gestiegen und hatte dort einige feine Abende verlebt. Hin und wieder hatte man gemeinsam musiziert. Rolf Kabel war ein guter Geigenspieler, und seine Frau besaß einige Fertigkeit auf dem Flügel. Jedoch war ihr Spiel derart seelenlos, daß ihr Mann gewöhnlich plötzlich abbrach. Als er dann herausfand, daß Siegberte sehr musikalisch war und über eine gute Schule verfügte, bat er sie des öfteren, ihn zu begleiten, was jedoch bei Sabine Ärger und Eifersucht hervorrief, so daß es nun Siegberte war, die das gemeinsame Musizieren rasch beendete. Sie zeigte dann nur ihre von der Feldarbeit mitgenommenen Hände und entschuldigte sich: „Nein, sie wollen zum Spiel nicht mehr so recht taugen."

Dann war es wieder die junge Frau, die sich schier zu Tode wundern wollte: „Wirklich, Fräulein Doktor, ich begreife Sie nicht. Wie können Sie solch schwere und, verzeihen Sie, schmutzige Arbeit tun? Sie hätten als Ärztin doch ein viel angenehmeres Dasein. Doktor Riesel hat uns gesagt, daß Sie sehr tüchtig sind. Nein, so eine Bauernwirtschaft, wo man ständig mit lehmbeschmutzten Schuhen durch Schweinestall und Mistpfützen waten muß, denke ich mir schrecklich. Ein Mensch wie Sie, Fräulein Doktor, paßt da nicht hinein." Siegberte lächelte, und Rolf Kabel sah es wohl, es war ein mitleidiges Lächeln. Sie antwortete: „Wissen Sie wohl, wie es ist, Frau Kabel, wenn die Heimat ruft? Wenn man hinter diesem Rufe Gottes Stimme erkennt und weiß: hier ist deine Lebensaufgabe, dann kann man nicht gut anders als Folge leisten."

Es war der jungen Frau gut anzumerken, daß Siegbertes Worte wohl ihr Ohr trafen, nicht aber tiefer eindrangen. Als

Siegberte aber ihren Blick wandte und die Augen Rolf Kabels traf, erstaunte sie vor dem Strahl tiefen Verstehens, der ihr aus diesen entgegenkam.

Heute nun wollte der Schriftsteller aus seinem Heimatroman vorlesen, und Siegberte freute sich darauf. Sie hatte hier so wenig geistige Anregung und wußte von den Augenblicken, wo ihre Seele nach solchem Genuß lechzte. Es dunkelte bereits, als sie eilig durchs Dorf schritt, um dem bald aufsteigenden Bergpfad zuzustreben. Ein weicher Maienabend war es. Die ganze Luft war erfüllt von dem süßen Duft der Millionen Blüten.

Da traf Siegberte auf der Dorfstraße mit Doktor Nölle zusammen, der gerade von einem Krankenbesuch kam. Gleich polterte er los. „Bertel, hierher! Stillgestanden! Was eilst du so durch die nächtlichen Gefilde?"

Siegberte begrüßte lachend den Arzt.

Der aber war wieder einmal geladen. „Wie denkst du dir eigentlich die Sache? Ist es dir klar, daß du mich ruinierst?"

„Ich, Herr Doktor?"

„Jawohl, du! Natürlich, so'n Unschuldslamm hat wieder einmal keinen blassen Dunst. Du behandelst alle deine Patienten umsonst, und selbstverständlich erwartet man nun, daß der alte Nölle das auch macht. Ich verlange, daß du für deine Behandlungen die vorgeschriebene Taxe erhebst. Hast du mich verstanden? Selbstverständlich gibt es immer solche, bei denen man ein Auge zudrücken muß. Aber denen, die bezahlen können, wird kein Pfennig nachgelassen, das merke dir ein für allemal!"

„Sie vergessen, Herr Doktor, daß ich keine Praxis habe und durchaus nur ausnahmsweise einspringe. Ich bin gar nicht zuständig, Rechnungen zu schreiben, besonders wo es sich um Krankenkasse handelt."

„Ach was, dummes Zeug! Das mit den Krankenkassen werde ich schon regeln. Du bist meine rechtmäßige Vertretung und hast damit auch eine rechtmäßige Bezahlung zu fordern. Weißt du, wer mich darauf gebracht hat? Der überspannte Schriftsteller da oben, der mit seiner hysterischen Frau in die Bergeinsamkeit geflüchtet ist. – Wollen sehn, wie lange er es dort aushält. Der hat mir gesagt, ich möchte ein Auge auf dich haben. Eigentlich ein blödes Gerede, ich habe früher eins auf dich geworfen als er. Na ja, er sagt, du habest ihm bis jetzt noch keine Rechnung geschickt, und er fürchte, du tätest es ebensowenig bei andern Patienten. Siegberte, sei kein Dickkopf! Vom Idealismus allein ist noch keiner satt geworden. Natürlich, unsere Bauern, die Geizkragen, die melden sich nicht, aber denen steige ich aufs Dach, das kannst du mir glauben. Keinem einzigen von ihnen wird etwas geschenkt. Aber jetzt halt mich nicht länger auf!"

Und ehe Siegberte noch etwas erwidern konnte, lief er schon wieder davon. –

Man saß im sogenannten blauen Zimmer des Hauses „Heimkehr", im Arbeitsraum des Schriftstellers. Das Mädchen hatte Wein und Gebäck gebracht. Rolf Kabel hatte etliche auf hohen Leuchtern stehende Kerzen angezündet. Siegberte, die ihm gegenüber in einem der tiefen Sessel Platz genommen hatte, blickte um sich und ließ die wohltuende Behaglichkeit des Raumes auf sich einwirken. Mit feinem Geschmack hatte man hier jedem Gegenstand seinen Platz angewiesen, und alles sprach von ausgeprägtem Schönheitssinn. Siegbertes Augen blieben schließlich an der jungen Frau haften, die in einem eleganten Abendkleid neben ihr saß.

Sie spürte Siegbertes Blick auf sich gerichtet und wandte sich ihr zu: „Gefällt Ihnen mein Kleid, Fräulein Doktor? Nur um Ihretwillen habe ich mich schön gemacht. In diesem weltabgeschiedenen Nest besteht ja sonst keine Gelegenheit, meine Gesellschaftskleider zu tragen, und bei dem faulen Leben, das ich hier führe, werde ich sowieso wieder zunehmen und dann paßt mir überhaupt nichts mehr. In Bonn, ja, da konnte ich mir wenigstens Bewegung verschaffen, da ging ich zum Tennisspielen oder zum Reiten. Da traf ich mich fast täglich mit meinen Freunden. Man machte einen kleinen Bummel, der jedesmal in einem Kaffee endete. – Ach, Bonn! Sie kennen es ja, Fräulein Doktor. Ich sage Ihnen, mich packt die Sehnsucht oft so stark, daß ich meine, auf und davon zu müssen."

„Aber Bewegungsmöglichkeiten gibt es auch hier", erwiderte Siegberte. „Wie wäre es, wenn Sie bei mir einen landwirtschaftlichen Kurs machen würden? Arbeit gäbe es genug."

Sabine hob entsetzt die Hände. „Aber, Fräulein Doktor, welche Zumutung! Ich habe vor kurzem einmal meinem Mann ein wenig in unserem Garten geholfen, aber ich hatte schon nach der ersten halben Stunde genug. Da muß man sich ja immer bücken, und dann ist man ewig schmutzig." Sie betrachtete wohlgefällig ihre zierlichen, gepflegten Hände.

Eine Kinderhand, dachte Siegberte, die Hand eines törichten Kindes, das noch nie im Leben tatkräftig zugegriffen und etwas vom Segen der Arbeit verspürt hat.

Siegbertes Blick glitt von den Händen der jungen Frau hinüber zu denen des Schriftstellers, und plötzlich trafen sich ihre Augen. Eine Sekunde nur, aber sie genügte, Siegberte etwas von der Not und herben Enttäuschung, die im Leben Rudolf Kabels lagen, erkennen zu lassen.

Die blaufarbenen, schlanken Kerzen verbreiteten stilles, wohltuendes Licht.

„Gräßlich finde ich diese Dinger“, klagte Sabine. „Finden Sie nicht auch, daß mein Mann eigentümliche Liebhabereien hat? Da verlangt er nun von uns, daß wir bei diesen Totenlichtern sitzen, und findet so etwas schön und stimmungsvoll. Mir kann es nie hell genug sein, lieber fünf elektrische Lampen in einem Zimmer als nur eine. Aber sehen Sie, da läßt Rolf sich gar nichts dreinreden. Er liebt nun einmal diese sentimentalen Totenlichter.“

Siegberte antwortete nicht gleich. Still blickte sie in den Schein der Kerzen. Dann sagte sie: „Man kann alles von zwei Seiten betrachten. Immer, wenn ich in solch warmes Kerzenlicht blicke, werde ich an einen Vers erinnert, den ich einmal irgendwo las:

‚So wie das Licht sich selbst verzehrend
uns gütig spendet hellen Schein,
so soll auch unser ganzes Leben
ein stilles Sich-selbst-Geben sein.

Verzehre dich im Dienst für andre,
verzichte auf dein eigen Glück,
denn alles Gute, das du spendest,
kehrt immer neu zu dir zurück.'"

Ihre Worte verhallten wie ein feines Klingen in der Stille des Raumes, und Rolf Kabel fand, daß dies der rechte Zeitpunkt sei, mit Lesen zu beginnen.

Die Kerzen brannten immer tiefer herab. Der Schriftsteller las aus seinem neuen Werk. Wie eine seelenvolle Melodie, reich an Schönheit und voll Harmonie, klangen seine Worte. Ein starkes, inneres Erleben mußte sie geformt haben.

Es schlug zwölf Uhr. Rolf Kabel schreckte auf. „Schon Mitternacht? Das tut mir leid um Sie, Fräulein Doktor! Ich weiß, wie früh Ihr Arbeitstag beginnt."

Sie aber streckte ihm die Hand entgegen: „Dank, innigen Dank! Sie haben mich mit Ihrer Lesung reich beschenkt."

Dann fiel beider Blick auf Sabine. Sie war fest eingeschlafen. Wie ein Kind hatte sie sich in die Tiefe des Sessels gekauert und den Kopf in dessen Polster gedrückt. Sie hatte den Mund halb geöffnet und atmete tief und gleichmäßig. Es entging Siegberte nicht, daß das warme Leuchten, das sich beim Lesen des Manuskriptes auf dem Gesicht des Schriftstellers ausgebreitet hatte, plötzlich verblich, als ob kühle Abendschatten ein noch eben sonnenbeschienenes Gefilde bedeckten.

„Sie war gewiß sehr müde", versuchte Siegberte die junge Frau zu entschuldigen. „Die Folgen des Unfalls sind scheinbar doch noch nicht ganz überstanden." Dann aber erschrak sie beinahe vor der Wandlung, die sich mit Rolf Kabel vollzogen hatte. In seinen Augen zuckte es. Mit unsanftem Griff faßte er den Arm seiner Frau.

„Sabine, wach auf, du gehörst ins Bett!"

Erstaunt schlug diese die Augen auf

und verzog das Gesicht wie ein Kind, das aus süßem Schlaf gerissen wird. Dann schmollte sie: „Du Böser, warum weckst du mich? Ich bin doch so müde."

Jetzt erst erinnerte sie sich der Anwesenheit Siegbertes. „Verzeihen Sie, Fräulein Doktor, aber ich konnte mir nicht mehr helfen. Das Vorlesen meines Mannes strengt immer so an, dazu das scheußliche Totenlicht."

Da begann Rolf wieder: „Raffe dich doch wenigstens so weit auf, daß du dich von Fräulein Streitmann verabschieden kannst." Siegberte, der dies alles unsagbar peinlich war, streichelte mit einer entschuldigenden Geste über Sabines Haar.

Der Schriftsteller aber bat: „Bitte gedulden Sie sich noch fünf Minuten! Ich will Sabine nur noch schnell hinüber ins Schlafzimmer bringen, dann begleite ich Sie den Berg hinunter."

Und dann schritten sie durch die geheimnisvolle Stille des Waldes. Eine mondhelle, weiche Nacht breitete sich über dem Tal aus und hob mit ihrem Silberschimmer Licht und Schatten gegeneinander ab, daß den beiden Menschen ein märchenhaft schönes Landschaftsbild erstand, das sie schweigend in sich aufnahmen.

Siegberte spürte eine seltsame Unruhe in sich aufsteigen. Fast wünschte sie, Kabel wäre zu Hause geblieben. Mit ihrem feinen Empfinden nahm sie den Aufruhr seines Innern deutlich wahr und fürchtete, er könne sich hinreißen lassen, ihr Dinge anzuvertrauen, die er später vielleicht doch lieber für sich behalten hätte. Als ob er ihre Gedanken erraten hätte, begann er plötzlich: „Selbst wenn ich Ihnen nichts darüber sagen würde, Sie wüßten es ja doch. Sie haben längst Ihre Beobachtungen gemacht und gemerkt, was bei uns fehlt. Ist es nicht so?"

Unwillkürlich schritt Siegberte rascher aus. „Herr Kabel", bat sie, „wollen wir das nicht lieber lassen?"

Er aber stieß leidenschaftlich hervor: „Nein, wehren Sie mir nicht. Ich muß es einmal sagen. Gerade Ihnen, weil Sie der Mensch sind, der nicht klein und unedel darüber urteilen wird. Meine Ehe ist ein großer Irrtum, an dem allerdings ich selbst schuldig bin. Ich hätte wissen müssen, daß Sabine niemals imstande ist, mir Lebenskamerad zu sein, daß sie, die ihr Leben lang verwöhnt und verhätschelt worden ist, eben nichts anderes geben kann, als was sie besitzt, und das ist bitter wenig, vor allem nicht das, was ich benötige, was ich erwartet habe. Eine Puppe habe ich mir in mein Haus gesetzt, eine niedliche, aber seelenlose Puppe. Meine Pflegeschwester besaß als Kind so etwas Ähnliches. Glasaugen hatte das Ding und sogar lange Augenwimpern, die sie auf- und zuklappen konnte. Lottes größtes Vergnügen war es, dieser Puppe schöne Kleider anzuziehen, und sie war tief gekränkt, als ich diesem aufgeputzten Fratz einmal einen rüpelhaften Stoß versetzte und spöttische Bemerkungen über das Puppenkind machte. – Sehen Sie, Fräulein Doktor, das ist Sabines Bild. Eine seelenlose Puppe in eleganten Kleidern!"

Er blieb schweratmend stehen, faßte sich an den Kopf und seufzte tief und leidenschaftlich: „Und ich Tor habe mich von ihrem Äußeren blenden lassen."

Siegberte legte die Hand auf seinen Arm. Sie wirkte mütterlich, als sie beruhigend zu ihm sprach: „Herr Kabel, Sie dürfen nicht zu hart urteilen. Sabine ist vielleicht weniger schuld an der Armut ihrer Seele als diejenigen, die diese zu formen gehabt hatten. Verlangen Sie nicht mehr von ihr, als sie Ihnen zu geben imstande ist."

Da brach es aus ihm heraus: „Und so soll es weitergehen, mein Leben lang? Soll ich verheiratet und doch einsam sein? Anderen mag es genügen, wenn sie ein Weib besitzen. Ich benötige aber mehr. Ich brauche einen Lebenskameraden, einen Weggenossen, der innerlich teilnimmt an meinem Schaffen, der mich anregt und beeinflußt und in meinem Leben und Streben aufgehen will. Fünf Jahre sind wir nun verheiratet. Alles habe ich versucht, um sie zu fördern. Wir haben Reisen unternommen, ich wollte ihr Lehrer sein; mit unglaublicher Geduld habe ich mich abgemüht, es war alles vergeblich. Immer schon nach kurzer Zeit flaut ihr Interesse ab, und wie ein Kind nach neuem Spielzeug, so schreit sie nach Abwechslung und Unterhaltung. Ich glaubte, es sei ihr Bedürfnis, an meiner schriftstellerischen Tätigkeit teilzunehmen. Sie haben es heute abend mit eigenen Augen gesehen; so ist es immer. Das Empfinden für Geistiges geht ihr gänzlich ab.“ Seine Stimme bebte voller Leidenschaft: „Fräulein Doktor, Sie haben heute abend ein feines Wort gesprochen von dem Licht, das sich im Dienste anderer verzehrt. Ich weiß, jeder Mensch hat die Aufgabe, für seinen Nächsten dazusein und Opfer zu bringen, erst Opfer adeln das Dasein, aber mit dem Weiteren bin ich nicht einverstanden: ‚Verzichte auf dein eigen Glück?' Soll mein ganzes Leben ein Verzichten sein? Nein, ich werde mich dagegen wehren. Ich will nicht immer diese entsetzliche Last tragen. Entweder es gibt eine Änderung oder ich werde mich von diesem Joch befreien.“

Erschöpft hielt er inne. Siegberte war erschüttert von dem Gefühlsausbruch dieses sonst so ruhig wirkenden Menschen, der ihr in großem Vertrauen einen Einblick in sein Innerstes gewährt hatte. Könnte sie ihm doch helfen! Sie wünschte in diesem Augenblick nichts so sehnlich, als die rechten Worte zu finden, die ihm not taten. schließlich griff sie eines seiner eigenen Worte auf: „Sie sprachen davon, daß es Pflicht eines jeden Menschen sei, Opfer zu bringen. Könnte nicht vielleicht Ihre Ehe das Gebiet sein, in dem Sie Ihre Opfer zu bringen haben? Opfern ist ja kein Austeilen aus der Fülle und vom Überfluß, sondern ein freudiges Drangeben dessen, was einem lieb und teuer ist. Vielleicht haben Sie diesen Dienst an der Seele Ihrer Frau, die, trotz des Reichtums, in dem sie bisher lebte, gedarbt hat, zu erfüllen. Wohl werden große Opfer von Ihnen gefordert. Sie dürfen aber gewiß damit rechnen, daß diese sich später einmal lohnen werden. Der Weg zu Gott führt immer über unseren Nächsten."

Da sah Rolf Kabel sie erstaunt an. „Sie glauben an einen persönlichen Gott?"

„Mein Vater lehrte es mich. Er war ein

Christ, dessen Frömmigkeit sich nicht in Worten, sondern in der Tat äußerte." Und sie erzählte ihm von ihrem Traumerlebnis, das ihr so bedeutungsvoll erschien, weil es wie eine Antwort auf die Not ihres Innern, auf ihre quälenden Fragen gewesen war. Sie wunderte sich dann selbst, daß sie, die dieses Erlebnis bisher ganz für sich behalten hatte, es nun diesem ihr eigentlich fremden Menschen anvertraute. Aber im Grunde genommen war er ihr ja nicht fremd. Sein Vertrauen ihr gegenüber schuf unwillkürlich eine Brücke und verpflichtete sie auch ihm gegenüber zu einem Dienst. „Heb auf, was vor deine Türe gelegt wird!"

Rolf Kabel aber erkannte plötzlich die Größe ihres Lebensopfers. Darum also hatte sie ihren schönen Beruf, ihre Zukunftsmöglichkeiten dahingegeben, weil sie glaubte, daß ein solches Opfer notwendig war. Und wie fein sie das gesagt hatte: Ein freudiges Drangeben dessen, was einem lieb und teuer ist! Wahrlich, das war ein Sichselbstgeben, ein Sichverzehren im Dienste für andere.

– Tapfere Frau! – Und so etwas gab es?! Solche Hingabe und Opferbereitschaft?! Und er hatte sein Leben an ein törichtes Kind gekettet, dem solche Einsicht vollkommen fremd war.

Als Siegberte nun neben ihm daherschritt, groß und aufrecht, in allen ihren Bewegungen Kraft und Entschlossenheit verratend, da kam es über ihn: Und sie ist frei, ist nicht gebunden! Sie könnte die Deine werden, wenn du nicht blind gewesen und in dein Unglück gerannt wärest. Sie würde dir Lebenskameradin sein können. Sie nähme teil an deinem Schaffen und könnte dir zum Aufstieg und Erfolg verhelfen, aber du hast gewählt und bist gebunden! – Eine unaussprechliche Not brach in ihm auf und ein qualvolles Kämpfen setzte in ihm ein. Wer will dich zwingen, diese Fessel weiter zu schleppen?! Mache dich frei, beginne ein Neues, fange von vorne an! Es war ihm, als müsse er diese aufrechte Frauengestalt in seine Arme reißen, jetzt, da die lang verhaltene Not die Dämme eingerissen und sich einen Weg gebahnt hatte. In diesem Augenblick blieb Siegberte stehen. Ob sie ahnte, was in ihm vorging? Ruhig blickte sie ihn an.

„Nun sind wir am Ende des Waldes. Ich danke Ihnen für Ihre Begleitung. Jetzt gehen Sie zu Ihrer Frau zurück. Sie wird auf Sie warten."

Er aber bat: „Erlauben Sie mir, Sie nach Hause zu begleiten. Der Weg ist einsam und Sabine schläft ja längst."

Sie aber reichte ihm entschlossen die Hand. „Nein, bitte nicht weiter; sie wartet trotzdem." Und dann schritt sie über die mondhelle Dorfstraße.

Rolf Kabel aber stand lange und sah ihr nach.

„Nicht weiter, nicht weiter!" wiederholte er. „Sie will mich in meine Grenzen zurückweisen! Aber lange ertrage ich ein solches Dasein nicht mehr."

In den nächsten Wochen fand Siegberte wenig Zeit, irgendwelchen persönlichen Interessen nachzugehen. Bei Sabine, die sie wiederholt zu einem Besuch aufforderte, konnte sie sich mit der vielen Arbeit, die zu tun war, entschuldigen.

Rolf Kabel aber wußte, warum sie Haus „Heimkehr“ mied. Dennoch konnte er sich keinen Vorwurf machen, in jener Nacht auch nur ein Wort zuviel gesagt zu haben. Auch er hätte es gerne gesehen, wenn Siegberte öfters gekommen wäre. Ihr Einfluß hätte sich auf Sabine gewiß nur gut ausgewirkt, und ihm selber tat ihre ruhige, feine Art wohl. Er bewunderte sie restlos in ihrem regen Schaffen als Bäuerin und zugleich als Ärztin und fühlte sich stark zu ihr hingezogen. Aber sie vermied es absichtlich, ihm zu begegnen; das empfand er deutlich. Sie wollte ihn nicht in neue und größere Not stürzen.

Siegberte selbst weilte mit ihren Gedanken oft bei den Bewohnern des Berghauses. Rolf Kabel und auch Sabine taten ihr unendlich leid, und sie sann darüber nach, was geschehen könne, daß diese beiden Menschen sich nicht immer weiter voneinander entfernten. Sie verstand den Schriftsteller und den Aufruhr in seinem Innern nur zu gut. Seine Art benötigte einen wahren Lebens- und

Wanderkameraden. Ob Sabine sich wirklich nicht dazu erziehen ließ? Sie war doch schließlich noch jung, in einem Alter, wo der innere Mensch noch biegsam ist. Allerdings hatte ihr Mann nun bereits fünf Jahre vergeblich versucht, sie zu sich emporzuziehen. Ob sie ahnte, daß sie in Gefahr war, ihn zu verlieren?

Am Abend eines arbeitsreichen Tages, da Siegberte außer bei den Mahlzeiten noch nicht fünf Minuten zur Ruhe gekommen war, rief Rolf Kabel an und fragte, ob es ihr noch möglich sei, nach Sabine zu sehen. Sie fühle sich nicht wohl.

„Ist es wirklich notwendig, daß ich komme?“ fragte Siegberte zurück. „Ich bin den ganzen Tag mit unseren Leuten draußen gewesen, und wir hatten mächtig zu tun. Aber ich komme natürlich, wenn Ihre Frau mich wirklich benötigt. Zu einem persönlichen Besuch reicht mir die Zeit nicht.“

Rolf Kabel ärgerte sich über ihre rückhaltlose Offenheit und war doch davon überzeugt, daß sie den Hauptgrund ihres Fernbleibens verschwieg. Sabines Krankheit war allerdings nicht gefährlicher Art, ein wenig Schnupfen, der ihr Unbehagen verursachte. Aber schließlich hätte Fräulein Streitmann doch nach ihr sehen können.

„Wir wollen selbstverständlich Ihre kostbare Zeit nicht beanspruchen“, erwiderte er, und Siegberte vernahm deutlich den Ton des Ärgers aus seinen Worten. „Wenn es nicht anders geht, müssen wir eben Doktor Riesel aus Bonn bitten, denn Sabine weigert sich entschieden, sich von Doktor Nölle behandeln zu lassen. Wir warten jetzt einmal bis morgen. Vielleicht geht es auch ohne Arzt. Sie wissen ja, meine Frau ist sehr ängstlich.“

Und dann war Siegberte in ihrer Gewissenhaftigkeit doch noch den Berg hinaufgestiegen. Vielleicht war Sabine wirklich ernstlich krank. Rolf Kabel öffnete ihr selbst die Türe. Er mußte sie vom Fenster aus beobachtet haben. In herzlicher Weise begrüßte er sie, und ihr entging nicht das frohe Aufleuchten seiner Augen.

„Wie lieb von Ihnen, daß Sie noch kommen", rief Sabine, die in einem eleganten Morgenrock lässig auf dem Ruhebett lag, ihr entgegen. „Mein Mann hat mir erzählt, daß Sie heute schon so fleißig waren, aber ich habe richtig Sehnsucht nach Ihnen gehabt, und weil Sie sonst kaum zu uns heraufgekommen wären, war ich recht froh, über meinen Schnupfen, der mich berechtigte, Sie zu rufen."

„Haben Sie mich tatsächlich wegen eines Schnupfens kommen lassen?" fragte Siegberte ernst zurück. „Frau Kabel, Sie scheinen wirklich keine Ahnung von meinem Tagewerk zu haben! Aber ich bin ja froh", fügte sie höflich hinzu, „daß es sich nicht um eine ernsthafte Erkrankung handelt."

„Sie wollen doch nicht etwa gleich wieder fort?" jammerte Sabine. „Jetzt müssen Sie erst einen gemütlichen Abend mit uns verleben. Übrigens bin ich vielleicht doch kränker, als Sie glauben. Finden Sie nicht, daß ich recht elend aussehe? Ich habe auch gar keinen Appetit. Meinen Sie nicht auch, die Stadtluft wäre besser für mich?"

Siegberte tat, als habe sie die letzte Frage nicht gehört. „Ein Schnupfen kann einem schon zusetzen“, sagte sie. „Lassen Sie mich einmal in den Hals sehen. Haben Sie erhöhte Temperatur? Der Puls schlägt normal. Das gibt sich in ein paar Tagen wieder. Ich schreibe Ihnen hier ein Medikament auf, daß Sie im Städtchen holen lassen können. Und übermorgen fühlen Sie sich schon wieder ganz wohl. Nun aber muß ich mich verabschieden. Gute Besserung, Frau Kabel, und in Zukunft nicht gleich so ängstlich sein! Besuchen Sie mich einmal auf unserem Hof. Wir haben eine ganze Anzahl drolliger Ferkel, die müssen Sie sich ansehen.“

Siegberte ließ sich nicht halten. Sie wollte noch vor Einbruch der Dunkelheit zu Hause sein. Ihre Füße trugen sie kaum noch, und morgen würde mindestens ebensoviel Arbeit auf sie warten. – Rolf Kabel aber ließ es sich nicht nehmen, sie auch heute durch den Wald zu begleiten. Er hütete sich jedoch, das Thema jener Nacht wieder aufzunehmen. Und Siegberte dankte es ihm. Es hätte ihr leid getan, wenn das schöne, gegenseitige Verhältnis gestört worden wäre. So schritten sie plaudernd nebeneinander her. Rolf erzählte von dem Fortschreiten seiner Arbeit und sprach von einem nächsten Leseabend, den Siegberte bestimmen sollte.

Während ihres lebhaften Gedankenaustausches, bei dem Siegberte ihre Müdigkeit schier vergaß, achteten beide nicht darauf, daß ihnen am Ausgang des Waldes hinter einem Baum verborgen ein Mann lauernd entgegenspähte. Er ließ die zwei an sich vorübergehen und blickte ihnen haßerfüllt nach.

„Also doch!“ zischte er, während er die Fäuste ballte und sein Gesicht sich vor Wut entstellte.

„Ein schönes Paar“, höhnte er dann, „ein sauberes Paar! Jetzt hab ich dich gefaßt, du scheinheiliges Weib.“ Und mit einem Fluch schlug er sich in die Büsche, um auf Seitenwegen das Dorf und die Wirtschaft zum Krug zu erreichen, in welcher er bereits vor mehr als einer Stunde eingekehrt war. Im dunkelsten

Winkel der Gaststube ließ er sich nieder und schlug mit der Faust auf den Tisch, daß die übrigen Gäste verwundert aufblickten. Rosa, die Kellnerin, aber schlängelte sich mit listigem Augenblinzeln an ihn heran.

„Na, Emil, hab ich recht gehabt?"

Er antwortete aufs neue mit einem Fluch.

„Siehst du", triumphierte sie, „du wolltest es mir nicht glauben, als ich dir sagte, sie sei wieder zu ihm hinaufgestiegen. Ich habe sie schon des öfteren beobachtet, und jedesmal begleitet er sie herunter ins Dorf. Seine Frau wird einmal das Nachsehen haben. Ja, Emil, du hast vergeblich gehofft. Die stolze Siegberte will nichts von dir wissen, und schließlich bist du noch froh für die Rosa aus dem Krug."

Da hob er den Arm, als wolle er ihr einen Schlag versetzen und fuhr sie an: „Schweig, infames Frauenzimmer!"

Dann aber saß er bis nach Mitternacht, immer vor sich hinstierend. Holzbann sann auf Rache.

Siegberte hatte nicht die leiseste

Ahnung davon, daß sich über ihrem Dasein dunkles Gewölk zusammenballte. Sie sah nicht die graue, häßliche Spinne „Verleumdung", die in boshaftem Klatsch ihre giftigen Fäden zog, Masche um Masche, ein Netz, in das sie ihr Opfer verstricken wollte.

Holzbann hatte endlich erkannt, daß der Wunsch der Eichenhofbäuerin niemals verwirklicht werden würde. Siegberte dachte nicht daran, sich zu fügen und seine Frau zu werden. Somit hätte er den Hof verlassen und wieder in die Fremde ziehen können, denn hier in der Heimat hatte ihn nichts weiter gehalten als das ersehnte Ziel, Eichenhofbauer zu werden. Wahrlich, es wäre das beste gewesen, er hätte sich jetzt verabschiedet. Aber merkwürdigerweise dachte er nicht mehr daran fortzugehen, wenigstens vorerst nicht. In seinem Innern hatte sich ein Racheplan festgenistet, der darauf zielte, Siegberte, der Frau, die ihn verschmähte, irgendein Leid zuzufügen. Den Hof anzünden? Nein, so töricht war er nicht. Er schnitt sich nicht ins eigene Fleisch.

Etwas anderes wollte er ihr antun, etwas, das sie bis ins Innerste treffen würde, ihren Namen, ihre Ehre gedachte er zu vernichten, und er wußte, daran würde die Stolze schwer tragen.

So warf Emil Holzbann mit leichter Hand und teuflischem Sinn ein paar Giftkörner bald hierhin, bald dorthin. Der Wind trug sie davon. Da es Menschen genug gab, denen ein neuer Dorfklatsch hoch willkommen war, dauerte es gar nicht lange, bis die Höllensaat aufging. Man tuschelte und flüsterte, man steckte die Köpfe zusammen und setzte die Mäuler in Bewegung.

… „Habt ihr's gehört? … Man sollte es nicht meinen. – Aber da kann man es wieder einmal sehen …, diese Stolze, Unnahbare …! So sind nun die Frommen, jeden Sonntag sitzt sie in der Kirche und verdreht die Augen … Pfui Teufel, ausspukken müßte man vor ihr … Ein Glück, daß der Eichenhofbauer die Schande nicht erlebt … Die Frau wird's ja nicht mehr lang machen, kein Wunder, daß sie so dahinwelkt, wenn's die Tochter so treibt

… Und das will eine Studierte sein und auf unsereinen hochmütig herabsehen! Pfui, pfui, wer hätte das gedacht!"

Emil Holzbann, du kannst zufrieden sein. Dein Werk gedeiht. Der Same deiner Rache geht auf, und das ist's doch, was du wolltest.

Siegberte ahnte nichts von alledem. Die Arbeit häufte sich derart, daß für nichts anderes Raum blieb. Jetzt stand man vor der Heuernte. Es war eine Wonne, die Üppigkeit der Wiesen zu sehen. Die Natur versprach in diesem Jahr überhaupt auf allen Gebieten in großzügiger Weise auszuteilen. Wohin das Auge blickte, bot sich Reichtum und Fülle dar. Die Obstbäume würden in etlichen Wochen die Fülle ihrer Früchte kaum noch tragen können. Solch sichtbarer Gottessegen war immer ein Ansporn zu frohem und dankbarem Schaffen.

Siegberte war am frühen Morgen mit Franz und Lene hinausgefahren zur hinteren Weide, einem mächtigen Wiesenstück, auf das der Hütejunge täglich das

Vieh trieb und an dessen Rand eine Reihe Frühkirschbäume gepflanzt waren, deren Früchte jetzt gepflückt werden mußten. Die Körbe füllten sich mit den süßen, roten Kirschen, die im Sonnenschein verlockend glänzten.

„So haben die Bäume seit Jahren nicht mehr getragen!" rief Siegberte von der Leiter herab den beiden anderen zu. „Da ist's wahrlich eine Lust zu ernten." Die Freude lachte ihr aus den Augen, und sie begann ein Lied vor sich hin zu summen. Wie schön war dieser Morgen, wie ein Geschenk aus Gottes Hand!

Wahrlich, wir Landleute können nicht gut anders, als uns gottverbunden zu fühlen. Die Natur führt uns in seine unmittelbare Nähe, so dachte Siegberte, während sie von ihrem hohen Stand über ihr Land blickte, und plötzlich erinnerte sie sich der erstaunten Frage Rolf Kabels: „Sie glauben an einen persönlichen Gott?"

Gehörte er wohl zu denen, die darin eine Schwäche sehen? Ihr selbst war das Dasein Gottes bisher nie zum Problem geworden. Es war ihr stets wie selbstverständlich erschienen, daß das, was zum Leben ihres Vaters gehörte, was er als lebensnotwendig betrachtet hatte, erprobt und wertvoll war. Mehr als einmal hatte er gesagt: „Ich kann ohne meinen Gott nicht sein. Er ist mir nicht nur ein Begriff, sondern der Geber aller guten und vollkommenen Gaben, die mein Leben bereichern. Daß dieser gewaltige Gott mir erlaubt, ihn ‚Unser Vater' zu nennen, das demütigt mich tief." Groß und unwandelbar hatte dieser lebendige Gottesglaube im Leben des Eichenhofbauern gestanden, und es war wie selbstverständlich, daß seine Kinder diesen Glauben auch als Erbgut aus seinen Händen nahmen.

Emil Holzbann befand sich auf dem Wege zu den Rüben und Kohläckern, auf denen die jungen Pflanzen gesetzt werden sollten. Er hatte während der ganzen Woche dort zu tun und ärgerte sich über Siegberte, die den Knecht zum Kirschenpflücken beordert hatte, anstatt ihn auf den Rübenacker zu schicken. Siegberte hatte behauptet, man dürfe mit dem Versand der Kirschen, die eine Konservenfabrik bestellt hatte, nicht länger warten, er solle nur vorerst allein auf den Rübenakker gehen. Es wütete in ihm. So war es immer. Verwalter sollte er sein? Lachhaft! Der geringste Knecht wurde ihm vorgezogen.

Jetzt fragte er sich: Was hält mich noch hier? Ein teuflisches Lachen kroch über seine Züge. Warte nur, Siegberte, es kann nicht mehr lange dauern, bis es auch deine Ohren erreicht, was sich die Spatzen auf den Dächern von dir erzählen, und so lange bleibt der getretene und verschmähte Verwalter noch auf dem Hof. Das läßt er sich nicht entgehen. Er will sich an dem Anblick deines Zusammenbruchs weiden. Die Genugtuung der gelungenen Rache soll sein Lohn sein. – Und nun wollte er erst recht noch eine Weile warten, bis er auf den Rübenacker ging. Er dachte nicht daran, zu schuften, wenn doch keine Aussicht bestand, einmal selbst den Hof zu besitzen.

Gerade als er aus dem Haus gehen wollte, kam ein Postbote auf dem Rad dahergefahren. Er brachte einen Eilbrief für Fräulein Doktor Streitmann. Holzbann nahm ihn in Empfang und war der Gelegenheit froh, einen Umweg machen zu können. Er kam noch früh genug zu der mühsamen Arbeit. Und nun sah er sie schon von weitem auf der Leiter im Geäst des Kirschbaumes stehen. Ihr rotgeblümtes Kleid und gleichfarbenes Kopftuch leuchteten in der Sonne. Sie hatte ein Körbchen umgebunden und griff mit beiden Händen in die beladenen Zweige, um die glänzenden Früchte zu pflücken. Sie ahnte nicht, daß der näherkommende Holzbann mit gierigen Augen das schöne Bild in sich hineintrank. Was hätte er darum gegeben, dieses Weib zu besitzen. Unbekümmert sang sie weiter und reizte ihn, ohne es zu wissen, zu sinnloser Wut.

Du wirst bald dein Lied abbrechen, dachte er voll gehässigen Grimmes. Warte nur, bis du erfährst, was die Leute über dich reden, du leichter Vogel, dann hörst du da oben auf zu flöten.

Jetzt hatte Siegberte Holzbann entdeckt. „Ich dachte, du seist längst auf dem Rübenacker?“ rief sie ihm zu. Da hielt er den Brief hoch.

„Den hat ein Extrabote gebracht.“

„Ein Eilbrief? Laß sehen!“ Und als sie den Namen des Absenders las, wechselten Freude und Angst auf ihrem Gesicht. Heiner Sorger? Es wird ihm doch nichts zugestoßen sein! Sie lehnte sich in das dichte Geäst des Baumes und öffnete den Umschlag. Dann aber strahlte ein Leuchten heller Freude in ihren Augen auf. Holzbann, der lauernd unten stehengeblieben war, sah es wohl. „Doktor Heiner Sorger“, hatte er auf der Rückseite des Briefes gelesen. Das mußte der Arzt sein, der zu Weihnachten die Rosen geschickt hatte. Also war er mit Siegberte in Verbindung geblieben.

Als Holzbann grußlos weiterschritt, waren seine Fäuste in den Hosentaschen geballt. Zehrende Eifersucht riß an ihm. „Keinem von beiden gönne ich sie“, knirschte er, „weder dem Arzt noch dem andern auf dem Berg. Wenn ich sie nicht besitzen darf, sollt ihr sie erst recht nicht haben." Jetzt wäre selbst die Eichenhofbäuerin erschrocken, wenn sie in Holzbanns Herz hätte blicken können. Es war von Gedanken und Plänen erfüllt, die ihn zum Schlimmsten fähig machten.

Frau Streitmann war mit Hinnerk im großen Gemüsegarten hinter dem Hause beschäftigt. Beiden fiel die Arbeit schwer, aber schließlich konnte man das Unkraut nicht anders bekämpfen, als daß man es ausrodete, und die anderen kamen vor lauter Arbeit doch nicht dazu. Hinnerk hatte sich einen Sack auf den Gartenweg gelegt und kniete darauf beim Säubern der Beete. Von Zeit zu Zeit stieß er einen leisen Seufzer aus. Es bekümmerte ihn, daß die Arbeit bei ihm nicht mehr flott vonstatten ging, und er kam sich sehr nutzlos vor. Hin und wieder warf er der Bäuerin einen fragenden Blick zu, dem dann ein besorgtes Kopfschütteln folgte. Sie arbeiteten nun schon länger als eine Stunde miteinander, ohne daß sie auch nur ein Wort gewechselt hatten. All die Jahre lebte er hier auf dem Hof, war dabei alt geworden, hatte Freud und Leid des Hauses geteilt und war schließlich doch ein Fremder geblieben. Ja, wenn der Eichenhofbauer noch da wäre! Um seinetwillen hatte man auch auf dem Hof ausgehalten. Um seinet- und auch um der Kinder willen. Den Jungen, den Martin, hätte man doch nicht einfach im Stich lassen können, und die Bertel erst recht nicht.

Als die Gedanken des alten Hinnerk bei Siegberte angelangt waren, hellte sich sein durchfurchtes Greisengesicht auf. Ja, die Siegberte, an der konnte man seine Freude haben. Wie die schaffte und den Hof in Ordnung hielt! Und wie gütig sie mit den Leuten umging, ganz wie der Vater! Es lag aber auch sichtbar der Segen Gottes auf ihrer Arbeit. Erst heute morgen hatte er es wieder denken müssen, als sie bei der Andacht den ersten Psalm gelesen hatte. Da war von dem Werk der Gottesfürchtigen gesagt worden: „Und was er macht, gerät wohl!" Ja, so war es bei Siegberte, genau so, wie es schon beim Vater und Bruder gewesen war.

Erfolg krönte die Arbeit. Wenn es nur auch die Bäuerin erkannt und eingesehen hätte, aber es lag ein Schatten über ihr, und es schien ihm, dem alten Knecht, als würde dieser Schatten immer dunkler und undurchdringlicher. Wenn sie nur wenigstens Siegberte dann und wann ein gutes Wort gegönnt und ihren Fleiß auch einmal anerkannt hätte, aber nichts von alledem. Das Mädchen konnte sich vom frühen Morgen bis zum späten Abend plagen, die Mutter achtete es nicht, nein, sie machte ihr höchstens noch Vorwürfe. Das war besonders der Fall, wenn sie, was eben immer wieder einmal vorkam, zu einem Kranken gerufen wurde. Er hatte sich schon oft vorgenommen, einmal ein offenes Wort mit der Bäuerin zu reden, aber schließlich war er doch nur der Knecht. Wenn nur Siegberte nicht mit der Zeit zu schwer an dem allein trug. Warum sie nur nicht heiratete? Ein Mädel wie sie sollte doch begehrt sein, aber vielleicht war eben der rechte noch nicht gekommen. Wenn er, Hinnerk, nur das noch erlebte. Der Holzbann, daß der ihr nachstellte, war offenes Geheimnis, aber diese Dummheit würde sie nie machen, dafür durchschaute sie den Kerl zu genau, aber die Bäuerin, die wartete scheinbar darauf. Unbegreiflich, daß eine Mutter so mit Blindheit geschlagen sein konnte. – Holzbann!! – Der Alte riß mit ganzer Kraft ein Unkrautbündel aus der Erde und schleuderte es über den Gartenzaun, so, als habe er den verhaßten Verwalter am Wickel.

„Elender Schmarotzer“, murrte er durch seine Zahnlücken, und sein ehrliches, altes Gesicht rötete sich vor Zorn. „Das könnte dir so passen, dich in dem warmen Nest niederzulassen.“ In diesem Augenblick ging die Gartentüre. Er blickte auf und sah in die lachenden Augen Siegbertes.

„Aber, Hinnerk“, rief sie, „jetzt hast du mir deine Erdschollen an den Kopf geworfen! Und was knurrst du denn vor dich hin? Du bist mir übrigens ein Schlimmer. Wer hat dich denn geheißen, hier auf der Erde herumzurutschen und Unkraut zu jäten? Und du ebenfalls, Mutter?“ Sie lief an dem Alten vorbei in den hinteren Teil des Gartens, wo die Bäuerin mit einer kleinen Hacke die Beete säuberte. „Das ist doch viel zu anstrengend für dich.“

„Wer soll es denn sonst tun?“ erwiderte Frau Streitmann und richtete sich schwer atmend auf. Schweißtropfen perlten auf ihrer Stirne, ihre Lippen waren blau gefärbt.

Siegberte schüttelte den Kopf. „Mutter, das ist unverantwortlich. Es ist wahr, wir anderen kommen nicht an die Gartenarbeit, aber dann werde ich eben doch endlich noch ein weiteres Mädchen ins Haus nehmen. Es wäre längst geschehen, wenn du dich nicht immer dagegen gewehrt hättest.“

„Ja, ja, wirf nur mit beiden Händen das Geld zum Fenster hinaus. Sitz du weniger bei fremden Leuten herum, dann schafft ihr die Arbeit schon. Der alte Nölle soll seine Kranken selbst versorgen. Sonst kann er ja einmal zur Abwechslung herkommen und auf dem Feld arbeiten oder hier Unkraut jäten.“

Siegberte lachte hell auf. „Gut, Mutter, das will ich ihm das nächste Mal sagen. Aber nun komm, setz dich ein wenig auf die Bank. Ich habe etwas mit dir zu besprechen."

Hätte sie alle die spitzen Redensarten und Vorwürfe der Mutter auf sich einwirken lassen, Siegberte wäre ihres Lebens nicht mehr froh geworden, verging doch fast kein Tag, ohne daß die Mutter mit solchen um sich warf. So ließ sie diese Flut eben über sich ergehen und sagte sich immer wieder, daß es die Mutter gar nicht so hart und böse meine, wie ihre Worte oft klangen. Heute aber gedachte sie, sich erst recht nicht unterkriegen zu lassen. Die Nachricht, die sie bekommen hatte, beglückte sie so, daß sie einen neuen Vorwurf zu den vielen täglichen gut ertragen konnte.

„Denke dir", berichtete sie ihrer Mutter, „Doktor Sorger hat mir geschrieben und eine Bitte ausgesprochen. Er sucht für eine junge Patientin, ein Mädchen von achtzehn Jahren, einen Platz, wo es sich nach überstandener Krankheit in gesunder Luft und guter Pflege erholen kann. Das Mädchen war, wie unser Martin, lungenkrank und lag zur selben Zeit wie er in Fichtenhöhe. Doktor Sorger schreibt mir, es habe damals den Anschein gehabt, als solle auch sie nicht mehr gesund werden. Sie ist das einzige Kind schon älterer Leute, die unter dem Gedanken, ihre Tochter hergeben zu müssen, unsagbar litten. Nun hat sich Doktor Sorger sehr um dieses Mädchen bemüht und ist überglücklich, daß es gelungen ist, der Krankheit Herr zu werden. Das Mädchen ist bereits im letzten Jahr als geheilt entlassen worden. Da aber jetzt ein Aufenthalt auf dem Land und Luftveränderung dringend notwendig ist, kam Doktor Sorger, der sich immer wieder um das Mädchen gekümmert und ihren Gesundheitszustand beobachtet hat, auf den Gedanken, uns zu fragen, ob er es uns für einige Wochen bringen dürfe. Du bist doch einverstanden, Mutter?"

Siegberte hatte sich von vornherein auf Widerstand gefaßt gemacht, und dieser blieb nicht aus. Sie war sehr abweisend.

„Was denkst du eigentlich“, fuhr Frau Streitmann auf, „wer soll denn das Mädel pflegen? Du scheinst immer noch nicht zu wissen, wie du deine Zeit totschlagen mußt! Und daß dir dadurch neue Ausgaben entstehen, überlegst du wohl auch nicht. Nein, daraus wird nichts!“

„Aber, Mutter“, bat Siegberte, „sei doch nicht gleich so ablehnend. Denke doch, wie gut dem armen Mädchen ein Landaufenthalt tut und welch großen Dienst wir den Eltern erweisen, die ihr Kind gerne wieder ganz hergestellt sehen möchten. Und übrigens ist von einer Pflege gar nicht die Rede. Das Mädchen ist soweit gesund; es handelt sich nur um eine Nachkur. Doktor Sorger schreibt sogar, sie würde sich gerne ein wenig betätigen und etwas leichte Arbeit übernehmen.“ Siegberte versuchte zu scherzen: „Schau, Mutter, da wäre die Unkrautfrage deines Gartens schon gelöst.“

Aber die Bäuerin blieb unzugänglich.

„Ich will keine fremden Menschen im

Hause haben. Wo kommen wir hin, wenn du so wirtschaftest? Das kostet alles Geld."

Hinnerk hatte bis dahin schweigend zugehört. Jetzt richtete er sich mühsam aus seiner gebückten Stellung auf und sagte: „Als der Eichenhofbauer noch lebte, da war einmal eine Feuersbrunst im Dorf und ein paar Familien wurden obdachlos. Da sagte er: ‚Wir wären traurige Christen, wenn wir da nicht eingreifen würden', und nahm den Schultmanns Karl mit seiner Frau und fünf kleinen Kindern für acht Wochen auf den Hof. – Ich wollte nur daran erinnert haben."

Dann bückte sich der Alte wieder, um mit seinen gichtverkrümmten Händen weiterzuarbeiten.

Die Frau wollte am liebsten auffahren und sich die Einmischung des Knechtes verbitten. Aber sie konnte plötzlich nicht mehr. Keinen Ton brachte sie heraus. Hatte der alte Knecht sie nicht eben mit den Augen ihres Mannes angesehen, zu ihr mit seinen Worten gesprochen? War es nicht wie ein warnend erhobener Finger aus dem Jenseits? Katharina, denkst du nicht mehr an den Tag der Feuersbrunst? – O ja, sie wußte sich genau daran zu erinnern. Es war ihr auch damals nicht recht gewesen, daß ihr Mann die Schultmanns ins Haus genommen hatte. Als sie jedoch Einspruch dagegen erhob, hatte er ihr ruhig, aber bestimmt geantwortet, gerade mit den Worten, die Hinnerk ihr soeben gesagt hatte. – Und nun wogte es in ihr. Sie wollte sich wehren. Noch hatte sie ja schließlich auch ein Bestimmungsrecht im Hause. Aber es war seltsam: da zeigte sich eine Macht, die stärker war als ihr Widerstand, eine Macht, die ihr unheimlich erschien, es war die Art ihres Mannes, die über Tod und Grab hinaus des Hauses Atmosphäre bildete und ihr immer wieder entgegentrat, sei es im Wesen der Tochter oder in einem Wort des alten Knechtes. Diese Macht flößte ihr zuweilen Furcht und Grauen ein, und sie wagte auch jetzt nicht, sich ihr zu widersetzen, wennschon sie sich nur widerwillig fügte.

Mühsam erhob sie sich von der Bank,

um ins Haus zu gehen. „Tue, was du willst“, sagte sie zu Siegberte, „ich habe ja doch nichts mehr zu sagen.“

In den folgenden Tagen wurde es Siegberte klar, daß sie vor einem Ereignis stand, das tief in ihr Leben einschnitt.

Ein frohes Feiern erfüllte ihr Inneres, ein Festgefühl, das bei aller schweren Arbeit und Unruhe des Tages anhielt, das auch nicht wich, als die Mutter ihr wieder tagelang zürnte und Holzbann anfing, ihr respektlose Antworten zu geben und sich ihr in Gegenwart anderer zu widersetzen. Wie ganz anders verliefen diese Tage, die durchdrungen waren von dem Glanz frohen Hoffens! Und wie wenig schwer nahm man jetzt die kleinen Unannehmlichkeiten und Ärgernisse des Alltags! – Heiner Sorger kam, und Siegberte wußte um den eigentlichen Grund seines Kommens!

Ihr gegenseitiger Briefwechsel war ein regelmäßiger geworden und, obgleich es dabei nie zu einer direkten Erklärung gekommen war, konnte Siegberte doch deutlich zwischen den Zeilen lesen, was er ihr gegenüber empfand. Und nun freute sie sich auf sein Kommen. Sie liebte Heiner Sorger mit der ganzen Wärme ihres starken Herzens und wußte, was sie ihm zu antworten hatte, wenn er kam. – Das, was ihr anfänglich wie ein unüberwindbares Hindernis erschienen war, betrachtete sie heute von einem anderen Gesichtspunkt aus. Warum sollte es nicht möglich sein, beides zu vereinigen, den Hof und die Praxis? Doktor Nölle benötigte einen tatkräftigen Helfer und würde sich in wenigen Jahren ohnehin zur Ruhe setzen. Warum sollte Sorger nicht sein Nachfolger werden? Und sie konnte weiterhin, auch als seine Frau, ihres Amtes walten und den Hof versorgen. Heiner, der so stark mit der Natur verbunden war, würde mit ihr die Verantwortung auf sich nehmen. Sie zweifelte keinen Augenblick daran, daß ein gemeinsames Schaffen und Wirken auf beiden Seiten zustande kommen würde, und dies war ganz sicher die beste Lösung aller Fragen. Der Mutter würde es anfangs nicht leichtfallen, sich zu fügen, und Holzbann müßte selbstverständlich den Hof verlassen. Aber so wie es jetzt war, konnte es ohnehin nicht weitergehen. – Heiner Sorger kam! Willig und gerne würde sie ihm die Führung übergeben. Einem Mann, der das Leben und seine Aufgaben so betrachtete, wie er es tat, dem durfte man getrost den Hof und auch sich selbst anvertrauen. Siegberte wußte, der Vater hätte ihren Entschluß nur gebilligt und einem solchen Schwiegersohn mit Freuden Herz und Haus geöffnet. Heiner Sorger hatte in seinen Briefen hin und wieder von seinen Ferienerlebnissen auf dem Land berichtet. Dadurch, daß der Bruder seiner verstorbenen Mutter ein großes Gut besaß und den Neffen schon in dessen Kinderjahren oft bei sich hatte, war ihm das Landleben mit seinen Anforderungen und seinen Vorzügen keineswegs fremd. Siegberte zweifelte keinen Augenblick daran, daß Heiner sich hier zurechtfinden würde.

Es war an einem der nächsten Sonntage. Siegberte saß am offenen Fenster ihres Stübchens. Wohltuende Ruhe lagerte über dem Hof. Hinnerk saß schlafend im Lehnstuhl vor dem Haus. Heller Sonnenschein lag auf seinem weißen Haar. Minchen und Lene hatten sich in das kühle Wohnzimmer verzogen, um zu lesen und Briefe zu schreiben, während Franz und Hanne einen gemeinsamen Spaziergang machten. Letztere hatte dem Fräulein vor einigen Tagen errötend gestanden, daß sie sich „einig" geworden seien, und Siegberte freute sich des Glükkes dieser beiden jungen Menschen, die ihr lieb waren. Holzbann saß wie gewöhnlich am Sonntagnachmittag im Krug, und der Hütejunge war nach Hause zu seiner Mutter gegangen.

Als die Haustüre geöffnet wurde, beugte sich Siegberte aus dem Fenster und sah die Mutter zum Ausgang bereit. Eine Verwandte hatte sie zum Kaffee eingeladen.

„Wann kommst du zurück?" fragte Siegberte, „soll ich dich abholen?"

„Nein, ich weiß nicht, wie lange ich bleibe, wartet nicht mit dem Nachtessen auf mich. Es kan schon länger dauern.“

Siegberte blickte der Davongehenden eine Weile sinnend nach … Mutter! … Was hätte sie darum gegeben, die Mutter einmal wieder so recht von Herzen froh zu sehen, so wie sie es dann und wann war, als Vater noch lebte. Weshalb gelang es nicht, ihr die Lasten von den Schultern zu nehmen? Und warum war Mutter nie mit ihr zufrieden und versuchte immer wieder, sie in ihre Ideen zu zwängen? Wie schön und leicht müßte das Leben sein, wenn wir uns eins wären! Sie glaubt, ich lebe ihr zum Trotz, und ich liebe sie doch herzlich. Vielleicht, so dachte Siegberte, werde es Heiner Sorger gelingen, die Mutter wieder froh zu machen, und sie werde diesen feinen, aufrechten Menschen sicher als Sohn liebgewinnen.

Eine Welle heißen Glückes durchströmte Siegberte. Aus der Schublade ihres kleinen Schreibtisches entnahm sie die rotlederne Mappe, in der sie die Briefe des Freundes aufbewahrt hatte, und setzte sich damit zurück an ihren Fensterplatz. Liebkosend strich sie über die weißen Blätter, die ihr von seinem Denken, Erleben und Schaffen berichteten. Mit welcher Herzlichkeit sprach er von seinen Patienten! Wie litt er mit ihnen, wenn die Krankheit stärker war als das Können der Ärzte! Und wie freute er sich jedes Erfolges und Genesungsfortschrittes! – „Daß ich Ihnen Ursel bringen darf", hatte er im letzten Brief geschrieben, „macht mich so froh. Wir haben monatelang um ihr Leben gebangt und empfinden ihre Heilung beinahe wie ein Wunder. Wie wird sie sich im Eichenhof wohlfühlen! Fast möchte ich sie beneiden, aber ich bringe sie ja zu Ihnen und werde dann auch ein wenig an der Freude teilhaben können. Ich weiß, Sie stehen gerade jetzt in einer arbeitsreichen Zeit, aber ein paar Stunden werden Sie mir schenken können, nicht wahr? Ich habe Wichtiges mit Ihnen zu besprechen und kann es kaum erwarten, Sie wiederzusehen." Siegberte hielt diesen letzten Brief in der Hand. Sie hatte den Kopf an das Fenster gelehnt und die Augen geschlossen. Ihr Herz aber eilte dem Geliebten entgegen ... Heiner Sorger, du darfst kommen, und ich werde trotz aller Arbeit Zeit für dich haben.

Siegberte war keine Schwärmerin. Nüchtern und sachlich schritt sie durch ihre Tage und machte dem oberflächlichen Beobachter fast einen herben und unnahbaren Eindruck. Wem sie aber einen Einblick in ihr Inneres gewährte, der wußte, welch warmherziges, liebevolles, aber auch liebebedürftiges Menschenkind sie war.

In der Stille dieses Sonntagnachmittags empfand sie deutlich, wie schwer es ihr in den vergangenen Monaten oft geworden war, die Last der Verantwortung zu tragen. Wie schön müßte es sein, die ganze Bürde auf die Schultern eines Stärkeren legen zu dürfen. Sie selbst wollte gerne Gehilfin sein. – Suchend blätterte Siegberte in seinen Briefen. Heiner hatte ihr einmal von seiner Mutter geschrieben. In rührender Anhänglichkeit sprach er von ihr, die schon einige Jahre tot war. Sie mußte eine fromme Frau gewesen sein, die nichts so sehnlich wünschte, als daß auch ihr Sohn ein gottesfürchtiges Leben führe. – Siegberte wollte diesen Brief noch einmal lesen. So, wie Heiner da von seiner Mutter schrieb, konnte nur ein guter Sohn schreiben. Ein treuer Sohn aber war gewöhnlich auch ein guter Ehegatte. Doch auch ohne diese Beweise sagte ihr Herz ihr, daß Sorger ihr Vertrauen wert war. Noch etliche Tage, dann würde er kommen! Und wie würden sie die Schönheit dieser sonnenerfüllten Tage genießen! Wahrlich, Heiner Sorger würde sie und ihr Handeln erst recht verstehen, wenn er ihre Heimat, ihr Land und Erbe kannte. –

Beim Lesen dieser Briefe hatte Siegberte es vollkommen überhört, daß das Hoftor gegangen war. Erst als sie Schritte auf der Treppe vernahm, schreckte sie auf. Sie öffnete ihre Türe und stand der Mutter gegenüber.

„Du bist schon zurück?“ fragte sie erstaunt und blickte gleichzeitig auf die Uhr. „Wie schnell ist der Nachmittag vergangen! Aber du wolltest doch später heimkommen?“

Erst jetzt bemerkte Siegberte den finsteren Ausdruck auf dem Gesicht der Mutter und die ihr bekannten Erregungsflecken auf deren Wangen. „Was ist dir?" fragte sie erschrocken. „Du zitterst ja am ganzen Körper. Komm, setze dich erst einmal in mein Zimmer! Der Weg hat dich gewiß zu sehr angestrengt."

Frau Streitmann ließ sich schwer auf einen Stuhl sinken und stützte den Kopf in die Hand. Eine Weile stierte sie vor sich hin, ohne ein Wort zu sprechen.

„Mutter, so sag doch um Gottes willen, was geschehen ist", drängte Siegberte, die irgendein Unglück vermutete. Da hob die Bäuerin den Kopf, und in ihren Augen stand ein abgrundtiefes Leid.

„Siegberte, das überlebe ich nicht. In vielen Dingen bist du mir ein Rätsel gewesen, aber daß du zu so etwas fähig bist, das hätte ich nicht erwartet. – Oh, diese Schande, diese Schande!" Und sie stützte aufs neue stöhnend den Kopf in die Hand.

„Mutter, ich verstehe kein Wort. Wovon sprichst du?"

„Wenn das der Vater erlebt hätte! O Gott, o Gott!“

Siegberte, die sich eben noch von Flügeln des Glückes getragen wähnte, hatte plötzlich das Empfinden, als fasse eine eiskalte Hand nach ihrem Herzen. Etwas Fürchterliches mußte geschehen sein, aber was, um Gottes willen?

„So rede doch“, stieß sie hervor, „zu was soll ich fähig sein?“

Nun verwandelte sich der Ausdruck des Leides auf dem Gesicht der Bäuerin in Empörung und Abscheu.

„Du fragst noch, wo das ganze Dorf bereits davon spricht, daß du es mit dem Fremden auf dem Berg hältst!“

Fassungslos sah Siegberte die Mutter an. Schlaff fielen ihre Arme zu beiden Seiten herab, sie erblaßte bis in die Lippen.

„Was sagst du?“

„Jawohl, das Julchen hat es mir gesagt, und alle Leute wissen es. Versuche nur nicht zu leugnen. Man hat dich während der Nacht mit dem Manne gesehen. O Gott, die Schande! Das überlebe ich nicht.“

Hocherhobenen Hauptes stand Siegberte da. Ihre Augen waren nachtdunkel geworden, ihre Nasenflügel bebten vor Erregung.

„Und das glaubst du, Mutter? Das glaubst du von mir?"

„Wenn man dich doch gesehen hat!" Und nun erhob sich die Bäuerin. Den Holzbann hast du verschmäht, der war dir nicht vornehm genug. Wegen einer Geringfügigkeit hast du ihn verachtet und verurteilt, und du selbst?" – Ihre Stimme wurde ein Keuchen. „Du selbst bist dir nicht zu schade, dich an einen Verheirateten zu hängen? Du, die Tochter des Eichenhofbauern. Das ist das erste Mal, daß sich ein Glied unserer Familie so weit vergißt."

„Mutter!" Siegberte schrie auf. „Mutter, kein Wort ist davon wahr."

Frau Streitmann aber hatte bereits das Zimmer verlassen. Ob sie nicht empfand, wie tief sie das Herz ihrer Tochter verletzt hatte? War es möglich, daß sie an diesen niederträchtigen Verdacht glaubte?

Siegberte aber hatte sich auf einen

Stuhl fallen lassen und den Kopf in die über den Tisch geworfenen Arme vergraben. In bitterer Qual stöhnte sie auf: „Heiner, es ist Zeit, daß du kommst."

Am nächsten Tag machte Siegberte sich auf den Weg, um nach Lore Heimstedt, einem schwer erkrankten jungen Mädchen, zu sehen. Es war die Tochter des Bachbauern, das einzige Mädchen unter sechs Brüdern und der Liebling der ganzen Familie. Lore hing mit einer schwärmerischen Anhänglichkeit an Siegberte, die sich immer für dieses körperlich zarte, aber geistig rege Mädchen interessiert und ihr dann und wann eines ihrer Bücher geliehen hatte. Kürzlich war das nun fünfzehnjährige Mädchen erkrankt und hatte flehentlich gebeten, nur von Siegberte behandelt zu werden. Diese hatte gleich den Ernst der Krankheit erkannt – es handelte sich um eine Sepsis – und dringend die Überführung ins Krankenhaus empfohlen. Die Eltern waren jedoch bisher nicht zu bewegen gewesen, ihre Tochter fortzugeben; sie meinten, Siegberte werde ihr zu Hause, wo es an gewissenhafter Pflege nicht fehle, ebensogut helfen können. Alles ernstliche Reden und Warnen der Ärztin blieb fruchtlos, sie beharrten auf ihrem Willen. Die Krankheit aber nahm zu und das Mädchen wurde sichtlich elender. Siegberte lehnte die Verantwortung ab und rief Doktor Nölle hinzu. Dieser untersuchte die ängstlich zu ihm aufblikkende Kranke, streichelte beruhigend ihre Wangen und sprach ihr gut zu. Nach Verlassen des Krankenzimmers gab er den Eltern einen Wink, ihm in den Stall zu folgen. Verwundert gehorchten sie ihm, obgleich sie nicht begriffen, was der Arzt bei ihren Kühen verloren hatte. Doktor Nölle schloß die Türe und schlug einen Mordskrach. Ob sie partout das Kind zugrunde richten wollten? Ob sie nicht sähen, wie sich die Arme quäle? Ihr Verhalten sei schändlich und sie müßten von Rechts wegen angezeigt und bestraft werden; aber zur Einsicht würden sie erst dann kommen, wenn man das Mädchen auf den Gottesacker trage. Er verlange auf der Stelle, daß Lore ins Krankenhaus gebracht werde.

Der Bauer aber beharrte starrsinnig auf seinem Willen. „Ich gebe mein Kind nicht in fremde Hände oder gar unters Messer.“

Seine Frau schwatzte etwas von Trennungsschmerz und Mutterliebe.

„Was, was?“ schrie der Doktor sie grimmig an. „Affenliebe, Affenliebe, nichts anderes! Aber ihr seid schuld, wenn das Mädel stirbt!“

In diesem Augenblick öffnete Siegberte, die bei der Kranken geblieben war, die Stalltüre. Sie legte den Finger auf den Mund, „Herr Doktor, bitte nicht so laut, man hört Sie bis ins Krankenzimmer. Ich habe die Fenster schließen müssen, damit Lore ihre Worte nicht versteht.“

Der Arzt bückte sich nach seinem Stock, den er in der Erregung in die Abflußrinne hatte fallen lassen. „Hier nützt weder Flüstern noch Schreien etwas!“ Und damit schritt er wütend über den Hof und aus dem Tor. – Siegberte sprach daraufhin noch einmal ernstlich und eindringlich zu Lores Eltern. Als sie aber endlich glaubte, sie überzeugt zu haben und mit ihrer Zustimmung rechnen zu können, baten diese sich noch einmal Bedenkzeit aus. – Das war vor zwei Tagen, am Sonnabend, gewesen. Gestern hatte Siegberte nach der Kirche noch einmal nach der Kranken gesehen, die wie ein Schmerzensbündel in ihrem Bette lag. Das Mädchen litt unsagbar, aber es war, als ob ihre sich steigernden Qualen die törichten Eltern erst recht bestimmten, die Tochter nicht von sich zu lassen. Auf Siegbertes nochmaligen, ernsten Vorhalt hatte die Mutter jammernd geantwortet: „Wie soll es ihr denn erst im Krankenhaus ergehen, wenn sie schon hier, wo man ihr jeden Wunsch von den Augen abliest, solche fürchterlichen Schmerzen aushalten muß?"

„Wenn ihr euch nicht raten laßt, wird Lore bald überhaupt keinen Wunsch mehr äußern", hatte Siegberte ernst geantwortet.

Heute nun hielt es sie nicht länger, sie mußte nach der Kranken sehen, für deren

Genesung sie kaum noch Hoffnung hatte, da der Vergiftungsprozeß schon zu weit vorgeschritten war.

Als Siegberte nun in das Haus des Bachbauern und in die geräumige Küche trat, fand sie dort die Bäuerin in eifrigem Gespräch mit einer Nachbarsfrau. Beide verstummten augenblicklich und in sichtlicher Verlegenheit, als sie die Ärztin erblickten. „Wie geht es Lore?“ fragte diese.

„Sie schläft seit einer Stunde“, erwiderte Frau Heimstedt. „Gott sei Dank, was bin ich froh. Diesen Morgen hat sie uns große Sorgen gemacht. Wir glaubten, wir müßten sie nun doch ins Krankenhaus bringen. Aber nun scheint's ihr doch besser zu gehen.“

Leise betrat Siegberte das Krankenzimmer. Auf den ersten Blick erkannte sie, daß das Kind dem Tod entgegenschlummerte.

„Es geht zu Ende“, erklärte sie flüsternd der Mutter, die mit ihr an das Lager des Mädchens getreten war. Diese starrte sie einen Augenblick fassungslos an, als ob sie den Sinn der Worte nicht verstehen würde. „Was sagen Sie?“

„Fassen Sie sich, Frau Heimstedt, es geht zu Ende.“

Und nun vermochte Siegberte nur mit aller Gewalt die Frau, die in lautes Weinen ausbrach, davon zurückzuhalten, sich über das Bett ihrer Tochter zu werfen. „Das kann nicht sein! Lore, mein Lorchen, mach die Augen auf!“

„Frau Heimstedt“, bat Siegberte, „machen Sie es Ihrem Kinde nicht unnötig schwer. Es hat genug gelitten.“

Haltlos schluchzte die Bäuerin in ihre Schürze. „O Gott, o Gott, was wird der Vater sagen?“

„Rufen Sie ihn schnell.“

Als der Bachbauer fünf Minuten später das Zimmer betrat, hatte seine Tochter gerade den letzten Seufzer getan.

„Es ist vorbei“, sagte Siegberte und trat von dem Bett zurück, um den Eltern Platz zu machen.

Erst als sie etwas später durchs Dorf schritt und das Erleben der letzten Stunde überdachte, kam ihr das aufgeregte Wesen der beiden Frauen in der Küche des Bachbauern so recht zum Bewußtsein. Mit keinem Gedanken aber brachte sie sich selbst mit deren eifrigem Gespräch in Zusammenhang. Auf der Dorfstraße begegneten ihr etliche Bekannte. Alle schienen es jedoch sehr eilig zu haben; sie grüßten kurz und gingen vorbei. Siegberte hatte das Gefühl, als ob verschiedene sich nach ihr umwandten, nahm jedoch auch davon keine Notiz. Als sie aber etwas später der Totengräbersfrau begegnete und diese ihren Gruß nicht erwiderte, begann sie stutzig zu werden. Das Benehmen der Sophie Scharwenzel, die vor ihrem Häuschen im Sonnenschein saß, gab ihr Aufschluß. Als Siegberte sich der Alten, die erst seit einigen Tagen aus dem Krankenhaus entlassen war, nähern und ihre Freude über deren Genesung äußern wollte, erhob sich diese mit abweisender Miene und humpelte in ihr Häuschen, die Türe hinter sich zuwerfend, als wolle sie es sich strengstens verbeten haben, daß Siegberte ihr folge. Diese aber verstand recht gut, was sie vor sich hinbrummelte: „Ich will nichts von ihr wissen. Ich bin mein Leben lang ein anständiger Mensch gewesen. Mit so einer will ich nichts zu tun haben."

Einen kurzen Augenblick blieb Siegberte lauschend stehen. War sie damit gemeint? Was war das für ein unhöfliches Benehmen der Alten? Und plötzlich fielen ihr wie Hammerschläge die Worte der Mutter auf die Seele: „Das ganze Dorf spricht bereits davon." – Das also war's.

Sie warf den Kopf in den Nacken und versuchte über diesen Unsinn zu lachen. Aber es gelang ihr nicht recht, sich solcher Geste über das Verhalten der Menschen hinwegzusetzen. Sie wußte, was aus einem Dorfklatsch werden konnte, wie er um sich griff und gleich einem verzehrenden Feuer Ungeheures anrichten konnte. Die verleumderischen Mäuler schreckten mit ihrem gehässigen Geifern vor nichts zurück und hatten schon mehr als einmal einen Menschen zugrunde gerichtet. Sie würden auch vor ihrer Ehre nicht haltmachen.

Aus einer Nebengasse winkte ihr eine ältere, hagere Person. „He, Siegberte, wart' mal!"

Siegberte zögerte. Was wollte die Frau von ihr? Mit wirrem Haar, zerrissener Schürze und niedergetretenen Schuhen kam sie daher. Frau Schussel war im ganzen Ort berüchtigt und als liederlich bekannt. Was bedeutete ihr vertrauliches Tun?

„Ich wollte dich fragen", rief sie näher kommend, „ob du nicht eben zu meinem Mann sehen würdest. Er hat sich mit dem Beil ins Bein gehauen."

Die Frau blieb vor der Ärztin stehen, fuhr sich mit dem Handrücken über den Mund, sie schien gerade vom Kaffee trinken zu kommen, und fuhr fort: „Du bist uns lieber wie der alte Nölle, der sagt immer, mein Jup sei ein Säufer." Und sie begann über den Dorfarzt herzuziehen, als tue sie Siegberte damit einen Gefallen.

Diese unterbrach den Redestrom der Frau und erinnerte sie daran, daß Doktor Nölle und nicht sie der zuständige Arzt sei. Als sie sich jedoch zum Weitergehen anschickte, drang das schmerzhafte Stöhnen des Verletzten aus dem verfallenden Hause an ihr Ohr. Wer weiß, wo man Doktor Nölle gerade jetzt wieder suchen konnte. Sie brachte es nicht übers Herz, den alten Schussel ohne Hilfe liegen zu lassen, und folgte der Frau ins Haus.

Sorgsam reinigte und verband Siegberte das offene Bein, verordnete dem Patienten Bettruhe und wusch sich an der Wasserleitung die Hände, die sie an ihrem Taschentuch abtrocknete. Dann begleitete Frau Schussel sie bis zur Türe.

„Nee, nee“, sagte sie wohlwollend und legte Siegberte kameradschaftlich die Hand auf den Arm, „wir sind nich so. Es kann jedem mal was passieren. Die andern soll'n bloß still sein. Es hat jeder mal Dreck am Stecken, und schließlich nimmt man, was man kriegen kann.“

„Was wollen Sie eigentlich?“ fragte Siegberte, obgleich sie genau wußte, worauf die Frau anspielte. Gleichzeitig spürte sie, wie ihr vor Scham und Empörung die Röte bis unter die Haarwurzeln stieg. Das Weib aber verzog den Mund zu einem gemeinen Grinsen: „Deswegen brauchste dich nich zu schämen, da ist nichts dabei."

Siegberte wollte aufbegehren, erkannte aber die Unsinnigkeit, sich ausgerechnet vor diesem Weib rechtfertigen zu wollen. Sie verließ wortlos das Haus.

So weit war es also schon! Und solcher Gemeinheit war man rettungslos ausgeliefert? Gab es keinen Weg, dagegen anzugehen? Gerichtlich? Das hieße, das ganze Dorf zu verklagen, wenn Mutters Annahme, daß bereits alle darüber sprachen, richtig war. Aufs neue vermeinte Siegberte die harte Anklage zu hören: „Das ist das erste Mal, daß sich ein Glied unserer Familie so weit vergißt."

Lächerlich, warum schüttelte sie diese niederträchtige Verleumdung nicht einfach erhaben von sich ab? Was hatte sie getan? Sie brauchte vor niemandem die Augen niederzuschlagen. Warum nur vermochte diese aus der Luft gegriffene Anklage sie aus ihrem inneren Gleichgewicht zu werfen? – Die Mutter traut mir das Schlechteste zu. Das bohrte und nagte am meisten an ihr. Sie hält mich einer so niedrigen Tat fähig, sie und die anderen, meine Patienten, die in Krankheit und Schmerzen nach mir riefen, Frauen und Männer, die mich seit den Tagen meiner Kindheit kennen. Sie alle halten mich für schlecht, und keiner ist da, der für mich spricht, mich verteidigt!

Immer tiefer steigerte sich Siegberte in Groll und Empörung und sah keinen Ausweg aus dieser üblen Geschichte. Sie konnte doch nicht von Haus zu Haus gehen, ihre Unschuld nachweisen und den Leuten ihr Verhältnis zu Kabels erklären. Und wenn sie es wirklich täte, wer weiß, ob man ihr Glauben schenkte. Es gab immer solche, die gerne im Schmutz wühlen, weil er ihr ureigenstes Lebenselement war.

Siegberte hastete erregt durchs Dorf, vorbei an etlichen von der Feldarbeit heimkehrenden Männern und Frauen, grußlos, ohne sie zu beachten. Verwundertes Aufblicken und Kopfschütteln folgten ihr. Manche lachten hämisch, andere behaupteten, schon von weitem sähe man ihr das schlechte Gewissen an, und immer mehr breitete sich die Kunde von der Verfehlung der jungen Ärztin im Orte aus.

Siegberte befand sich plötzlich auf dem Friedhof. An des Eichenhofbauern Grab blieb sie aufatmend stehen.

„Vater, eine neue Not steht vor mir. Eine Not, mit der ich allein nicht fertig werde. Ich bin schuldlos, daß man unseren Namen zu besudeln wagt. Ich habe nichts getan, dessen ich mich schämen müßte. Aber darf ich es dulden, daß man meine Ehre mit Füßen tritt? Muß ich mich nicht dagegen wehren, mich rechtfertigen? – Man traut mir nicht. Selbst die Mutter glaubt das Schlechte von mir. Vater, Vater, es ist nicht leicht, des Erbguts Hüterin zu sein!"

Siegberte wußte später nicht zu sagen, ob es nun der Aufruhr ihres Innern gewesen war oder ob sie tatsächlich am Grabe des Vaters diese Worte ausgesprochen hatte. Die Antwort aber war laut und vernehmlich an ihr Ohr gedrungen. Sie kam aus dem neben dem Friedhof liegenden

Kirchengemeindehaus, wo der Pfarrer gerade Religionsunterricht erteilte und mit den Dreizehnjährigen die Bergpredigt durchsprach. Klar und verständlich hörte sie ihn sagen: „Selig sind, die um Gerechtigkeit willen verfolgt werden; denn das Himmelreich ist ihrer. Selig seid ihr, wenn euch die Menschen um meinetwillen schmähen und verfolgen und reden allerlei Übles wider euch, so sie daran lügen. Denn siehe, euer Lohn ist groß im Himmel."

Und wie zur Bestätigung wiederholte der Chor frischer Kinderstimmen die Jesusworte. – Plötzlich erfüllte ein wunderbarer Friede Siegbertes Herz. „So sie daran lügen! Selig seid ihr!" Sie meinte den Vater beten zu hören, wie er es bei der Hausandacht getan hatte:

„Es sei mir gleich, was Menschen von mir sagen,
was hilft mir all der ird'sche Schein!
Daß du, o Gott, mich nur nicht mußt anklagen.
O laß mich selig einst, nur selig sein!"

Das war das Wesentliche. Gott wußte, daß sie schuldlos war, und er würde nicht zulassen, daß die Verleumdungen überhandnahmen.

Der Sensen scharfer Hieb mähte das taufrische Gras, in dem Millionen von Tautropfen glänzten. Tausende von Margeriten sanken lautlos dahin. Zahllose, blauäugige Vergißmeinnichte neigten die Köpfchen zum Sterben und Vergehen, während zarte Glockenblumen auf haarfeinen Stengeln ihnen und sich selbst ins Grab läuteten. In wilder Flucht stoben Insekten aller Art davon, als bringe auch ihnen der scharfe Schnitt Tod und Verderben.

Auf allen Wiesen war man an der Arbeit. Kräftige Arme schwangen im gleichmäßigen Rhythmus die Sense, während die Köpfe bereits Nutzen und Ertrag des gemähten Grases berechneten.

Holzbann und Franz waren ebenfalls in der Frühe des Morgens hinausgefahren. Die großen Wiesen des Eichenhofes wurden mit der Maschine gemäht. Keiner der beiden Männer wußte, daß Siegberte bereits vor ihnen, schon beim ersten Morgenschimmer einen Gang zu den zum heutigen Schnitt bestimmten Wiesen gemacht hatte. Noch jetzt wurde sie ein Gefühl des Mitleids nicht los – genau so, wie es zu ihren Kinderzeiten gewesen war – , wenn sie daran dachte, daß all die ungezählten lieblichen Blumen im Grase von Menschenhand kalt hinweggerafft werden und sterben mußten. Als Kind hatte sie heimlich Tränen darüber vergossen, aber nie gewagt, zu jemand davon zu sprechen; sie wußte, daß man solches Benehmen einer Bauerntochter töricht genannt und nicht begriffen hätte.

Heute war es trotzdem wieder über sie gekommen, dieses Mitleid. Heimlich hatte sie daher in aller Frühe den Hof verlassen, um noch einen letzten Strauß Wiesenblumen zu pflücken. Weiße Sternblumen, weinrote Federnelken, die satten Sumpfdotterblumen, Vergißmeinnichte, Glockenblumen und Margeriten hatte sie zu einem großen, prächtigen Strauß geordnet, den ihre Hände kaum noch zu umspannen vermochten. Heimgekehrt, teilte sie ihn und stellte die eine Hälfte in ihr eigenes Zimmer, die andere an das Bett der Mutter.

Frau Streitmann hatte in der Nacht vom Montag zum Dienstag einen so heftigen Herzanfall gehabt, daß Siegberte für ihr Leben fürchtete. Schier unerträglich aber war ihr der Gedanke, daß der Anfall auf die vorausgegangene Erregung vom Sonntag zurückzuführen war. Und in den Augen der Mutter las sie die Anklage: Du bist schuld!

Eine neue Aussprache herbeizuführen, wäre zwecklos und für den Zustand der Kranken lebensgefährlich gewesen. So schwieg Siegberte. Sie hatte ja der Mutter gesagt, daß nichts an dem Gerede wahr sei. Ob sie es glaubte, war eine andere Sache. Siegberte umgab und pflegte die Mutter mit größter Sorgfalt und versuchte immer wieder, sich mit aller Kraft über den elenden Verdacht der Mutter hinwegzusetzen. Aber es war nicht leicht und bedeutete täglich ein neues Ringen und Kämpfen.

„Schau, Mutter, hier bringe ich dir die letzten Blumen von der Grenzwiese; Holzbann mäht sie heute“, hatte sie gesagt, als sie den bunten Strauß neben das Bett stellte. Frau Streitmann würdigte ihn kaum eines Blickes.

„Ich will nur sehen“, jammerte sie, „wie ihr es mit dem vielen Heu schafft. Diesmal kann ich gar nichts tun, und Hinnerk, der letztes Jahr wenigstens noch beim Einfahren half, versagt jetzt auch vollständig.“

„Mach dir keine Sorgen, Mutter. Heidi hat sich bereits angeboten, und schließlich kann man im Dorf auch noch eine Hilfe für die kommenden Wochen bekommen.“

„Das kostet wieder Geld.“

„Wir werden's schon schaffen, und am Sonntag bringt Doktor Sorger das Mädchen. Ein wenig kann die schon mithelfen, und wenn Heiner ein paar Tage hierbleibt, greift er, wenn nötig, auch mit an.“

„Heiner? – Wer ist das?“

„Doktor Sorger.“

„Du nennst ihn Heiner?“

Frau Streitmann versuchte sich mühsam auf die Ellbogen zu stützen und sah die Tochter mit lauerndem Blick an.

„Heiner sagst du?“

„Ach, Mutter, wir kennen uns doch gut und stehen nun schon monatelang im Briefwechsel.“

Minchen rief aus der Küche nach Siegberte, und damit wurde der Unterredung ein Ende gemacht. Seufzend sank die Bäuerin zurück in die Kissen. Siegberte aber wußte, daß sie in den kommenden Tagen mit der Mutter keinen leichten Stand haben würde. Doch diesmal würde sie nicht nachgeben.

Wie in Wellen lag das gemähte Gras auf den Wiesen. Siegberte, die beiden Mägde und Heidi warfen es auseinander, damit es trockne. Lachen und Scherzen klang herüber und hinüber, es war ein frohes, emsiges Schaffen.

Unter den breiten, schattenspendenden Zweigen eines Apfelbaumes ließ man sich zur Rast nieder. Siegberte teilte Brot und Speck aus, dazu aus einem

Steinkrug süßen Wein. Auf diesen verzichtete Holzbann verächtlich und zog aus der Tasche eine Flasche mit Branntwein, die er gierig an die Lippen setzte. Es war, als ließe er, seitdem er die Aussichtslosigkeit seiner Pläne erkannt hatte, seine Maske fallen. Sein aalglattes Wesen wich immer offensichtlicher seiner Brutalität, während sein einstmals gewinnendes Lächeln einem mürrisch-gehässigen Ausdruck gewichen war.

Auf der Landstraße tauchten zwei Menschen auf. Ein Herr in hellgrauem Anzug, einen Koffer tragend, an seiner Seite ein junges Mädchen in hellem Sommerkleid und weißem Strohhut. Die Blicke der im Grase Rastenden richteten sich forschend auf die Näherkommenden. Plötzlich stieß Siegberte einen leichten Schrei aus.

„Heiner!" rief sie, und heimlicher Jubel klang aus diesem Worte. Sie achtete nicht des Steinkruges, den sie umgeworfen hatte. Mit wehendem Kleid lief sie den Fremden entgegen und streckte – Holzbann sah es deutlich – dem Manne beide

Hände zum Willkommen entgegen. Dann erst begrüßte sie das Mädchen und schritt mit beiden dem Eichenhof zu. –

Holzbann stieß einen wilden Fluch aus, gab dem Krug, der vor seinen Füßen lag, einen Fußtritt, so daß dieser den Abhang hinunterkollerte und der Weinrest sich ins Gras ergoß. Dann erhob er sich, nahm einen ordentlichen Schluck aus der Schnapsflasche und stapfte über das gemähte Gras hinweg ebenfalls dem Hofe zu.

„Was fällt denn dem ein?" fragte Franz und warf dem Davongehenden einen ärgerlichen Blick nach. Die anderen erhoben sich gleich ihm, um wieder an die Arbeit zu gehen, und Hanne erwiderte: „Laßt ihn gehen! Der Größenwahnsinnige sieht seine Pläne durchkreuzt. Wenn er nur endlich ganz von der Bildfläche verschwinden würde!" –

Doktor Sorger war einen Tag früher als beabsichtigt gekommen. „Ich hatte gehofft, eine ganze Woche bleiben zu können", sagte er, nachdem er Siegberte begrüßt hatte, „aber mein Chef will Ende der Woche für einige Tage verreisen. Somit muß ich bereits am Donnerstag zurück nach Fichtenhöhe. Daraufhin haben wir, Ursel und ich, uns entschlossen, schon heute zu reisen. Da sind wir nun, und ich hoffe, es ist Ihnen recht, Siegberte."

Er las die Antwort in ihren strahlenden Augen und konnte sich nicht satt sehen an ihr, die ihm in all seinem Sehnen und Hoffen längst Lebenskameradin geworden war. Wie prächtig sah sie aus in dem schlichten Leinenkleide, mit dem lustig geblümten Tuch um den Kopf, in den derben Schuhen! Sonnenverbrannt stand sie vor ihm, ein Bild blühender Gesundheit. Links und rechts vom Weg lagen abgemähte Wiesen, dahinter in prächtigem Stand weite Getreidefelder, an deren Rand roter Mohn und blaue Kornblumen leuchteten. Welch wundervolles Landschaftsbild! Und daß gerade in diesem Augenblick sich eine Lerche jubilierend in die Himmelsbläue emporschwang, war gar nichts Absonderliches, es gehörte einfach in diese gottvolle Harmonie. Wie schön war das alles, wie wunderschön! Er hätte Siegberte an sein Herz ziehen und ihr nur ein einziges Wort zuflüstern mögen: Heimat, hier ist Heimat! – Aber der Augenblick dafür war noch nicht gekommen. Doch, er war nicht mehr fern, dessen war er gewiß.

Ursula Bernert blickte wonnetrunken um sich. Nie vorher meinte sie an einem so schönen Ort gewesen zu sein. Und hier sollte sie nun einige Zeit bleiben und sich erholen dürfen. Wie dankbar war sie Doktor Sorger, der ihr dies ermöglicht hatte. Im Überschwang ihrer Gefühle ergriff sie seine Hand und schaute selig zu ihm auf: „Ich freue mich, ich freue mich zu sehr!“

Siegberte aber legte den Arm um die schmächtigen Schultern des Mädchens. „Recht so, kleine Ursel, nichts trägt so zur Gesundung bei wie die Freude. Ich hoffe, es wird Ihnen bei uns gefallen.“

„Sagen Sie doch ‚Du‘ zu mir“, bat die Achtzehnjährige, die fast noch wie ein Kind wirkte. „Ich lasse mich so gerne noch bemuttern. Und Sie sind mir gar nicht fremd. Herr Doktor Sorger hat so viel Gutes von Ihnen erzählt, daß ich es kaum erwarten konnte, Sie kennenzulernen. – Und das dort drüben ist wohl der Eichenhof?“ Sie deutete auf das durch die alten Eichen hervorlugende Fachwerkgebäude.

„Ja“, erwiderte Siegberte, „der Eichenhof, mein Heimathaus!“

Frau Streitmann lag mit geschlossenen Augen in ihrem Bett und ließ die Hände unruhig über die Decke gleiten. Wie entsetzlich, hier untätig liegen zu müssen, während man sich in der arbeitsreichsten Zeit des Jahres befand. Sie teilte keineswegs den Optimismus ihrer Tochter, die sie immer wieder zu beruhigen suchte. „Mutter, mach dir keine Sorgen, wir schaffen es.“ – Nein, für sie bestand kein Zweifel, sie würden es nicht schaffen. Sie sah den Zusammenbruch des Hofes gleich einem Gespenst immer näher kommen. Alles, wofür ihr Mann und ihr Sohn sich in fast übermenschlicher Kraftanstrengung aufgeopfert hatten, würde verloren sein. Ja, sie wußte, was die beiden geleistet hatten, und die Erinnerung an die geliebten und viel zu früh dahingegangenen Menschen ließ deren Leistungen in ihrer Phantasie zu außerordentlicher Größe anwachsen, während Groll und Ärger über die Tochter, die nicht nach ihrem Willen tat, deren fleißige Leistung herabsetzte und verkannte. Ja, wenn sie Holzbanns Frau und er Eichenhofbauer geworden wäre! – In fast krankhafter Weise erregte sie sich und war wieder einmal am Ende ihrer Gedankengänge angelangt.

In diesem Augenblick klopfte es. Sie erschrak.

„Wer ist draußen?"

„Ich, der Emil. Ich muß mit Euch sprechen, Bäuerin!"

„So komm herein!"

Angstvoll starrte sie ihm entgegen, als ahne sie ein Unglück.

Breitspurig stand er vor ihrem Bett, das Gesicht gerötet, mit bösem Blick, wie ein grimmiges Tier.

„Gehen will ich."

Mühsam richtete sich die Kranke auf. „Was sagst du?“

Er sah sie in ihrer Angst zittern und weidete sich daran.

„Jawohl, Ihr habt recht verstanden, ich verlasse den Hof, und zwar noch heute.“

„Holzbann, Emil! Um Gottes willen, warum denn nur? Was ist geschehen?“

„Was geschehen ist? So viel, daß ich genug habe. Ich lasse mich nicht länger hinhalten. Immer wieder habt Ihr mir Versprechungen gemacht. Von einem Monat zum anderen habt Ihr mich mit der Siegberte hingehalten. Jetzt hab ich's satt. Ich bin doch kein hergelaufener Hund. Ich gehe fort. Wir haben selbst einen Hof zu Hause. Ich brauche Euer Gnadenbrot nicht. Was glaubt denn die Siegberte, diese eingebildete Person?“

„Emil!“ flehte leichenblaß die Bäuerin.

„Laßt mich, es muß einmal 'raus! Zuerst hält sie's mit dem hergelaufenen Schriftsteller, und jetzt läßt sie sich einen anderen kommen. Pfui Teufel! Und auf mir hat sie herumgetreten wie auf einem Stück Vieh.“

Er keuchte vor Wut. Seine Augen traten aus den Höhlen, während sich seine Fäuste ballten, als wolle er sich im nächsten Augenblick auf jemand stürzen. Die herzkranke Frau aber war wimmernd in ihre Kissen zurückgesunken und rang in Verzweiflung die Hände. Er sah wohl ihre Not, aber es kümmerte ihn nicht.

„Wegen mir kann sie draufgehen", zischte er zwischen seinen Zähnen hervor.

„Sie hat mir gesagt, es sei nicht wahr", weinte die Bäuerin vor sich hin, „sie habe nichts mit dem Manne auf dem Berg."

„Ha, ha", in satanischem Hohn hallte sein Lachen durch das Zimmer, „das glaube ich, das glaube ich gern. Aber ich selbst hab sie ertappt. In seinen Armen hab ich sie gesehen."

Frau Streitmann war nahe daran, die Besinnung zu verlieren. „Du, Emil, du?" stammelte sie.

„Jawohl, ich! Und nun genügt ihr der eine schon nicht mehr, jetzt bringt sie noch diesen Doktor ins Haus. Aber ich gehe, und zwar gleich jetzt."

„Während der Heuernte willst du uns verlassen, wo jeder notwendig gebraucht wird?!“

„Das ist mir gleichgültig.“

„Wie sollen sie fertig werden?“

„Das geht mich nichts an.“

„O Emil, Emil, nimm doch Vernunft an! Hier, nimm das!“ Unsicher griffen ihre Hände nach dem kleinen Schränkchen neben ihrem Bett. „Hilf mir, zieh das Fach heraus. Da steht ein Kästchen – reich es mir.“

Gierig senkten sich des Verwalters Augen auf den Inhalt desselben, etliche Banknoten.

Die Bäuerin reichte ihm einen Hundertmarkschein.

„Hier, Emil, nimm es. Aber bleibe! Wenigstens noch ein paar Wochen. Ich will überlegen, was ich tun kann. Ich werde mit Siegberte sprechen, ich werde sie zwingen.“

„Ha, die und zwingen!“ höhnte der Schuft. „Eine saubere Tochter habt Ihr Euch da herangezogen, Bäuerin, das muß ich schon sagen.“

„Versprich mir, daß du bleibst.“

„Höchstens noch eine Woche.“

„O Gott, o Gott!“

„Überlegt's Euch, entweder – oder!“

Er steckte das Geld zu sich und verließ die Krankenstube.

Als Siegberte nach der Mutter sah, lag diese besinnungslos im Bett.

Hinnerk, der Altknecht, schritt schwer auf seinen Krückstock gestützt durchs Dorf. Nur mühsam kam er vorwärts und mußte alle Augenblicke stehenbleiben, um zu verschnaufen. Bekümmert schüttelte er den weißen Kopf: „'s ist nicht mehr viel mit mir los.“

Er hatte gemeint, es erzwingen zu können, wieder einmal zur Kirche zu gehen. Dem sonntäglichen Ruf der Glocken folgend, hatte er sich frühzeitig auf den Weg gemacht. Nun aber wurde es ihm doch recht sauer. Die Predigt hatte ihn mehr ermüdet als erquickt. Sein alter Kopf konnte nicht mehr recht mit. Und außerdem war es heute drückend heiß.

Eine umheimliche Schwüle lag über

dem Land, gewiß würde sich ein Gewitter zusammenziehen. Forschend blickte Hinnerk zum Himmel empor. Noch sah man kein Gewölk, aber der lähmende Druck, dazu das Flimmern in den Lüften waren deutliche Anzeichen eines bevorstehenden Unwetters. Hinnerk kam kaum vorwärts. War daran nur sein Herz schuld? Oder fühlte sich der alte Mann noch durch andere Dinge beschwert und wie gelähmt?

Er setzte sich zur Rast auf einen Feldstein. Die zitternden Hände umklammerten den knorrigen Stock, sein Blick ging in die Weite, und immer wieder schüttelte er kummervoll den Kopf. Wäre er nur nicht ins Dorf gegangen! Dann hätte er nicht den Bachbauern getroffen, und der hätte ihm das Herz nicht so beschweren können. Er glaubte es ja nicht, ganz gewiß nicht. Kein Wörtlein war davon wahr. – Aber bis er die Sache nun wieder los würde. Vor allem aber tat ihm Siegberte leid. Wie ein Schlag ins Gesicht, so mußte es sie treffen und sie verletzen bis tief ins Herz.

„Nein, nein, es ist kein Wort daran wahr", so murmelte der Alte vor sich hin, und sah so bekümmert drein wie ein Vater, der um sein Kind bangt.

So war's gewesen: Der Bachbauer war aus der Kirchhofpforte getreten. Er kam vom Grabe seines Kindes, und der alte Hinnerk hatte ihm ein gutes Wort sagen wollen.

„'s ist ein Jammer um die Lore", hatte er gesagt und dem Bauern die Rechte hingestreckt. „Ich verstehe Euren Schmerz, aber jetzt hat sie ausgelitten, und was Gott tut, das ist wohlgetan."

Aber der Bachbauer war hochgefahren. „Wohlgetan!" hatte er höhnend wiederholt, und dann war ein Schmähwort nach dem anderen über seine Lippen gekommen. Die Streitmanns Siegberte sei schuld. Die habe sich nicht genügend um das Mädchen gekümmert. Ja, ins Krankenhaus habe sie die Lore bringen wollen, weil es ihr zu unbequem war, nach ihr zu schauen, wie es sich gehörte. Aber man wisse ja den Grund, jeder im Dorf wisse es, daß sie es mit dem Fremden auf dem Berg, der ein verheirateter Mann sei, halte. Da habe sie natürlich andere Dinge im Kopf gehabt, als sich um die Sterbenskranke zu kümmern. Anzeigen müßte man so etwas, anzeigen. Aber er wolle schon dafür sorgen, daß niemand mehr nach dieser pflichtvergessenen Person schicke, wenn einer krank sei.

Fassungslos hatte Hinnerk den Zornigen angeschaut und wie beschwörend die zitternden Hände erhoben. Was wagte der Mann zu behaupten? – Aber ehe er noch ein Wort hervorbringen konnte, war der Bachbauer bereits mit großen Schritten davongegangen. Und nun saß Hinnerk da und wurde nicht fertig mit der Schmähung, die dieser ihm ins Gesicht geschleudert hatte. Es war dem Alten, als gelte sie ihm selbst. Großer Gott, was konnte er nur tun, um zu verhüten, daß Siegberte etwas von dieser gemeinen Verleumdung erfuhr!? – Wahrlich, jetzt wünschte er, der Eichenhofbauer oder wenigstens Martin möchte noch leben, um schützend vor sie zu treten. Aber er, der alte gichtgekrümmte

Mann konnte nichts für sie tun, gar nichts, gar nichts. Er mußte zusehen, wie sie, die er wie eine Tochter liebte, beleidigt wurde und schutzlos dem niederträchtigsten Dorfklatsch preisgegeben war, sie, die sich für ihre Kranken aufgeopfert und keinen Weg, weder bei Tag noch bei Nacht, gescheut hatte, deren Not zu lindern. Er faltete die welken Hände über dem Stock und blickte mit tränennassen Augen zum Himmel: „Barmherziger Gott, du mußt sie schützen."

Es war gut, daß Siegberte in diesem Augenblick nichts ahnte von der Angst, die der alte Mann um sie ausstand. Es hätte ihr wahrscheinlich doch die Freude des Tages getrübt.

In der vorhergehenden Nacht wachte sie stundenlang am Bette der Mutter. Endlich, gegen Morgen, hatte sich das kranke Herz beruhigt, und Siegberte glaubte, sich für etliche Stunden auf ihr Bett legen zu können. Es wäre ihr sehr lieb gewesen, wenn auch Doktor Sorger nach der Kranken gesehen hätte. Als sie aber der Mutter davon sagte, lehnte diese herb und schroff ab: „Ich will ihn nicht sehen!“

In den frühen Morgenstunden war die Bäuerin dann in einen tiefen Schlaf gesunken. Minchen ermutigte die zögernde Siegberte zu einem ausgedehnten Spaziergang mit ihrem Besuch und versprach gleichzeitig, auf die Kranke achten zu wollen.

Nun war Siegberte mit Doktor Sorger und Ursula durch den schattigen Wald auf die Höhe gestiegen. Am Waldrand, bei einer großen Wiese, rasteten sie. Ursula hüpfte wie ein munteres Vögelein umher, pflückte Blumen, wand ein Kränzlein von tiefblauen Waldvergißmeinnichten, das sie Siegberte aufs Haar setzte, und schmückte den Arzt mit einem Sträußlein Waldmeister. Heiter und unbefangen wie ein spielendes Kind tat sie es, zur Freude der beiden Menschen, die schweigend, Hand in Hand die Schönheit der reichen Stunde genießend, auf der Bank am Waldrand saßen. Noch hatte sich keine Gelegenheit gefunden, über das, was beider Herzen erfüllte, zu sprechen. Immer war ein Dritter dabei gewesen, aber es blieben ihnen ja noch einige Tage des Beisammenseins. Und schließlich war die Aussprache nur noch eine äußere Form dessen, was Herz und Auge sich gegenseitig längst zugesichert hatten.

„Schön ist's bei Ihnen, Fräulein Streitmann“, plauderte das junge Mädchen. „Ich weiß gar nicht, was mir am besten gefällt! Der stille Wald oder der Blick ins Tal, der prachtvolle Blumengarten vor dem Eichenhof oder das Haus selber mit seinen großen, kühlen Zimmern! Die Wohnstube hat es mir besonders angetan. Die schweren Möbel, der wuchtige Kachelofen mit den eingebrannten Sprüchen, das Wandbrett mit den alten Zinnkrügen und dem buntbemalten Bauerngeschirr, die geschliffenen Fensterscheiben mit den rotweiß karierten Vorhängen, auf den breiten Fensterbänken blühende Nelken. Das alles ist so heimatlich, so traut, daß es mir ist, als gäbe es auf der ganzen Welt kein behaglicheres Plätzchen.“

„Kleine Schwärmerin", lächelte Siegberte wohlwollend dem Mädchen zu.

„Und heute morgen", fuhr Ursula fort, „zog der Duft frischgebackenen Brotes durch das Haus und machte mir Appetit, wie ich ihn lange nicht mehr verspürt habe."

„Du siehst also, daß ich dir nicht zuviel versprach", sagte Doktor Sorger.

„Dabei sind Sie doch selbst nie auf dem Eichenhof gewesen."

„Doch, täglich!"

Das junge Mädchen hatte seine letzten Worte schon nicht mehr vernommen. Aus dem Walde leuchtete ihr eine prächtige, rote Blume entgegen. Die mußte sie haben. Siegberte aber hatte dieses „täglich" desto besser verstanden und antwortete mit einem innigen Händedruck. – Ja, sie hatte es gewußt und deutlich empfunden, daß er sich täglich in Gedanken auf den Weg nach Rotenacker und zum Eichenhof gemacht hatte, und dieses Wissen hatte ihr über manche schwere Stunde hinweggeholfen.

Gegen Mittag machte man sich auf den

Heimweg. Kurz vor Verlassen des Waldes begegnete ihnen Rolf Kabel, der ebenfalls auf einem Spaziergang war. Man sprach einige belanglose Worte über den schönen Tag, über die Wahrscheinlichkeit eines bevorstehenden Gewitters und trennte sich bald wieder. Siegberte hatte wohl Rolf Kabels traurigfragenden Blick gesehen. Eine Weile schritt sie schweigend neben Heiner Sorger her. Dann aber wehrte sie den dunklen Gedanken, die sie wieder an all das Häßliche der letzten Woche erinnern wollten, und gab sich fröhlich dem Genuß der festlichen Stunde hin.

Zu Hause angekommen, eilte sie vor allem andern zu ihrer Mutter und fand deren Zustand besser, als sie erwartet hatte. Nicht wenig überraschte sie, daß Mutter verlangte, Doktor Sorger nun doch zu sehen. Siegberte meinte, das als gutes Zeichen betrachten zu dürfen und gab sich frohen Hoffnungen hin.

Nach dem Mittagessen kam Doktor Nölle, um mit Siegberte über einen „interessanten“ Fall zu sprechen. Es handelte sich um einen Patienten im Nachbarort, der ihn gebeten hatte, ihm doch einmal die „berühmte“ Ärztin aus dem Eichenhof zu schicken. Er habe so viel Gutes über ihre Tätigkeit gehört, daß er meine, sie könne ihm vielleicht doch noch besser helfen als er, der alte Doktor, der nun schon wochenlang „ohne Erfolg“ zu ihm käme. „Der Mann ist vierundachtzig Jahre alt“, erzählte Doktor Nölle mit dröhnendem Lachen, „und hat sich bei einem Sturz den Oberschenkel gebrochen. Er wird kaum noch das Bett verlassen. Aber du, Siegberte, bist seine letzte Hoffnung. Tu mir den Gefallen und sieh nach ihm.“

Mit seinem jungen Kollegen, Doktor Sorger, freundete er sich schnell an, rühmte vor ihm das Leben eines Landarztes, der ein König auf seinem Sitz sei, und lächelte immer wieder vielsagend von Siegberte zu Heiner, als wisse er um ihr Geheimnis. Er ging erst, als es zu dunkeln anfing, klopfte Doktor Sorger kollegial auf die Schulter und behauptete, er sei der Mann nach seinem Herzen. Siegberte aber schüttelte er die Hand, daß sie schmerzte, und sagte: „Ich hab immer vermutet, daß du mächtig gescheit bist, jetzt aber weiß ich's sicher."

Sie geleitete ihn vor das Haus und eilte dann zur Mutter, die nach ihr rief.

Frau Streitmann wollte wissen, ob Doktor Sorger jetzt wohl Zeit für sie habe. Siegberte, die bereits mit ihm gesprochen hatte, lief, um ihn zu holen. Die Bäuerin begrüßte den Arzt viel freundlicher, als Siegberte dies erwartet hatte.

„Du läßt uns wohl ein Weilchen allein", bat sie die Tochter, und diese, die der Mutter spröde Art kannte, verließ ohne Argwohn das Zimmer.

Am anderen Morgen spürten es alle, daß mit einem Gewitter zu rechnen war. Während der Nacht hatte man aus der Ferne grollenden Donner vernommen, und schon am frühen Morgen war es schier unerträglich schwül. Wenn man nur das Heu trocken unter Dach brachte!

Siegberte hatte eine schlechte Nacht gehabt. War es die Hitze, die sie zu keiner Ruhe kommen ließ oder das nahende Unwetter? Träume verfolgten sie, lähmend und lauernd; wie ein böser Alpdruck, der bis zum frühen Morgen nicht weichen wollte, so lag es auf ihr. Oder ahnte sie gar etwas von dem Schweren, das ihr bevorstand, das all ihre hoffnungsvollen Pläne in einem Augenblick zunichte machen sollte?

Doktor Sorger hatte sich am Abend bald auf sein Zimmer zurückgezogen. Den gesundheitlichen Zustand der Bäuerin meinte er nicht so ohne weiteres beurteilen zu können. Sie komme ihm sehr nervös und leicht erregbar vor, meinte er. Dieser Umstand beeinflusse natürlich die Herzstörungen stark.

Siegberte hatte sich darauf gefreut, den Abend gemeinsam mit Heiner Sorger zu verbringen. Da sie jedoch eine starke Ermüdung bei ihm wahrzunehmen glaubte, überwand sie ihre Enttäuschung im Gedanken an manche schöne Stunde, die ihnen die folgenden Tage noch schenken würden. So hatte sie dem Freunde eine gute Nacht gewünscht und sich ebenfalls auf ihr Zimmer zurückgezogen. Aber Ruhe hatte sie nicht gefunden. Sie hörte Heiner Sorger in der Stube über ihr auf und abgehen, immer wieder, unruhig und erregt – so meinte sie es wenigstens seinen Schritten abzuspüren. Weshalb kam auch er nicht zur Ruhe? Was war mit ihm? – Quälende Angst fiel über sie her. War er krank geworden? Sollte sie hinaufgehen und nach ihm sehen? Sie verwarf diesen Gedanken jedoch augenblicklich. Was sollte er denken, wenn sie mitten in der Nacht zu ihm kam?

Siegberte lag mit auf der Brust gefalteten Händen auf ihrem Bett und wehrte vergeblich der Angst, die ihre Seele folterte. Sie spürte es deutlich, ein Unwetter nahte. Ein Unwetter, das nicht nur Land und Äcker, sondern sie selbst bedrohte.

Und nun wußte sie um die Ursache der nächtlichen Not, hielt die Antwort auf ihr angstgepeinigtes Fragen in Händen und konnte es doch nicht fassen, nicht begreifen.

Als sie frühmorgens in die Küche gekommen war, hatte Minchen ihr einen Brief von Heiner Sorger übergeben.

„Der Herr Doktor hat mit dem ersten

Zug um dreiviertel sechs Uhr abreisen müssen."

Erbleichend, mit zitternden Knien, war Siegberte in ihr Zimmer hinaufgestiegen. Sie öffnete den Brief. Vor ihren Augen flimmerte es. Die Buchstaben schienen sich vom Papier zu lösen. Sie mußte sich setzen, versuchte sich zur Ruhe zu zwingen und las:

„Siegberte, Sie wußten den Grund meines Kommens. Lange genug stehen wir im Briefwechsel. Es kann Ihnen nicht entgangen sein, daß ich Sie von Herzen liebe. Wenn ich mich nicht früher erklärte, so geschah das, weil ich keine Möglichkeit sah, daß unsere Wege, die, äußerlich betrachtet, in ganz verschiedene Richtungen laufen, zu einem gemeinsamen werden könnten. Diese Hindernisse sah ich weichen. Ihrer Liebe glaubte ich gewiß zu sein. Nun schien mir die Zeit, nach der ich mich längst gesehnt, endlich gekommen, die Zeit, wo ich vor Sie treten und Sie bitten durfte, mein Weib zu werden. Wie konnte ich ahnen, daß bereits ein anderer mir zuvorgekommen war und Sie ihm Ihr

Wort gegeben haben. – Siegberte, ich werde nie aufhören, Sie zu lieben. Daher soll kein Vorwurf über meine Lippen kommen, obgleich ich nie verstehen werde, warum Sie nicht offen zu mir waren und mich hoffen ließen, wo es nichts mehr zu hoffen gab. – Es ist mir nicht möglich, auch nur eine Stunde länger in Ihrem Hause zu sein, nachdem all meine Hoffnung zerstört ist.

Sagen Sie Ursula, ich habe aus dringenden Gründen abreisen müssen. Sie ist ein Kind und wird nicht lange fragen. Haben Sie Dank, daß Sie sich ihrer annehmen!

Bitte schreiben Sie mir nicht mehr. Ich würde es nicht ertragen. Ich kehre zurück zu meiner Arbeit, meinen Kranken, und hoffe, die furchtbarste Enttäuschung meines Lebens in der Hingabe an diese Armen überwinden zu können.

Daß Sie, Siegberte, glücklich werden möchten, wünscht Ihnen von Herzen
Heiner Sorger."

Wie vernichtet saß Siegberte Streitmann da. Unfähig, ein Wort zu sprechen oder sich zu rühren. Sie starrte auf das weiße Blatt in ihrer Hand und bemühte sich vergeblich, Zusammenhänge zu finden. Was bedeutete das alles? Heiner war fort? Fort, ohne Abschied zu nehmen, ohne sich zu erklären? Ohne ein Wort, auf das ihr Herz seit langem wartete, gesprochen zu haben? – Gott im Himmel! Was war denn geschehen? Von einem anderen schrieb er? Einem anderen solle sie ihr Wort gegeben haben? Wem denn nur?

Aufstöhnend griff sie sich an den Kopf. War alles nicht nur ein wüster Traum? Nie im Leben war ihr etwas so unwirklich erschienen wie das Erlebnis dieser Augenblicke. Es konnte doch nicht wahr sein. Er, den sie liebte, dem sie sich fürs Leben anvertrauen wollte, in dessen Hände sie den Hof, das Erbe zu legen gewillt war – er war fort?! Hatte sie verlassen, kehrte nie wieder?

Plötzlich kam es wie ein Sturm über sie. Wohl war der Himmel noch blau und wolkenlos, obgleich die Schwüle immer drückender wurde. Über ihr aber war das Ungewitter bereits losgebrochen; mit unbeschreiblicher Gewalt schüttelte es sie und warf sie, die Stolze, Aufrechte, wie einen gefällten Baum nieder. Ein krampfhaftes Schluchzen erschütterte sie: „Heiner, was hast du mir angetan!"

Wie lange sie so mit ihrer bitteren Not in ihrem Zimmer verbracht, hätte sie nicht zu sagen vermocht. Waren es Stunden, Tage oder nur Minuten? – Dunkelheit und Nacht brach über sie herein wie nie zuvor, und je mehr sie über alles nachzudenken versuchte, desto undurchdringlicher wurde die Finsternis.

Es klopfte an ihre Türe. Einmal, zweimal, sie hörte es nicht. Dann trat Lene unaufgefordert ein. Sie war besorgt, weil das Fräulein nicht zur gewohnten Zeit erschienen war.

„Wir warten alle unten auf Sie."

Siegberte hob ihr Angesicht. Das Mädchen erschrak bei ihrem Anblick und erkundigte sich voll Teilnahme: „Sind Sie krank, Fräulein?"

„Nein, das heißt – ja – vielleicht doch. Aber kümmert euch nicht drum und nehmt ohne mich das Frühstück ein. Ich kann heute nicht."

Leise zog Lene die Türe wieder hinter sich zu. Was war nur geschehen?!

Siegberte aber erinnerte sich plötzlich ihrer Tagesaufgaben. Das Heu war trokken und mußte unbedingt eingefahren werden, bevor der Regen kam. Alle mußten mithelfen, wenn es gelingen sollte. Dann war ja auch der Gast, die Ursula, da. Minchen sollte ihr den Kaffee aufs Zimmer bringen. – Aber Heiner – Heiner? – Da saßen ihre Gedanken bereits wieder fest, rissen an ihrem Herzen, daß es wund und weh wurde, und erfüllten ihre Seele mit unaussprechlicher Qual. Und erst jetzt kam es ihr zum Bewußtsein, was er ihr vorwarf. Er konnte nur die niederträchtige Verleumdung meinen. Wer aber sollte ihm gesagt haben, was man über sie und Rolf Kabel sprach? – Und das glaubte er von ihr?

Sie sprang hoch, riß die Türe auf und stand gleich darauf im Zimmer ihrer Mutter. Totenblaß, mit wirrem Haar, die Hände ineinander verkrampft, Rechenschaft fordernd, so stand Siegberte vor der Mutter, die ihre Tochter nie in dieser verstörten Verfassung gesehen hatte.

„Mutter", keuchte Siegberte, „hast du Heiner etwas von dem gesagt, was man im Dorf über den Fremden auf dem Berg und mich spricht?"

„Kein Wort", beteuerte Frau Streitmann und richtete sich auf. „Warum, was ist geschehen?"

„Er ist fort", schluchzte Siegberte, „fort, ohne Abschied." Und plötzlich stieg ein furchtbarer Verdacht in ihr auf. Sie hob den Kopf und sah der Mutter starr ins Gesicht. „Dann war es Holzbann, der sich an mir rächen wollte."

Frau Streitmann hob die Hände, und die flackernde Röte, die bei ihr immer ein Beweis heftiger Erregung war, färbte ihr Gesicht und Hals.

„So bist du nun wieder", jammerte sie, „ohne Anhaltspunkt verdächtigst du den Emil. Weil du ihm nichts als Schlechtes zutraust."

„Ohne Anhaltspunkt?" wiederholte Siegberte bitter. „Der ist zum Schlechtesten fähig. Gemein ist sein Charakter, seine Gesinnung. Nur er kann es getan haben. Und sein teuflischer Plan ist ihm gelungen. Er hat mein Glück vernichtet."

Die Bäuerin sah deutlich, daß Siegberte bis ins Herz getroffen war. Das Verhalten ihrer Tochter bewies ihr, daß die im Dorf umlaufende Verdächtigung gemeine Lüge war. Siegberte liebte den Arzt. Wäre Frau Streitmann nicht in so fanatischer Weise auf dem Plan einer Ehe ihrer Tochter mit Holzbann versessen gewesen, es wäre ihr in diesem Augenblick zum Bewußtsein gekommen, daß gerade er, der Verwalter, die niederträchtige Verleumdung über Siegberte breitgetreten oder gar aufgebracht hatte. Aber so war sie blind und taub und erkannte nicht den wahren Sachverhalt. Ja, sie wäre fähig gewesen, Holzbann selbst jetzt noch zu verteidigen und seine Handlungsweise dem Kummer zuzuschreiben, der ihn als unglücklich Liebenden erfaßt hatte und zu allem fähig machte. Wohl sah sie, wie Siegberte litt, und sie wußte nur zu gut, daß sie selbst solche Not über ihr Kind gebracht hatte, aber noch war ihr Sinn verblendet, ihr Herz verstockt. So begann sie denn wieder: „Wenn du nur endlich auf mich hören wolltest! Mit einem Schlag könntest du das Gerede aus der Welt schaffen, wenn du Holzbann heiraten würdest. Die Dörfler würden sich schnell beruhigen und das Gerede bald vergessen. Und glaube mir, Emil wird sich nicht mehr lange hinhalten lassen. Wenn du nicht bald vernünftig wirst, verläßt er den Hof, und wir verlieren unsere beste Kraft."

Siegberte ertrug es nicht länger. Wollte die Mutter sie wirklich zugrunde richten? Qualvoll stöhnte sie auf und verließ das Zimmer.

Wenn Frau Streitmann glaubte, jetzt, wo sie Doktor Sorger aus dem Feld geschlagen und damit wenigstens ein Hindernis aus dem Weg geräumt hatte, ihrem Ziele näher zu sein, so irrte sie sich. Sie konnte sich ihres Erfolges auch keineswegs freuen, im Gegenteil, nur noch größer war ihre Unruhe. Und zu allem legte sich das drückende Bewußtsein auf sie, an ihrer Tochter schuldig geworden zu sein. Immer sah sie Siegbertes schmerzzerwühltes Gesicht vor sich. Gott im Himmel, wenn diese ahnte, daß sie, die eigene Mutter, sich eines Betrugs schuldig gemacht hatte! – Aber schließlich heiligte der Zweck die Mittel. Frau Streitmann warf einen halb scheuen, halb trotzigen Blick hinauf zu dem Bild ihres Mannes an der Wand.

„Was siehst du so vorwurfsvoll auf mich herab? Konnte ich anders? Muß nicht wenigstens ich auf das Erbe achten, wenn sie so töricht handelt? Was soll ein Arzt auf dem Eichenhof? Ein Landwirt, ein Bauer muß her! Und der Holzbann ist der richtige. Wie sollte ich den Fremden anders los werden, als daß ich ihm sagte, Siegberte sei mit dem Verwalter verlobt! Wenn sie es doch übernommen hat, das Erbe zu verwalten, muß sie dann nicht alle Brücken, die sie mit dem Arztberuf verbinden, abbrechen? Ein Arzt kann niemals Bauer werden. – Nein, keine Vorwürfe! Was ich tat, geschah für den Hof. Und Siegberte wird sich endlich doch fügen und einsehen, wie gut ich es mit ihr meine.“

Es war am Mittag desselben Tages. Die lastende Schwüle, die sich von Stunde zu Stunde gesteigert hatte, war schier unerträglich geworden. Drohend nahte das Unwetter. Die Dorfleute arbeiteten fieberhaft auf ihren Wiesen, schweigend, in verhaltener Angst: ob wir es schaffen, bevor es losgeht?

Auf dem Waldanger, einem großen, zum Eichenhof gehörenden Wiesenstück war man dabei, die letzte Fuhre zu laden. Schweißtriefend stand Holzbann auf dem Wagen und griff mit starken Armen die mächtigen Heubündel von den Gabeln, die man ihm emporreichte. In seinen Augen glimmte ein unheimliches Feuer teuflischen Triumphes. Einer der Gegner war geschlagen, hatte das Feld geräumt! Er mußte sich nur hinter die Bäuerin stecken, die war fanatisch genug, für ihn zu handeln. Nicht, daß er etwa glaubte, die veränderte Situation habe ihm bessere Heiratsaussichten geschaffen, aber es genügte ihm für den Augenblick, zu wissen, daß er Siegberte ein Leid zugefügt habe. Er weidete sich an ihrem

Schmerz, den sie trotz aller Anstrengung nicht zu verbergen imstande war. Erschreckend bleich arbeitete sie zwischen den anderen und stützte sich wiederholt, wie nach einem Halt suchend, auf den Rechen in ihrer Hand. Recht geschieht dir, stolze Siegberte! Vielleicht merkst du es jetzt auch, wie es weh tut, wenn einer so grausam zuschlägt. Ganz so hast du es mir gemacht.

Siegberte hatte sich im Bewußtsein ihrer Pflicht aufgerafft. Es ging nicht an, sich jetzt haltlos dem Schmerz hinzugeben. Es sollte auch niemand etwas sehen von der Not, die ihr das Herz wund gerissen hatte. So bewegte sie sich zwischen den Schaffenden und setzte gleich ihnen alle Kräfte ein, um dem drohenden Unwetter das wertvolle, in Gefahr stehende Gut abzuringen.

Die letzte Fuhre konnte gerade noch unter Dach gebracht werden, als das Gewitter über dem Tal losbrach. Als wenn unterirdische Gewalten losgelassen wären, so war es! Donnern und Krachen, ein furchterregendes Getöse, als ob die Welt aus den Fugen gehen wollte!

Völlig erschöpft erreichte Siegberte mit ihren Leuten den Eichenhof. Immer dunkler war es geworden. Nur das Zukken der Blitze zerriß die schweren Wolken, die sich tiefer und tiefer herniedersenkten, so, als sei es ihre Absicht, alles Lebende unter sich zu erdrücken. Aus den Ställen drang das dumpfe Brüllen der geängstigten Tiere.

Siegberte schien es nicht zu merken, daß alle, die Mägde, Minchen aus der Küche und der Hütejunge, sich ängstlich um sie geschart hatten und gleich ihr bangend in das Toben des Wetters hinausblickten. Ihre Gedanken gingen eigene Wege. Das, was sich da draußen vor aller Augen abspielte, war nur der Widerschein dessen, was in ihrem Innern vor sich ging.

Schlag folgte auf Schlag. Der Himmel schien ein einziges Flammenmeer zu sein. Die Feuerstrahlen zuckten, als kämen sie von oben und unten, aus der Erde und aus den Wolken, um Tod und Verderben auf die Erde zu schleudern.

Über Ursulas schmales Gesicht liefen Tränen. Wie konnte sie ahnen, was sie anrichtete, als sie schluchzend ausrief: „Wenn nur wenigstens Doktor Sorger hier wäre. Von ihm ging immer eine so starke Ruhe aus, wenn alle anderen voller Angst waren."

Siegberte löste sich mit raschem Ruck aus der Umklammerung Ursulas. Was hatte diese mit Heiner Sorger zu tun? Wenn jemand ein Recht hatte, ihn herbeizuwünschen, so war sie es, sie ganz allein. Doch schon im gleichen Augenblick schämte sie sich ihres Gedankengangs. Was konnte das arme, junge Ding dafür, daß sich zwischen Heiner und ihr diese Kluft aufgetan hatte? Sie zog Ursula an sich.

„Ja, Kind, es ist ein böses Wetter. Aber sei ruhig, es wird dir nichts geschehen. Der Eichenhof hat schon vielen Schutz geboten."

Noch bei ihren letzten Worten ließ ein furchtbarer Schlag das ganze Haus erzittern. Alle schrien auf, das Schlimmste erwartend. Aus der Reihe der Eichbäume aber stieg in diesem Augenblick eine Feuergarbe gen Himmel. Einer der alten, treuen Wächter war vom Blitz getroffen worden.

„Es hat eingeschlagen!“ wimmerte Ursula.

Plötzlich schraken alle zusammen vor der Stimme der Bäuerin. Sie hatte es nicht länger in ihrem Bett und Zimmer ausgehalten und stand nun auf der Treppe. Wie ein Gespenst wirkte sie in ihrer weißen Nachtjacke, als sie mit ausgestrecktem Arm auf den brennenden Baum wies.

„Weh uns, wir gehen bösen Zeiten entgegen! Seit Generationen stehen nun die Wächter des Eichenhofes, ohne daß ein Unwetter ihnen etwas anhaben konnte. Daß einer von ihnen vom Blitz getroffen und gefällt wurde, ist ein übles Zeichen und bedeutet Unglück. Weh uns, weh uns!“

Entgeistert schauten die Mägde der Bäuerin in das entstellte Gesicht. War sie irre geworden? – Nur mit Mühe vermochte Siegberte die Mutter zu bewegen, sich wieder ins Bett zu begeben. Die

Angst schien sie tatsächlich verwirrt und ihr unglaublich zugesetzt zu haben. Immer wieder flüsterten ihre Lippen die unselige Prophezeiung von dem Unheil, das über dem Hof lastete, und Siegberte wußte nur zu gut, daß die Mutter ihr, der Tochter, alle Schuld daran zudachte. Und plötzlich regten sich in ihrem Innern dunkle Zweifel und begannen sie unsagbar zu quälen: Wer weiß, vielleicht hatte die Mutter recht, vielleicht war es ein Unsegen gewesen, daß sie sich angemaßt hatte, den Hof zu übernehmen, des Erbguts Hüterin zu sein? –

In all den Monaten, seitdem Siegberte die Führung des Eichenhofes übernommen hatte, war ihr die Arbeit nie so schwer gefallen wie jetzt. Es war, als schleppe sie sich durch die Tage und halte sich nur mühsam aufrecht. Nie war es ein leichtes Schaffen gewesen auf dem Hof, aber bisher hatte Siegberte sich durch ihre Aufgabe, des Erbguts Hüterin zu sein, beschwingt gefühlt. Nun aber, da sich Zweifel in ihr regten, ob all ihr Streben und Bemühen einen Wert habe, da sie von der Mutter nicht verstanden wurde und sich, was ihr noch viel mehr zu schaffen machte, von dem geliebten Manne verkannt und geschmäht wähnte, schien es wie eine Lähmung über sie zu kommen. War nicht all ihr Schaffen und Vorwärtsdrängen zwecklos? Sie sah die fragenden Blicke ihrer Leute, wußte, daß der alte Hinnerk um sie litt wie ein Vater um sein Kind, aber sie fand sich nicht mehr zurecht. Mit Holzbann hatte sie schon seit Tagen kein Wort mehr gesprochen. Daß sie diesen Verräter noch in ihrer Nähe dulden mußte, ging fast über ihre Kraft. Aber um der Mutter willen wagte sie nicht, sich durchzusetzen und ihn vom Hof zu weisen.

Ursula schlich gedrückt im Hause umher. Siegberte sah, daß sie bisher nicht heimisch geworden war, und ahnte, daß der Gedanke, die Erholungszeit verfrüht abzubrechen, ihr zu schaffen machte. Aber sie versuchte nicht, sie daran zu hindern. Alles schien ihr sinn- und zwecklos. Der Schmerz über Sorgers Abreise und das trostlose Ende ihrer gegenseitigen

Beziehungen war bitterem Groll gewichen. Sie zürnte ihm. Er sollte nur nicht vorgeben, sie wirklich geliebt zu haben, wenn er ihr solche Schlechtigkeit zutraute.

„Er hätte mir als Wenigstes Gelegenheit bieten müssen, mich zu rechtfertigen. Daß er mich jedoch solcher Niederträchtigkeit fähig hält, in mir eine Ehebrecherin sieht, das ist mir ein Beweis dafür, daß er mich nie gekannt hat."

Nacht war es in ihr, dunkle, unheimliche Nacht, aus der sie keinen Ausweg sah. Sie wußte, die Mutter beharrte auf ihrer Absicht, Holzbann und sie zu vereinigen. Weil sie aber lieber heimatlos werden wollte, ja eher sterben würde, als dazu ihr „Ja" herzugeben, war es ihr klar, was die Zukunft auf dem Eichenhof für sie bedeuten würde. Daß die Dorfbewohner sich von ihr abgewandt hatten und das verleumderische Gerücht über sie in deren Häusern noch immer nicht zum Schweigen gekommen war, machte ihr nur zeitweise zu schaffen. Daß aber Heiner Sorger, den sie liebte wie nie einen

Menschen zuvor, ihr so wenig vertraute, vermochte sie nicht zu überwinden.

In diesen Tagen war es, daß Heidi Wolkhardt zu Siegberte kam und ihr zwischen Verlegenheit und Glück anvertraute, daß Fritz Klickmüller sie gebeten habe, seine Frau zu werden.

Errötend, in mädchenhafter Schlankheit stand Heidi vor ihr und blickte sie bittend an. „Seid ihr, deine Mutter und du, mir böse, wenn ich seinen Kindern, die mir lieb geworden sind, Mutter werde? Glaubt nur nicht, daß ich Martin je vergessen kann, aber ich weiß, daß Fritz mich braucht, und wir haben uns lieb."

Siegbertes Benehmen aber war sonderbar gewesen. Ihr Blick ging ins Leere, und mit seltsamer Betonung hatte sie wiederholt: „So, so, ihr habt euch lieb. Das will noch gar nichts heißen." Dann schien sie Heidis Erstaunen wahrzunehmen und fuhr hastig fort: „Nein, nein, heiratet nur! Auf uns brauchst du keine Rücksicht zu nehmen."

Sie bemerkte nicht die Tränen, die in

den Augen des jungen Mädchens hochstiegen. Traurig ging Heidi fort. Gerade an der Meinung Siegbertes lag ihr so viel. Klickmüllers Antrag hatte sie glücklich gemacht und ihr doch gleichzeitig Not bereitet. Nie hatte sie gedacht, daß Martins Bild je einmal durch das eines anderen Mannes aus ihrem Herzen verdrängt werden könnte. Die beiden kleinen Mädchen aber, die sie nun seit Monaten betreute, hatten alle in ihr schlummernden mütterlichen Gefühle geweckt, so daß sie sich das Leben ohne die Kinder gar nicht mehr denken konnte. Als dann Fritz Klickmüller, den sie bei seinen Besuchen in ihrem Hause näher kennen-, und wirklich lieben gelernt hatte, sie bat, nicht nur seinen Kindern Mutter, sondern auch ihm Gattin zu werden, konnte sie nicht anders, als ihm ihr Jawort zu geben. Nur der Gedanke an Martin ließ sie zögern. Mit dem Einverständnis der Eichenhofbäuerin rechnete sie nicht, aber sie wäre so gerne der Zustimmung Siegbertes gewiß gewesen. Weshalb war sie nur so anders als sonst? Vielleicht hatte auch sie

Schweres erlebt. Arme Siegberte! Es war kein leichtes Amt, das sie übernommen hatte.

Hinnerk hatte Siegberte eines Abends mit bittendem Blick die Bibel gereicht: „Wenn über den Eichenhofbauern eine Not gekommen war, holte er sich immer Trost aus Gottes Wort.“

Siegberte aber hatte das Buch wortlos beiseite gelegt und der bittere Zug, den man jetzt des öfteren in ihrem Gesicht gewahrte, war deutlicher hervorgetreten. Der Alte aber hatte bekümmert den Kopf geschüttelt und ihr sorgenvoll nachgeblickt. „Was soll nur daraus werden?“

Nach einem arbeitsreichen, mühevollen Tag, an dem die ganze Not wieder einmal peinigend über Siegbertes Seele hergefallen und sie von qualvollen Zweifeln gemartert worden war, hielt sie es im Hause nicht länger aus. Obgleich sie sich immer wieder, und dies nicht ohne Bitterkeit, sein Mißtrauen ins Gedächtnis rief, spürte sie doch deutlich, daß sie von Heiner Sorger nie loskommen würde, und die Gewißheit, daß seine Gedanken sie täglich suchten, wurde immer stärker, wenn sie sich schon sagen mußte, daß sie mit einem Manne, der ihr eine Schlechtigkeit zutraute, nichts mehr zu tun haben könne.

An diesem Abend stieg sie den Berg hinauf durch den Wald. Es zog sie mit unwiderstehlicher Gewalt zu dem Platz, auf dem sie jene glückliche Stunde mit Heiner verlebt hatte. Der Waldboden war bedeckt mit unzähligen weißen Krönchen der Waldmeister. Aus dem Tal schwang sich der volle Ton der Abendglocken, beruhigend und friedebringend, zu Siegberte empor. Sie achtete seiner aber so wenig wie der blühenden Bäume. Es schien in ihr etwas erstarrt zu sein; sie kam sich selbst vor, als sei sie tot.

Rolf Kabel fand sie auf der Bank am Waldesrand sitzen. Schmerzhaftes Schluchzen ließ ihren Körper erbeben, und über ihr blasses Gesicht rannen unaufhaltsam Tränen. Sie schrak zusammen, als er plötzlich vor ihr stand, und wäre in ihrer Verwirrung in den Wald geflüchtet, hätte er sich nicht ihr in den

Weg gestellt und sie daran gehindert.

„Siegberte!“ Das war alles, was er sagte, aber in diesem einen Wort schwang Jubel und klang zugleich Schmerz. Es schien ihr nicht aufzufallen, daß er sie beim Vornamen nannte. Seit jenem Sonntag, da sie mit Heiner hier im Walde gewesen und Kabel getroffen hatte, waren sie sich nicht wieder begegnet. Nun war es ihr peinlich, von ihm in solcher Verfassung überrascht zu werden. Er aber ergriff plötzlich ihre beiden Hände.

„Als wir uns das letztemal sahen, trugen Sie einen Vergißmeinnichtkranz im Haar. Der, dem Sie das Kränzlein verdankten, scheint den Sinn der blauen Blume nicht verstanden zu haben, sonst säßen Sie kaum hier und weinten.“

Er zog sie an den Händen zurück auf die Bank. Seine Worte waren voll verhaltener Leidenschaft und in seinen Augen brannte ein Feuer.

„Siegberte, wir sind beide am gleichen Punkt angelangt. Sabine hat mich verlassen. Schon seit einigen Wochen ist sie fort.

Ich rufe sie nicht zurück. Ist es nicht bedeutsam, daß wir uns hier finden? – Ich weiß es längst, daß Sie, Siegberte, die Frau sind, die mir Lebenskameradin sein könnte. Wollen wir nicht unseren Weg gemeinsam fortsetzen, gleich dem Wort, das ich einmal hörte, steht es nicht sogar in der Bibel?: ‚Ich vergesse, was dahinten ist und strecke mich aus nach dem, was vor mir liegt!'"

Ehe Siegberte auch nur ein Wort erwidern konnte, riß er sie in seine Arme. Sie aber war wie betäubt und ließ es geschehen. Gleich einem Orkan war es über sie gekommen, so daß sie sich nicht wehren konnte und sich wie von unsichtbaren Gewalten mitgerissen fühlte. Der Schriftsteller aber glaubte ihres Einverständnisses sicher zu sein und flüsterte: „Siegberte, Geliebte, du wirst mir zu einem neuen Leben verhelfen!"

Seine Seligkeit währte aber nur kurze Minuten, denn jetzt richtete sich Siegberte jäh auf. In ihre Augen trat der Ausdruck des Entsetzens. Mit ganzer Kraft befreite sie sich aus Kabels Armen und stand wie gelähmt vor ihm. Sie preßte die Hände an die Schläfen und stöhnte in furchtbarer Qual und Selbstanklage: „Mein Gott, o mein Gott!“

Rolf Kabel entsetzte sich vor dem verzweifelten Blick, der ihn aus ihren Augen traf. Er versuchte aufs neue, sie zu umfassen und beruhigend auf sie einzureden. Sie aber riß sich von ihm los und lief wie gehetzt durch den Wald, hinunter ins Tal. Er aber wußte, er würde sie nie besitzen.

Die folgende Nacht wurde für Siegberte zur Lebenswende. Von allen Menschen verlassen und gedemütigt, fühlte sie sich in tiefstes Dunkel gestürzt. Aber dieser Dunkelheit folgte ein lichterfüllter neuer Morgen. War ihr bisher der Gottesbegriff nichts anderes gewesen als eine wertvolle Überlieferung, ein Erbe aus der Hand ihres frommen Vaters, so wurde er ihr jetzt zum persönlichen Erleben. – Verzweifelt und von Selbstvorwürfen gepeinigt, hatte sie sich in ihr Zimmer eingeschlossen und sah zunächst keinen Ausweg. Waren die vorhergehenden Tage von Not und Zweifel erfüllt gewesen, so kam jetzt zu all dieser Not noch Schuldbewußtsein und Selbstanklage.

Mit Empörung hatte sie sich bisher über alle Verdächtigungen gestellt. Voll Bitterkeit war sie gegen Sorger gewesen, der ihr Untreue zutraute. Und von den Dorfbewohnern hatte sie sich in Stolz und verletztem Ehrgefühl zurückgezogen, weil sie es gewagt, Verleumdungen über sie auszusprechen. Und jetzt, jetzt war sie an allen schuldig geworden! Wenn außer ihr auch nur Gott von den Gedanken wußte, die über sie gekommen waren, als Kabel sie auf der Waldwiese in seine Arme gerissen hatte – sie lasteten doch schwer auf ihr und klagten sie an, wie nie eine Schuld zuvor. – Warum sollte ich nicht nehmen, was mir das Leben bisher versagt hat, warum länger Verzicht leisten, wo sich ein Herz gefunden, das für mich schlägt? Weshalb Rücksicht nehmen auf Kabels Frau, die dieses prächtigen Mannes nicht würdig ist? Nein, ich will nicht immer zurückstehen. Ich habe dasselbe Recht, zu leben und zu lieben und glücklich zu sein wie andere.

Es waren zwar nur Sekunden gewesen, daß sie sich, von solchen Gedanken beherrscht, dem Augenblick hingab. Wie eine fremde Macht war es über sie gekommen. Wohl hatte sie sich dieser Macht schon im nächsten Augenblick entzogen, aber sie erkannte mit erschrekkender Deutlichkeit, daß nicht viel gefehlt hätte, dem Bann dieser Gedanken und Versuchungen zu erliegen. Vernichtend fiel die Erkenntnis über sie her, an welchem Abgrund sie gestanden hatte. In schmerzlicher Selbstanklage machte sie sich Vorwürfe. Du, die du dich erhaben dünktest über solche, die der Versuchung erlagen, die du in selbstgerechtem Eigendünkel verachtend auf sie herabblicktest, wer gibt dir das Recht, Schwache abzuurteilen? Du zürntest Heiner Sorger, der dir solches Unrecht zutraute, und mußt nun vor deiner eigenen Schuld entsetzt zurückweichen. Das Jesuswort fiel ihr ein: „Wer unter euch ohne Sünde ist, der werfe den ersten Stein.“

Mitten in diesem Zusammenbruch war

es Siegberte, als vernehme sie plötzlich die Stimme des alten Hinnerk: „Wenn über den Eichenhofbauern eine Not gekommen war, holte er sich immer Trost aus Gottes Wort." – In diesem Augenblick kam ihr zum Bewußtsein, daß es sich jetzt zeigen müsse, ob ihr Christenglaube Kraft oder Trug und Schein war. Und ihre Seele schrie zu Gott, gleich Jakob in der Nacht seines heißen Ringens: Ich lasse dich nicht, du segnest mich denn!

Je näher der Morgen rückte, desto stiller wurde es in ihr. Siegberte saß über die Bibel gebeugt und las auf der ersten Seite des in Schweinsleder gebundenen Buches, von der Hand ihrer Großmutter in zierlicher Schrift geschrieben:

„Ich leg in deine Hände, o Herr, mein ganzes Glück. Ich kann und geh und will nicht von dir, o Gott, zurück.

Mein Hoffen und mein Sehnen und all mein Fröhlichsein – ich leg's in deine Hände, o teurer Heiland mein.

Geschrieben in dem Jahr der großen Not, da ich mich von allen Menschen, ja von Gott selbst verlassen fühlte, und doch erkannte, daß von ihm allein Treue und Hilfe kommt, und ich stille wurde in und vor ihm.“ –

Siegberte las diese Worte nicht zum ersten Mal. Wiederholt hatte ihr Blick auf den feinen Schriftzügen der Ahne geruht. Nie vorher aber war ihr der tiefere Sinn dieses Bekenntnisses so zum Bewußtsein gekommen wie in dieser Nacht. Sie war also nicht die einzige ihres Geschlechtes, die durch innere Einsamkeit und durch die Not der Verzweiflung zu gehen hatte. Nun aber kam es darauf an, daß sie es lernte, gleich der Großmutter, ihre Zuflucht in der Bedrängnis ihrer Seele zu Gott zu nehmen. Mit einem Male erkannte sie: Des Erbguts Hüterin zu sein, bedeutete nicht nur, den Hof zu verwalten und den Besitz zu fördern, es hieß vor allem das innere, das ewig währende Gut zu pflegen. Das aber konnte sie nicht, wenn ihr der Glaube an Gott nicht mehr als nur fromme Überlieferung war. Zu einem persönlichen Erleben mußte er ihr werden. – Wieder schrie es in ihrer Seele: Ich lasse dich nicht, du segnest mich denn! Daß man zu diesem sicheren Glaubensbesitz gelangen konnte, daran zweifelte sie keinen Augenblick. Die Großmutter, der Vater und andere besaßen ihn, auch sie mußte ihn erlangen.

Ob vielleicht alle diese schmerzlichen Erfahrungen der letzten Tage und Wochen notwendig waren – so ging es ihr durch den Sinn – , um zu dieser persönlichen Gottverbundenheit zu kommen? Wie in einem neuen Licht sah sie ihren Weg vor sich, und ganz plötzlich kam es ihr, sie habe auch am Nächsten ihre Aufgabe ganz anders zu erfüllen als seither.

Mit einem Male wußte sie, daß sie selbst Holzbann gegenüber manches gutzumachen hatte. Nein, sie hatte kein Recht, ihn zu verurteilen. Sie mußte versuchen, ihm zu helfen, seine verfehlte Lebensrichtung in neue Bahnen zu leiten. – Und dann die Mutter, die arme, unruhige, gehetzte Mutter! Vielleicht hatte auch sie bisher innerlich gedarbt und sich nach dem starken und ruhigen Einfluß gesehnt, der vom Vater ausgegangen war. Dann war da Ursula, das kleine, ängstliche Mädchen mit dem liebebedürftigen Herzen, und Heidi, die Arme, die sich nach ihrer letzten Begegnung verschüchtert und unverstanden von ihr zurückgezogen hatte. – Wie viele Versäumnisse häuften sich da vor ihr auf ! Wie klein und gering erschienen Siegberte jetzt alle eigenen Wünsche! Was sie in den letzten Tagen schier erdrücken wollte, trat vor der neuen Erkenntnis immer mehr zurück. Sie fand in der Bibel, von Vaters Hand unterstrichen, den Vers:

„Ich bin der Weg und die Wahrheit und das Leben;
niemand kommt zum Vater denn durch mich."

War das nicht ein Wort auch für sie? Ja, Christus! Ihn wollte sie an den Anfang ihres neuen Weges setzen.

Zu niemand hätte Siegberte von diesem nächtlichen Ringen sprechen können. Alle ihre Hausgenossen aber spürten, daß eine Veränderung mit ihr vorgegangen war. Sie hatte nicht nur ihre alte

Sicherheit und Fröhlichkeit wiedergewonnen, es war, als hätte sie darüber hinaus eine Kraft erlangt, die aus einer anderen Welt stammte.

Am stärksten empfand das wohl der alte Hinnerk. Gott sei Dank, dachte er, als Siegberte nach dem gemeinsamen Morgenessen wieder zum Andachtsbuch griff, aus dem sie tagelang nicht mehr gelesen hatte.

Gott sei Dank, sie hatte sich selbst wiedergefunden. Als sie dann anschließend das „Vaterunser" betete und es ihm schien, als hebe sie die Bitte: „Und vergib uns unsere Schulden, wie wir vergeben unseren Schuldigern" besonders hervor, da traten ihm Tränen des Dankes in die Augen. Er wußte nun, daß Siegberte auch eine persönliche Begegnung mit Gott gehabt hatte, denn so hatte sie vorher nie gebetet.

„Ich muß für einen, vielleicht auch zwei Tage verreisen", teilte Siegberte ihren Leuten mit, die nach dem Morgenessen wie gewöhnlich auf die Arbeitseinteilung warteten. „Ihr werdet gut ohne mich fertig werden. Das Heu ist eingebracht, und wenn ihr irgendwie nicht weiter wißt, dann fragt ihr Holzbann."

Dieser, den sie in letzter Zeit geflissentlich übersehen hatte, vermochte vor Staunen kein Wort zu erwidern; sprachlos starrte er sie an.

„Ich komme spätestens morgen abend wieder", fuhr sie ihm zugewandt fort, „wenn möglich, heute noch", und reichte ihm sich verabschiedend die Hand. Holzbann aber fragte sich erstaunt, was das zu bedeuten habe; er wußte nicht recht, ob er aus Siegbertes Verhalten neue Hoffnung schöpfen dürfe.

Ursula durfte Siegberte nach Bonn begleiten und war beglückt darüber, hing sie doch in schwärmerischer Verehrung an Fräulein Streitmann, deren verändertes Wesen sie in letzter Zeit höchst unsicher gemacht hatte. Siegberte wollte wieder gutmachen, was sie an Ursula versäumt hatte, und aus diesem Grunde forderte sie das junge Mädchen auf, sie zu begleiten. Ursula war überglücklich und eilte, sich für die Fahrt fertigzumachen.

Dann wandte sich Siegberte an Minchen. „Versorge mir die Mutter gut“, bat sie. „Am Nachmittag darf sie für eine oder zwei Stunden aufstehen und sich in den Garten unter die Linde setzen. Tragt ihr den Liegestuhl hinaus. Vergiß auch nicht, ihr die Arznei zu geben. Sie selbst wird kaum daran denken.“

„Geh nur getrost und unbesorgt“, ermutigte sie Hinnerk. „Wir sehen schon nach dem Rechten.“

Der Hütejunge aber schlich sich hinter ihr her und bat: „Bleiben Sie nicht zu lange fort, Fräulein, es ist nichts, wenn Sie nicht auf dem Hof sind.“

Siegberte strich ihm über den blonden Haarschopf. „Ich komme so bald wie möglich wieder, kannst dich darauf verlassen.“

Die Eichenhofbäuerin aber war während des ganzen Tages gereizt und ungenießbar. „Da sieht man, was sie vom Bauerntum versteht, macht sich kein Gewissen daraus, mitten aus der Arbeit fortzulaufen.“ Sie empfing Siegberte noch immer schimpfend, als diese mit Ursula bereits am Abend desselben Tages zurückkam. Das junge Mädchen war erfüllt von den Erlebnissen des Tages und berichtete den beiden Mädchen in begeisterten Worten seine Reiseerlebnisse. Bonn sei „himmlisch“, und dieser Tag werde ihr unvergeßlich bleiben. Siegberte zog sich auf ihr Zimmer zurück. All die Ereignisse der jüngsten Vergangenheit hatten sie stark in Anspruch genommen, so daß sie sich nach Ruhe sehnte. Zudem wartete ihrer für den andern Tag eine große Aufgabe.

Als Rolf Kabel am nächsten Morgen, am Fenster seines Arbeitszimmers stehend, Siegberte den schmalen Weg zur „Heimkehr“ emporsteigen sah, war er nicht wenig erstaunt. Er wußte, daß er sie mit seiner stürmischen Werbung erschreckt, wenn nicht gar bitter gekränkt hatte. Was bewog sie, jetzt zu kommen? Wäre ihr Gesichtsausdruck nicht so ernst und entschlossen gewesen, er hätte sich neuen Hoffnungen hingegeben. So aber vermutete er gar, daß sie kam, um ihn nun zur Rechenschaft zu ziehen.

Sie sieht aus, als habe sie sehr gelitten, dachte er. Sein Herz begann stürmisch zu klopfen. Er eilte, ihr die Gartenpforte zu öffnen, und erschrak vor der Blässe ihres Angesichts.

„Siegberte, Sie kommen zu mir?“

Er beugte sich über ihre Hand und zog sie an die Lippen. Sie aber sah ihn ernst an: „Es ist mir schwergefallen, aber ich habe mit Ihnen zu sprechen.“

Er führte sie in sein Zimmer und setzte sich ihr gegenüber in einen der Sessel. Durch das offene Fenster fielen funkelnde Sonnenstrahlen, fingen sich in Siegbertes blondem Haar und schmückten es mit einem goldenen Schimmer. Sie hatte den Kopf geneigt und schaute einen Augenblick sinnend auf ihre Hände, die ineinander verschlungen in ihrem Schoß lagen.

„Ich habe Sie vorgestern erschreckt“, begann Rolf Kabel. „Das tut mir leid um Ihretwillen, aber ich bitte Sie gleichzeitig, versuchen Sie, mich zu verstehen. Ich bin wie ein Verdurstender in der Wüste. Soll ich mein Leben lang weiter schmachten? Glauben Sie nicht, daß irgendeine beliebige Frau mich aus meiner Not befreien könnte. Dann hätte ich bei Sabine bleiben können. Was ich aber benötige, ist eine tapfere Weggenossin, eine Frau mit einem starken und doch weichen, mütterlichen Herzen. Weil ich dies alles in Ihnen vereint finde und weiß, daß Sie auch meine geistigen Interessen teilen, darum ist meine Liebe zu Ihnen nur natürlich und nicht etwa verwerflich."

Siegberte unterbrach ihn. „Denken Sie an Sabine, Ihre Frau!"

Er antwortete mit einer wegwerfenden Handbewegung.

Sie aber fuhr fort: „Ich habe Sie stets für einen Mann mit Grundsätzen gehalten. Das Wort, das Sie Sabine einst gegeben und mit dem Sie ihr Leben an das Ihre knüpften, müßte Ihnen heilig sein."

„Dies Wort verlor in dem Augenblick seine Gültigkeit, da wir beide erkannten, daß unsere Ehe der größte Irrtum unseres Lebens war."

„So spricht man, wenn das Gewissen

nicht schlägt oder gar ausgeschaltet ist."

„Sind Sie gekommen, um mir dieses zu sagen?" Seine Frage klang bitter.

Siegberte richtete sich auf. „Ich bin gekommen, Sie zu bitten, Sabine zurückzuholen."

„Niemals!" Er war erregt aufgesprungen. „Niemals, Siegberte! Sie ist aus eigener Wahl von mir gegangen. Von mir aus hätte ich ihr wohl kaum die Türe gewiesen, obgleich sie mich mit ihren ewigen Launen schier zugrunde richtete. Nun aber werde ich mich hüten, sie zurückzurufen, jetzt, wo ich erst ganz empfinde, wie sehr sie mein Leben belastet hat. Nein, Siegberte, das kann nicht von mir verlangt werden!"

„Und dennoch werden Sie Sabine holen."

„Nein, niemals!"

Siegberte hatte sich nun ebenfalls erhoben. Obgleich sie innerlich um Fassung rang, hatte sie sich nach außen so in der Gewalt, daß sie erstaunlich ruhig wirkte. In bittender Geste legte sie die Hand auf seinen Arm.

„Rolf Kabel, Sie werden es um meinetwillen tun. Seit Wochen spricht man im Dorf Übles über Sie und mich. Ich habe um dessentwillen dunkle Stunden durchlebt, das Vertrauen meiner Mutter eingebüßt und das Zutrauen etlicher Dorfbewohner, die mich als Ärztin brauchten, verloren. Ich muß und will weiter hier in meinem Heimatdorf leben und für solche, die mich benötigen, da sein. Das kann ich nicht, solange ein solcher Makel auf mir ruht."

Rolf Kabel stöhnte auf. „Um meinetwillen, Siegberte? Wenn ich das geahnt hätte!" – Er trat einen Schritt näher zu ihr heran und faßte ihre beiden Hände. „Und wenn die Leute in ihrem Ahnen recht hätten und wir nun doch zusammengehörten?"

Siegberte entzog ihm die Hände. „Es fällt mir schwer, davon zu sprechen, aber Sie müssen es wissen. Nie könnte ich Ihre Frau werden, denn mein Herz gehört einem anderen. Meine Liebe zu ihm ist zwar hoffnungslos, und ich trage schwer daran. Die Not, die mir aus dieser Enttäuschung erwuchs, hatte mich aller Fassung beraubt. So nur konnte es geschehen, daß ich mich bei unserem Zusammentreffen auf der Waldwiese schwach zeigte und Ihnen vielleicht Grund zur Hoffnung gab, wo nichts zu hoffen war. Ich klage mich dessen an und bin gekommen, Ihnen auch dieses Geständnis abzulegen. In der darauffolgenden Nacht, die ich in heißem Ringen vor Gott zugebracht habe, wurde mir klar, daß ich an Sabine schuldig geworden bin, und war es auch nur in Gedanken. Da wurde es mir zur inneren Pflicht, Ihre Frau aufzusuchen. Gestern war ich bei ihr in Bonn."

Entsetzen sprach aus Rolf Kabels Augen. Er unterbrach Siegberte erregt. „Und trotzdem sage ich Ihnen, daß es keinen Sinn hat. All Ihr Bemühen wird erfolglos sein. Ich werde in den nächsten Tagen dies Haus verlassen. Ihr Geständnis zwingt mich dazu. Was hält mich noch hier, nachdem Sie, die meine letzte Hoffnung waren, mir nie angehören können! Um Ihretwillen verlasse ich dies mir so liebgewordene stille Tal und ziehe in die Fremde. Es soll niemand wagen, Sie länger zu beschimpfen. Mich rührt es nicht, ob die Menschen gut oder böse von mir denken. Ich werde überall ein Fremdling sein, und was bedeutet es schließlich für einen innerlich Heimatlosen, wenn er nun zu allem noch das letzte Restchen Behaglichkeit verliert und auch äußerlich heimatlos wird? – Ich gehe, Siegberte, um Sie nicht unglücklich zu machen, aber Sabine hole ich nie und nimmer zurück."

Da blickte Siegberte ihn fest an. „Doch, Rolf, Sie werden ihr und dem Kinde, das sie unter dem Herzen trägt, die Heimat erhalten."

Er starrte sie an, als fasse er ihre Worte nicht und wich erbleichend zurück.

Sie aber wiederholte: „Ja, es ist so. Sabine erwartet ein Kind. Ich fand sie in Verzweiflung und Not, ratlos und voller Angst. Sie wagt nicht, zu dem Vater ihres Kindes, den sie in Trotz und Eigensinn verlassen hat, zurückzukehren. Rolf Kabel, ich habe ihr versprochen, daß Sie kommen werden, um sie zu holen. Ich glaubte, Ihnen zutrauen zu können, daß

Sie Ihre Pflicht kennen und erfüllen, auch da, wo sich das Herz vielleicht dagegen sträuben möchte."

Der Schriftsteller war in seinen Sessel zurückgesunken und hatte den Kopf in beide Hände vergraben. Siegberte stand vor ihm und durchlebte, selbst tief erschüttert, mit ihm den Kampf, der sich in seinem Innern abspielte.

„Rolf", begann sie aufs neue, „Sie sind mir wert. Lassen Sie mich Ihnen Freundin, Schwester sein! Ich weiß, Sie sind kein Christ. Sie lehnen den Trost und die Hilfe, die von Gott kommen, ab. Das ist schmerzlich und erschwert mir mein Vorhaben, denn im Lichte Gottes erkennt man die Dinge so, wie sie in Wirklichkeit sind. Mir ist in der vorletzten Nacht eine ganz neue Erkenntnis darüber aufgegangen, so daß es mir ist, als habe ich erst jetzt Gott erlebt. Ich bin der festen Zuversicht, daß Ihr Zusammenleben mit Sabine sich gänzlich neu gestalten würde, wenn Sie sich beide der Führung Gottes anvertrauten. Es fällt mir nicht leicht, über diese Dinge zu sprechen, aber es ist mir klar geworden, daß ich gerade Ihnen gegenüber, weil ich Sie als Freund betrachten möchte, offen sein muß. Sie haben vorgestern einen Ausspruch aus der Bibel angeführt, jedoch mit ganz verkehrter Anwendung: ‚Ich vergesse, was dahinten ist, und strecke mich aus nach dem, was vor mir liegt.' Nehmen Sie dieses Wort für Ihre jetzige Lage. Denken Sie an Sabine und Ihr Kind. Beginnen Sie für beide und mit beiden ein neues Leben. Sabine wird Ihnen dankbar sein. Das Bewußtsein ihrer Mutterschaft beginnt schon jetzt, sie zu reifen."

Sie schwieg und wartete. Als Rolf Kabel endlich sein Haupt erhob, schien er um Jahre gealtert. „Sabine wollte nie ein Kind; das war ja mein großes Leid und schuf die Kluft zwischen uns." Er sprach leise, so, als rede er zu sich selbst. „Als sie vor etlichen Wochen über Beschwerden klagte, schenkte ich dem keine Beachtung. Sabine war ja gewohnt zu klagen, ohne daß ein wirklicher Grund dafür vorlag. Und nun soll sie Mutter werden, Sabine, dieses unfertige Kind, Mutter,

Mutter ihres und meines Kindes!"

Er konnte vor innerer Ergriffenheit nicht weiterreden und wandte sich von Siegberte ab zum Fenster. So standen sie eine ganze Weile schweigend da.

Plötzlich aber kehrte Rolf Kabel sich wieder zu ihr um und ergriff tief bewegt ihre Hände.

„Nein, unser Kind soll nicht heimatlos werden. Ich hole Sabine um seinetwillen. Es soll ein warmes Nestlein finden und nicht umhergestoßen werden wie sein Vater durch seine ganze Kinder- und Jugendzeit. Ich spreche nicht gerne davon. Es reißt immer alte Wunden auf und schafft Bitterkeit. Aber Sie, Siegberte, sollen es wissen. Meine Mutter war Künstlerin. Sie verwünschte mich von dem Augenblick an, da sie sich Mutter werden fühlte bis zur Stunde meiner Geburt, und hoffte, daß ich nicht lebend zur Welt kommen würde. Ich war ihr stets hinderlich. Ihre einfachsten Mutterpflichten versäumte sie an mir, gab mich zu fremden Leuten und kümmerte sich nie darum, wie ich gepflegt wurde. Mein

Vater hat nie nach mir gefragt. – Siegberte, ich weiß, was es bedeutet, ein ungeliebtes Kind zu sein, das überall und jedem im Wege ist. Aus diesem Grund hole ich Sabine zurück, Sabine und unser Kind, das uns zu einem neuen Leben verhelfen soll."

Da trat Siegberte auf ihn zu, zog mütterlich seinen Kopf zu sich herab und küßte ihn auf die Stirn. Dann wandte sie sich und verließ wortlos das Haus. Sie wußte, sie hatte hier ihre Mission erfüllt.

Das Korn stand kurz vor dem Schnitt. Schwer neigten sich die goldenen Ähren zur Erde. Auf dem Weg, der zwischen den Feldern dem Dorfe zu führte, schritten Arm in Arm Siegberte Streitmann und Adelheid Wolkhardt. Letztere hatte den Sonntagnachmittag benutzt, um Frau Streitmann, deren Geburtstag heute war, zu besuchen. Siegberte, die das zartbesaitete Herz Heidis kannte, wußte, daß ihr der Gang zu ihrer Mutter sauer geworden war. Frau Streitmann hatte sich über Heidis Verlobung empört und machte dem jungen Mädchen gegenüber keinen Hehl daraus. „Ich hab's ja gewußt, daß du den Martin bald vergessen würdest, und wenn dann schon geheiratet sein muß, so hättest du wenigstens warten können, bis sich ein ordentlicher Bauernsohn um dich beworben hätte, nachdem du die Braut des Eichenhofbauern warst. Jetzt kommst du mit einem Tagelöhner an, dazu noch einem Witwer mit zwei Kindern." – Auch heute, an ihrem Geburtstag, hatte sie das arme Ding wieder mit Vorwürfen überschüttet, bis Siegberte es nicht länger mit anhören konnte und die peinliche Unterredung kurzerhand beendete, indem sie Heidi aufforderte, mit ihr einen Gang durch die Felder zu machen. Nun schritten die beiden Mädchen durch den sonnenhellen Sonntagnachmittag.

Du darfst Mutters Worte nicht so schwer nehmen, sagte Siegberte, als sie merkte, daß Heidi mit den ihr gemachten Vorwürfen nicht so schnell fertig wurde. „Du kennst sie ja. Im Grunde genommen meint sie es nicht böse. Du aber brauchst dich in keiner Weise beunruhigen lassen. Tue, was Herz und Gewissen dich heißt! Ich freue mich herzlich über dein Glück. Fritz Klickmüller ist ein guter Mensch, ein aufrechter Charakter, dem ich ein glückliches Familienleben von Herzen gönne. Ihr paßt gewiß vorzüglich zusammen, und den Kindern kann nichts Liebeberes geschehen, als daß du ihre Mutter wirst. Sie hängen mit ganzem Herzen an dir. Und deine Mutter, mit der ich kürzlich sprach, ist mit deinem Schritt ganz einig; sie sieht in dieser Heirat eine wunderbare Gottesführung. Nein, Heidi, mach dir keine Sorgen! Ich bin sicher, daß ihr sehr glücklich werdet."

Dankbar drückte das junge Mädchen Siegbertes Arm. „Du bist so gut, ich danke dir. Wenn ich einem Menschen ein tiefes Glück wünsche, so bist du es."

Siegberte lehnte das Lob ab. „Ich hoffe, du hast mir nicht nachgetragen, daß ich damals unfreundlich zu dir war, als du mir von deinem Verhältnis zu Fritz sagtest."

„Ach, sprich doch nicht mehr davon!

Das ist ja längst vorbei. Es war mir an jenem Tage so, als habest du etwas Schweres erlebt, denn diese Art war mir fremd an dir."

„Deine Vermutung war richtig. Es war eine dunkle Zeit."

„Hing es mit dem jungen Arzt zusammen, der euch anfangs des Sommers besuchte?"

Siegberte antwortete nicht gleich, so daß Heidi befürchtete, sie verletzt zu haben. „Ich war ungeschickt", sagte sie, „es tut mir leid. Du brauchst meine törichte Frage natürlich nicht zu beantworten. Ich verstehe, daß es Dinge gibt, über die man nicht sprechen kann."

Da legte Siegberte den Arm um ihre Schulter. „Doch, Heidi, du darfst es wissen. Ja, ich erlebte eine große, schmerzliche Enttäuschung. Doktor Sorger war gekommen, um mich zu bitten, seine Frau zu werden. Niederträchtige Verleumdung zerstörte unser Glück."

„Doch nicht etwa das gemeine Dorfgerede?" entfuhr es der erschrockenen Heidi.

„So weißt du auch davon?"

„Vor vielen Wochen schon hörte ich im Dorf darüber sprechen. Ich habe natürlich gesagt, daß kein Wort wahr sei."

Siegberte mußte über Heidis Eifer lächeln. Dann aber antwortete sie mit großem Ernst: „Ich glaube, daß diese Demütigung für mich notwendig war. Ich habe sehr viel daraus gelernt."

In diesem Augenblick schallte ihnen helles Kinderjauchzen entgegen. Fritz Klickmüller kam mit den beiden Kindern, um seine Braut abzuholen. In Heidis Augen leuchtete es hell auf. Friedel und Jettchen stürmten ihr entgegen.

„Heidi, Heidi, wo bleibst du so lange?"

Fritz Klickmüller begrüßte Siegberte und faßte dann nach der Hand seiner Braut. „Die beiden wollten dich unbedingt abholen. Sie hatten keine Ruhe mehr." Und mit glücklichem Lächeln fügte er hinzu: „Mir ging es allerdings auch nicht anders."

Siegberte betrachtete die fröhliche Gruppe und freute sich herzlich an dem Glück, das Heidi nach ihrer großen Enttäuschung beschieden war. – An der nächsten Wegkreuzung trennte man sich. Die Kinder winkten immer wieder zurück, und Siegberte blickte ihnen eine Weile sinnend nach. Dann wandte sie sich langsam heimwärts. Beim Anblick der frohen Kinder und der beiden glücklichen, jungen Menschen, die Hand in Hand zwischen den goldglänzenden Feldern schritten, wogte erneut eine Welle der Wehmut durch Siegbertes Herz. Sie mußte des geliebten Mannes in der Ferne gedenken, dem sie sich innerlich nach wie vor stark verbunden fühlte. Oft meinte sie, das Weh, das immer wieder heiß und brennend in ihr aufstieg, nicht länger ertragen zu können. Das war noch schlimmer geworden, seit Ursel ihr geschrieben hatte, Doktor Sorger habe schon zweimal nach ihr gesehen, er sei aber jetzt so ernst und mache den Eindruck eines Leidenden. Harmlos schrieb sie das und ahnte nicht, daß sie damit das Herz Siegbertes bis zur größten Not peinigte. Sie litt um ihn Tag und Nacht und wagte doch nicht, sich an ihn zu wenden.

Immer wieder war es ihr, als mahne sie eine innere Stimme: Warte!

Dann wurde es wieder stiller in ihr und sie vermochte es, ihre Sache in Gottes Hände zu legen und zu warten, bis seine Stunde kommen würde.

Eine große Freude war ihr zuteil geworden. Rolf Kabel hatte Sabine heimgeholt. Nun freuten sich beide auf das kommende Kind, das schon jetzt begann, die Kluft zwischen den Eltern zu überbrücken. Sabine hatte allerdings immer wieder einmal eine Anwandlung zu ihrem alten Wesen hin, doch gab sie sich redlich Mühe.

„Ich muß jetzt doch endlich vernünftig werden", hatte sie vor einigen Tagen in harmloser Weise zu Siegberte gesagt, als diese einen Besuch im Berghause machte. „Was soll sonst der Junge denken, wenn er kommt und so eine törichte Mama vorfindet?" Rolf Kabel aber behauptete, daß es bestimmt ein Mädchen werde, und daß sie sich beide bemühen müßten, bis zu dessen Ankunft ein würdiges Elternpaar zu sein. Sabine hatte inzwischen beglückt all die kleinen Sächelchen herbeigeholt, die sie für das Kleine bereits angeschafft und zum Teil selbst genäht hatte. Wie freute sich Siegberte über diese wunderbare Wendung. – Heute morgen aber hatte sie in der Kirche gemeint, nicht recht zu sehen, als sie beide, Rolf Kabel und seine Frau, im Morgengottesdienst erblickt hatte. Rolf glaubte zwar am Schluß des Gottesdienstes bei der Begrüßung sich entschuldigen zu müssen und hatte in einer gewissen Verlegenheit von seiner Frau gesprochen, der zuliebe er in die Kirche gegangen sei. Sabine aber fügte erklärend hinzu: „Ich meine, um des Kindes willen müßte man es tun."

Du Kleines, dachte Siegberte, du scheinst wirklich den Deinen zur „Heimkehr" zu verhelfen.

Es war am Abend dieses Sonntages. In der großen Stube des Eichenhofes hatte man soeben das Nachtessen eingenommen. Die beiden Mädchen halfen Mine das Geschirr in die Küche tragen. Franz hatte noch etwas im Stall zu tun und Holzbann machte sich zu seinem gewohnten Sonntagabendgang in den Krug fertig. Da schlug draußen der Hofhund an und gleich darauf ertönte ängstliches Kinderweinen. Holzbann, im Begriff zu gehen, trat hinaus auf den Hof, und Siegberte, am Fenster der großen Stube stehend, gewahrte eine Frau, die, ein Kind an der Hand, ein Bündel über die Schulter geknotet, in bittender Gebärde auf ihn zuschritt.

Sie konnte nicht verstehen, was gesprochen wurde, wunderte sich aber über den Verwalter, der plötzlich furchtbar aufgebracht war und die Frau vom Hof zu weisen schien. Der Hund kläffte wütend dazwischen und zerrte an seiner Kette, während das Kind, ein Bübchen von etwa drei Jahren, sich angstvoll an die Mutter klammerte und laut weinte. Siegberte trat aus dem Hause, um selbst zu sehen, was hier vor sich ging. Kaum hatte die Frau sie erblickt, als sie auf sie zustürzte und flehend die Hände erhob.

„Bitte, bitte, lassen Sie mich und mein Kind hier! Wir sind vollkommen ermattet. Seit Tagen schleppen wir uns nur so fort.“ Sie begann zu weinen. „Das Kind ist völlig erschöpft. Um Gottes Barmherzigkeit willen, nehmen Sie uns auf.“

„Wie kommen Sie hierher?“ fragte Siegberte. „Ihrer Mundart nach sind Sie nicht von hier.“

„Ich suche Arbeit“, erwiderte die Frau. „Man hat mir gesagt, daß hier in dieser Gegend zur Zeit der Ernte Hilfskräfte gebraucht würden.“

Da wurde sie von Holzbann unwirsch unterbrochen: „Wir brauchen niemand auf unserem Hof. Wir schaffen unsere Arbeit allein.“

Siegberte blickte ihn erstaunt an. Was fiel ihm ein? Sie wandte sich wieder an die Frau: „Aber warum schleppen Sie das Kind auf solchen mühsamen Wegen mit sich?“

„Es hat niemand als mich“, antwortete diese und drückte den kleinen Jungen an sich. „Ich bin eine Waise.“

„Und wo ist Ihr Mann? Oder sind Sie nicht verheiratet?“

Das Mädchen senkte errötend den Kopf. „Nein.“

Da fuhr Holzbann in seltsamer Erregung erneut dazwischen: „Siegberte, du denkst doch nicht etwa daran, diese hergelaufene Person zu nehmen? Da könnte jeder kommen."

Sie aber warf ihm einen Blick zu, der ihn verstummen ließ und fragte in eisigem Ton: „Wie kommst du mir vor?" Zu dem Mädchen gewandt aber sagte sie: „Kommen Sie mit Ihrem Kind herein. Noch niemals wurde auf dem Eichenhof einem hilfesuchenden Menschen die Türe gewiesen. Zum wenigsten können Sie über Nacht bleiben. Morgen sehen wir dann weiter. Es ist schon möglich, daß Sie bei uns über die Zeit der Ernte Arbeit finden können."

Da haschte das arme Ding nach Siegbertes Hand. „Dank, tausend Dank, gnädige Frau! Gott vergelte es Ihnen!"

Siegberte aber hob das verschüchterte Kind auf und trug es über die Schwelle ihres Hauses. Tiefes Mitleid mit dem heimatlosen Bübchen erfüllte ihr Herz. Das Schicksal der beiden Menschen beschäftigte sie so, daß sie nicht auf Holzbann achtete, der, einen wilden Fluch ausstoßend, ins Haus trat und seinen Hut in eine Ecke der Diele warf. Daß sich Holzbann in der großen Stube, wo Siegberte dem Mädchen mit ihrem Kinde einen Platz angewiesen hatte, auf einen Stuhl fallen ließ und mit wütendem Gesicht zu den Fremden hinüberstarrte, auf seinen Gang zum Krug aber verzichtete, mußte eine besondere Bedeutung haben.

Das Kind griff gierig nach der Milch, die Siegberte ihm reichte, und trank diese in langen, durstigen Zügen, während die junge Mutter – sie konnte höchstens zwanzig Jahre alt sein – immer wieder in scheuer Ängstlichkeit zu dem Verwalter blickte, der ihr grimmige Blicke zuwarf.

„Was sitzt er da wie ein bissiger Hund?" fragte sich Siegberte und hätte ihn am liebsten hinausgeschickt. Das wäre wahrlich noch schöner, wenn ich ihn fragen müßte, wen ich in unser Haus aufnehmen darf. – Sie nötigte das Mädchen zu essen und strich dem Kleinen ein Butterbrot. Mit großen Augen blickte das Kind mit dem dunkeln Lockenköpfchen die fremde Frau an, aber es gab keine Antwort auf die Fragen, die Siegberte ihm stellte. Nachdem seine Mutter gesättigt war, führte Siegberte beide hinauf in eine der unbenutzten Mädchenkammern.

„Sie sind gewiß sehr müde?“ fragte sie, „die Ruhe wird Ihnen und dem Kinde gut tun.“

Da ergriff das Mädchen knicksend die Hand ihrer Wohltäterin und führte sie untertänig an die Lippen.

Sie muß von weither kommen, dachte Siegberte. Niemand aus unserer Gegend kennt solche Art. Morgen wird sie gewiß Auskunft geben. Ich will sie heute nicht mit Fragen quälen.

Als Siegberte am Zimmer der Mutter vorüberging, hörte sie darin erregtes Sprechen. Es war Holzbanns Stimme. Verwundert öffnete sie die Türe. Was hatte er hier zu suchen? Die Bäuerin war, weil sie sich auch heute wenig wohl gefühlt hatte, früh zur Ruhe gegangen. Jetzt aber saß sie aufrecht in ihrem Bett und wandte sich empört an die eintretende Tochter, die sie sofort anklagte: „Da hört man ja schöne Dinge. Wie kommst du dazu, ohne weiteres eine fremde Person ins Haus zu nehmen, von der kein Mensch weiß, wer sie ist und woher sie kommt?“

„Dazu mit einem Kind!“ fuhr Holzbann aufgebracht dazwischen.

Siegberte hatte Mühe, sich zu beherrschen. Schon die Frechheit Holzbanns, ohne weiteres das Zimmer ihrer Mutter zu betreten, empörte sie, und wie wagte er, ihr entgegenzutreten! „Wer hat denn eigentlich hier zu bestimmen, der Emil oder ich?“ fragte sie, zur Mutter gewandt.

Da fuhr diese auf: „Natürlich, das ist wieder das nächste! Aber das sieht dir ähnlich. Daß du mit mir eine Sache besprechen könntest, das kommt dir nicht in den Sinn.“

„Mutter!“ bat Siegberte mit einem Blick auf Holzbann. Empfand sie nicht die Unwürdigkeit dieser Situation? Aber Frau Streitmann ließ sich nicht unterbrechen.

„Du selbst hast den Emil als Verwalter

angestellt. Es würde sich gehören, daß du ihn um seine Meinung fragtest. Du bist natürlich klüger als alle Menschen und brauchst keines anderen Rat. Aber ich sage dir, diese hergelaufene Person bleibt mir nicht im Haus."

Nun ließ Siegberte sie nicht weitersprechen. Mit fester Stimme schnitt sie den Redestrom der Empörung ab. „Mutter, bitte nicht weiter." Und zu Holzbann gewandt: „Dich aber möchte ich jetzt ersuchen, das Zimmer zu verlassen. Du wirst dich wohl erleichtert fühlen, nachdem du deiner Empörung Luft gemacht und dich bei meiner Mutter über mich beschwert hast. Sehr taktvoll ist es allerdings nicht, ohne weiteres in das Zimmer einer Kranken einzudringen. Und nun, bitte!"

Sie öffnete die Türe mit unzweideutiger Geste. Holzbann warf ihr einen haßerfüllten Blick zu und drückte sich wortlos hinaus. Irgend etwas in Siegbertes Art zwang ihn nieder, so daß er nicht wagte, sich ihr zu widersetzen.

Eine halbe Stunde später suchte auch

Siegberte ihr Zimmer auf. Wieder einmal war es zwischen ihr und der Mutter zu einem heftigen Auftritt gekommen, obgleich sie alles versucht hatte, die Kranke zu beruhigen und sie nicht durch Widerspruch zu reizen. Schließlich hatte die Mutter sie angeschrien: „Geh, ich will dich nicht mehr sehen, du richtest mich zugrunde.“ Da war Siegberte still aus dem Zimmer gegangen. Der Kampf und die Not schienen nie ein Ende zu nehmen. Wenn sie nur Kraft besaß, durchzuhalten.

Sternenklar war die Nacht. Ein erfrischender Gewitterregen hatte gegen Abend die Erde getränkt und ihr Labsal gespendet. Nun strömte diese kraftvollen Wohlgeruch aus, der auch Siegbertes Zimmer erfüllte. Diese hatte sich in Sorge um die Mutter, der die Aufregung gewißlich wieder eine schlechte Nacht bereitete, nicht entschließen können, zur Ruhe zu gehen. Zudem hatte sie ihr inneres Gleichgewicht noch nicht ganz wiedergefunden. Sie versuchte in einem Buch zu lesen. Aber ihre Gedanken gingen eigene Wege. Wieder einmal befand sie sich in innerem Zwiespalt. Was war nun das Richtige? Gebot ihr die Kindespflicht, sich der Bestimmung der Mutter zu fügen, also dem armen, heimatlosen Mädchen mit ihrem Kind die Türe zu weisen, oder hatte sie das Recht, ihr Herz sprechen zu lassen und beide aufzunehmen?

Plötzlich schreckte sie aus ihrem Sinnen empor. War es nicht, als ob unterdrücktes Weinen an ihr Ohr drang? Sollte das Mädchen ...? – Sie stand auf und wußte gleichzeitig, was sie zu tun hatte: Der Eichenhof mußte denen, die in ihm Zuflucht suchten, solche gewähren. So wie es zu Vaters Zeiten gewesen war, mußte es auch weiterhin bleiben.

Das Weinen über ihr wurde heftiger. Armes Ding, findest du keine Ruhe, weil du nicht weißt, was der Morgen dir und deinem Kinde bringt? Du sollst Gewißheit haben, damit dein gepeinigtes Herz still wird. Jetzt aber sollst du wissen, daß du nicht wieder fortgeschickt wirst, benötigen wir doch dringend eine weitere Hilfskraft. Und Siegberte ging, um die Weinende zu trösten.

Leise, damit die Mutter und die übrigen Hausgenossen nicht gestört wurden, stieg sie die Treppe hinauf. – Aber was war das? – In das verhaltene Weinen mischte sich eine Männerstimme. Siegbertes Fuß stockte. War denn das möglich? Holzbann nun auch hier, in der Kammer des Mädchens? Nachdem sie die letzten drei Stufen erstiegen hatte, vermochte sie deutlich jedes Wort zu verstehen. Das Schluchzen des Mädchens wurde immer heftiger, Holzbanns Flüstern aber wurde zum wütenden Raunen.

„Schweigst du endlich still, infames Frauenzimmer! Willst du das ganze Haus wecken?"

„O Gott, o Gott!" jammerte die Mädchenstimme. „Was soll ich denn tun? Wo soll ich denn hin mit dem Kleinen? Hast du vergessen, daß er dein Kind ist?"

„Schweig! Ich sage dir noch einmal, du kannst nicht bleiben."

„Aber du hast doch versprochen, mich zu holen, mich zu heiraten und mir und deinem Kinde deinen Namen zu geben."

„Es kommt eben manches anders, als man denkt."

Das junge Weib wimmerte in haltlosem Schmerz. „Emil, Emil, hast du mich denn nicht mehr lieb? Denkst du nicht mehr an die Zeit, da wir glücklich waren?"

Er aber fuhr auf: „Winsele mir nichts vor, du mußt einfach aus dem Haus."

„Und der kleine Emil, soll er nie eine Heimat haben, nie seinen Vater kennen dürfen?"

„Du siehst doch selber, daß es nicht geht. Ich kann euch hier nicht brauchen." In seiner Niedertracht scheute er sich nicht, in gemeiner Weise zu lügen: „Wie kannst du daran denken hierzubleiben, wo ich verheiratet bin?"

Da schrie das Mädchen auf, bis ins Herz getroffen: „Was sagst du, verheiratet? – Die schöne, herzensgute Bäuerin deine Frau? O Gott im Himmel, das konntest du tun, obgleich du wußtest, daß ich mit dem Kind Tag und Nacht auf dich wartete? Nun bin ich seit Wochen unterwegs, um dich zu suchen und das Kind seinem Vater zuzuführen und alles, alles soll umsonst gewesen sein?“

In diesem Augenblick wurde die Tür aufgerissen. Flammenden Auges stand Siegberte vor den Erschrockenen. Empörung und Zorn bebten durch ihren ganzen Körper. Das Mädchen war bei ihrem Anblick angstvoll in die Knie gesunken und verbarg weinend das Gesicht in beiden Händen.

Holzbann aber war erbleichend zurückgewichen. Entgeistert starrte er Siegberte an, als brächte sie ihm das Gericht.

„Elender, gemeiner Mensch!“ fuhr sie ihn an. „Du wagst es, dich Eichenhofbauer zu nennen, zu behaupten, ich sei deine Frau? Versuchst es seit Monaten, dich hier einzunisten und setzest dich kaltblütig über deine heiligsten Pflichten hinweg und kümmerst dich nicht um dieses Mädchen, das die Mutter deines Kindes ist!“ Dann beugte sie sich zu der an der Erde Kauernden. „Stehen Sie auf und seien Sie getrost! Sie sollen nicht länger heimatlos umherirren, so wahr mir Gott helfe! Ich will dafür sorgen. Emil ist nicht mein Mann und wäre es auch nie geworden. Er wird sich hoffentlich seiner Pflichten erinnern und Sie heiraten. Außerdem leben seine Mutter und sein Bruder hier auf eigenem Hofe, ehrenwerte Leute, die Sie mit Ihrem Kind nicht verstoßen werden."

Das Mädchen hatte das tränennasse Gesicht erhoben und Siegbertes Hände umklammert. In diesem Augenblick aber stürzte Holzbann mit dämonisch entstelltem Gesicht, einen wilden Fluch ausstoßend, an den beiden Frauen vorbei aus der Kammer. Ein Wehlaut ließ Siegberte aufhorchen. War das nicht Mutters Stimme? Sie löste ihre Hände aus denen des zitternden Mädchens, um sich Gewißheit zu holen. An der Außenwand der Kammer lehnte, nur notdürftig bekleidet, die Eichenhofbäuerin, totenblaß, mit weit geöffneten, entsetzten Augen.

„Mutter", rief Siegberte erschrocken, „was tust du hier?"

Da entrangen sich ihren blauen Lippen stammelnde Worte: „Ich – habe – alles – gehört. – Gott, o Gott – soll das Wahrheit sein? – Wahrheit?“ Dann brach sie in Siegbertes Armen zusammen.

Es ging gegen Morgen. Zu Hause war es endlich wieder ruhig geworden. Franz, der Knecht, der wie die anderen durch den ungewohnten Lärm erwacht und aufgestanden war, hatte die Haustür weit offenstehend gefunden. Holzbann schien auf und davon gegangen zu sein.

„Dem Schuft trau ich das Schlimmste zu“, hatte Franz gegrollt. „Wer weiß, was der im Schilde führt. Ich will noch einen Gang ums Haus machen und sehen, ob nichts Verdächtiges sich findet.“

Siegberte hatte mit Hilfe der beiden Mädchen die Mutter zu Bett gebracht und versucht, deren Erregungszustand zurückzudämmen. Dann hatte sie sich noch eine Weile zu dem Mädchen aus Ostpreußen gesetzt und ihr, die einem Zusammenbruch nahe war, Mut zugesprochen. Wie ein Kind hatte sich die Arme schließlich in den Schlaf geweint, ihr Bübchen fest an sich drückend. Siegberte saß noch etliche Minuten an ihrem Bett und blickte voll tiefem Mitleid auf die junge Mutter, aus deren Brust von Zeit zu Zeit schmerzhaft verhaltenes Schluchzen aufstieg. In mütterlicher Bewegung strich sie ihr die Haare aus der Stirne und ging dann leise hinaus.

Nun lag sie schlaflos in ihrem Zimmer und wartete wieder einmal bangen Herzens auf den neuen Tag. Was würde er bringen? Diesmal war es nicht eigene Last, die sie beschwerte, sondern die Not anderer. Daß Holzbanns wahres Wesen endlich aufgedeckt war und auch die Mutter durch klare Beweise überzeugt zu sein schien, das konnte nur als Fügung Gottes betrachtet werden und schuf ihr plötzlich eine innere Befreiung, die sie aufatmen ließ. Wie hatten sie doch alle unter dem Einfluß und der Gesinnung dieses belasteten Menschen gelitten! Jetzt hatte seine eigene Schuld ihn gerichtet und aus dem Hause getrieben. – Viel tragischer aber erschien ihr das Geschick des jungen Mädchens, das er betrogen hatte. Not und Verzweiflung waren ihr geworden, wo sie auf Glück und Heimat gehofft hatte. Nun stand sie da mit dem Kinde, angewiesen auf das Erbarmen fremder Menschen, das Herz zerrissen, um Jugend und Liebe betrogen. Armes Geschöpf!

Siegberte sah plötzlich zu all den anderen Aufgaben, die sie hatte, noch eine neue. Je länger sie darüber nachdachte, desto klarer erkannte sie, daß es ein Verbrechen an Mutter und Kind wäre, die beiden nun in eine ungewisse, dunkle Zukunft ziehen zu lassen. Das enttäuschte junge Menschenkind benötigte im Augenblick nichts dringender als eine Hand, die sich ihm helfend entgegenstreckte, ein Herz, das sich liebevoll seiner annahm. Sie versuchte sich vorzustellen, wie das Mädchen nun seit Wochen von einem Ort zum andern gezogen war, Not, Entbehrung, Mühe und Last auf sich nehmend, in der Hoffnung, endlich den Vater ihres Kindes zu finden und fest damit rechnend, daß er sie, die er entehrt, nun zu seiner rechtmäßigen Frau machen würde. Wie viele Seufzer und Tränen, wieviel Bangen und Hoffen mochten sie begleitet haben auf dem langen, mühsamen Weg, der hinter ihr lag. Und das Ende davon war Nacht, dunkelste Nacht der Verzweiflung! Nein, hier gab es nichts zu überlegen, hier mußte eingegriffen und geholfen werden.

Siegberte fühlte plötzlich neue Kräfte in sich wachsen. Ein sie beseligender Schaffensdrang kam über sie. Des Eichenhofbauern Tochter dachte in dieser Nacht keinen Augenblick an sich selbst. All ihr glückliches Hoffen und Sehnen, ihre große Enttäuschung, alles, was sie einst erfüllt und beherrscht hatte, trat in den Hintergrund und ging unter in dem einen Wunsch, helfen zu können. – Wie ein großes heiliges Erkennen kam es über sie: Kein Leben muß arm und unausgefüllt sein. Tausend bittende Hände sind ausgestreckt und warten auf Hilfe und Führung! Unzählige weinende Augen blicken umher und flehen, daß man nicht vorübergehe, sondern helfe und das Leid lindere. Sie erinnerte sich plötzlich der

Prophetenworte, die sie noch gestern in der Morgenandacht gelesen hatte: „Der Geist des Herrn ist bei mir, darum daß er mich gesalbt hat; er hat mich gesandt, zu verkündigen das Evangelium den Armen, zu heilen die zerstoßenen Herzen, zu predigen den Gefangenen, daß sie los sein sollen, und den Blinden das Gesicht, und den Zerschlagenen, daß sie frei und ledig sein sollen." So weissagte der Prophet von Christus. Und wenn von ihm geschrieben steht: „Er ist umhergezogen und hat wohlgetan", so dachte Siegberte weiter, dann gilt für den Christen: „Gehe hin und tue desgleichen!" Ja, das war des Lebens Sinn: zu helfen, zu dienen!

Merkwürdig leicht und froh wurde ihr das Herz trotz all der vorausgegangenen Unruhe der Nacht, so daß sie schließlich doch noch den Übergang ins Land der Träume fand. Sie mochte kaum zwei Stunden geschlafen haben, als Minchen sie weckte. „Schnell, die Mutter verlangt nach dir."

Wenige Minuten später stand Siegberte

an dem Bett der Kranken. Frau Streitmann sah aus, als habe auch sie während der ganzen Nacht kein Auge zugetan. Sie streckte der Tochter die Hände entgegen und bat mit bewegter Stimme: „Siegberte, setze dich zu mir, ich habe mit dir zu reden."

„Mutter", bat diese, „denke daran, wie jede Erregung dir schadet."

Aber die Bäuerin wehrte: „Es muß gesagt werden, und zwar jetzt gleich. Mir ist, als habe ich sonst keine Zeit mehr."

Schwer und mühsam rang sich der Atem aus ihrer Brust, und Siegberte erkannte, daß sie die Mutter gewähren lassen mußte.

„Eine fürchterliche Nacht liegt hinter mir", fuhr diese fort. „Die Spritze wirkte nicht lange. Die Sache mit Holzbann hat mich zu sehr erregt." Sie begann zu weinen. „Siegberte, ist es wahr? Hat er dieses Mädchen betrogen? Ist es sein Kind?"

„Ja, Mutter, so ist es."

„Und dann wollte er, der Treulose, Eichenhofbauer werden? Und ich, ich habe ihn dazu ermutigt, wollte dich zwingen, habe dir das Leben schwer – ja, oft unerträglich gemacht – o Gott, o Gott!"

„Mutter, beruhige dich doch."

„Nein, laß mich, ehe es zu spät ist! Du ahnst ja nicht, was ich in dieser Nacht, die kein Ende nehmen wollte, durchgemacht habe. Selbstvorwürfe marterten mich, Gottes Gericht schien über mich hereingebrochen zu sein. Ich weiß, daß ich nicht mehr lange leben werde und habe mich damit abgefunden. Aber wie kann ich mit solcher Schuld vor Gott treten, und wenn es wahr ist, daß wir unsere Verstorbenen wiedersehen, wie kann ich vor deinem Vater und Bruder bestehen?!"

In haltloser Verzweiflung warf sie sich hin und her und preßte die Fäuste auf das schmerzende Herz. Siegberte befürchtete das Schlimmste.

„Mutter", versuchte sie die Kranke zu beruhigen, „du hast es doch nicht wissen können, wie treulos Holzbann war. Wir wußten nichts von dem Mädchen und ihrem Kinde, und schließlich hast du es gut gemeint und glaubtest, daß es mein

Glück sein würde, mit ihm vereint zu sein."

„Gewiß habe ich es gut gemeint", weinte Frau Streitmann auf, „aber die Schuld bleibt dennoch bestehen. Siegberte, du weißt ja nicht, was ich dir angetan habe, dich, mein einziges Kind habe ich betrogen, dein Lebensglück zerstört – betrogen, betrogen! – Alles ist mir in dieser Nacht klargeworden." –

Der nun folgende Herzanfall schien ihr Letztes zu sein. Siegberte hielt die unsagbar Leidende in ihren Armen, von dem Schmerz, die Mutter hergeben zu müssen, schier erdrückt. „Schnell, Minchen, telefoniere Doktor Nölle", befahl sie der besorgten Verwandten, die das Stöhnen der Kranken bis in die untersten Räume vernommen hatte und zur Hilfe herbeigeeilt war.

Der Arzt trat kopfschüttelnd ein. „Ihr macht mir schon schöne Geschichten. Du, Siegberte, kannst dich nur auch gleich neben die Bäuerin legen. Dir gehört einmal energisch der Kopf gewaschen, so wie du aussiehst."

Sie aber hob abwehrend die Hand. „Mir fehlt nichts, aber die Mutter, bitte – es muß alles versucht werden."

Da hob er ihren Kopf und blickte väterlich in die Augen. „Aber Bertel, seit wann so verzagt?"

Es folgten schwere Tage, in denen man sich das Flüstern auf dem Eichenhof angewöhnte. An jedem neuen Morgen glaubte man, die Bäuerin würde den Abend nicht mehr erleben. Der Todesengel schien seine Schwingen über ihr ausgebreitet zu haben. Doktor Nölle kam täglich, aber nicht allein Frau Streitmanns wegen, auch Siegberte machte ihm ernstliche Sorgen. Es konnte nicht mehr lange währen und sie würde unter der Überanstrengung zusammenbrechen. Zwar war sie wohlgemut und unverzagt, nur die Sorge um die Mutter legte sich immer wieder bedrückend auf sie. Tapfer beherrschte sie sich jedoch und stand tatkräftig und in unermüdlichem Fleiß ihrem Hause vor, gütig und mütterlich ihren Hausgenossen begegnend und sie durch ihr Beispiel in der arbeitsreichen

Zeit der Ernte ermutigend. Holzbann hatte in jener Nacht tatsächlich Haus und Ort verlassen. Niemand wußte, wohin er sich gewandt hatte. Als Siegberte sich mit Franz besprach, ob es wohl nötig sei, in den mit Arbeit angefüllten Tagen einen neuen Knecht einzustellen, glaubte dieser zuversichtlich, es ohne einen solchen mit Hilfe der anderen schaffen zu können. Er setzte seinen Ehrgeiz und alle Kraft daran, Holzbanns Arbeitskraft, die trotz allem fehlte, durch doppelte Anstrengung zu ersetzen. Sein treuer Pflichteifer rührte Siegberte, und sie nahm sich vor, ihm nach seiner im Spätherbst stattfindenden Hochzeit das Verwalteramt zu übergeben. Alwine, das Mädchen aus Ostpreußen, vermochte sich etliche Tage nicht aufzuraffen. Weinend saß sie herum und schien jede Lebenshoffnung begraben zu haben. Selbst ihr Bübchen, das sich in dem geräumigen Bauernhause bald heimisch fühlte und der Liebling aller wurde, vermochte ihr kein Lächeln abzugewinnen. Siegberte ließ sie gewähren, umgab sie jedoch mit fürsorglicher

Liebe und half ihr durch stilles Mitverstehen ihrer Lage mehr, als es durch Worte hätte geschehen können. Eines Tages bat Alwine selbst, man möge sie mithelfen lassen, und dann griff sie zu, als wollte sie alle Not ihres Lebens in der Arbeit begraben. Auch jetzt ließ Siegberte sie gewähren. Sie wußte aus Erfahrung, daß die Arbeit ein ausgezeichnetes Genesungsmittel ist. Nachdem kein Zweifel mehr darüber bestand, daß Holzbann, sich seinen Pflichten entziehend, die Gegend verlassen hatte, machte sich Siegberte auf, um seine Mutter und den verheirateten Bruder auf dem Steinhaldenhof aufzusuchen und beiden Alwines und ihres Kindes Aufenthalt im Eichenhof mitzuteilen. Hätte das Mädchen nicht Briefe vorweisen können, die Emil ihr noch vor zwei Jahren geschrieben hatte und die sein Verhältnis zu ihr bestätigten, sie hätten sich gerne jeder moralischen Verpflichtung entzogen. So aber lagen unzweideutige Beweise vor. Siegberte, die dem ohnehin geschlagenen Mädchen weitere Demütigungen ersparen wollte, nahm eines Tages den kleinen Emil bei der Hand und führte ihn seiner Großmutter zu. Wie sie gehofft, so geschah es. Die alte Frau entdeckte auf den ersten Blick in dem Kleinen die große Ähnlichkeit mit ihrem Sohn. Sie öffnete dem Bübchen in großmütterlicher Liebe ihr Herz und söhnte sich mit dem Gedanken aus, auch seine Mutter anzuerkennen. Vorerst aber schien es Siegberte besser, Alwine, die immer noch scheu und ängstlich war, bei sich zu behalten.

Das Korn war geschnitten und mußte eingefahren werden. Die großen Acker beanspruchten viel Zeit und Kraft. Da gab es tagelang kein Zur-Ruhe-Kommen, und oft schienen die Kräfte nicht ausreichen zu wollen. Heidi sprang ein, obgleich sie mancherlei Vorbereitungen für ihre Hochzeit zu treffen hatte. Fritz Klickmüller stellte ebenfalls alle freie Zeit zur Verfügung. Und über alle Maßen groß war Siegbertes Erstaunen, als eines Tages der Bachbauer bei ihr eintrat, in Verlegenheit die Mütze zwischen den knorrigen Fingern drehend, und ihr anbot, über die

Erntezeit einen seiner Knechte zur Aushilfe schicken zu wollen.

„Wir haben dir unrecht getan", sagte er, und gestand, daß er sowie etliche der anderen sich durch Holzbanns üble Ausstreuungen hatten aufhetzen lassen.

„Nun aber ist es uns klargeworden, daß der Verdacht mit dem Fremden auf dem Berg unbegründet und eine gemeine Verleumdung gewesen ist. Was der Holzbann für'n Schuft ist, das sieht man ja an dem armen Ding, das mit seinem Kind vom Osten runtergekommen ist, so weit her. Und nun läuft er davon und läßt sie sitzen. Die beiden Fremden auf dem Berg, den Schriftsteller und seine Frau, sieht man ja immer zusammen durchs Dorf gehen. Die sind sich doch einig."

Siegberte drückte dem Bauern, der nur mühsam die Worte gefunden hatte, die Hand und beruhigte ihn. Sie habe gewußt, daß sich mit der Zeit dies alles klären würde. Nun freue sie sich, daß der Ausblick wieder frei sei und hoffe auf gegenseitiges Vertrauen. Sein Angebot wisse sie sehr zu schätzen, aber sie glaube, sie kämen ohne fremde Hilfe durch.

Der Bachbauer aber erzählte es allen, die es hören wollten: Die Streitmanns-Siegberte sei doch nicht so stolz, wie man es geglaubt habe. „Sie kommt je länger desto mehr auf ihren Vater 'raus."

Über Siegberte aber kam ein großes Verwundern. War es nicht gerade, als löse sich jetzt, da sie ihr persönliches Wünschen und Wollen ganz in den Hintergrund gerückt hatte und nur noch den anderen und der ihr von Gott gegebenen Aufgabe leben wollte, ein Knoten nach dem anderen des ihr so verworren erscheinenden Gewebes ihrer Vergangenheit? – Holzbann wurde, und dies ganz ohne ihr Zutun, entlarvt und verließ den Hof, ohne daß sie ihn gehen heißen mußte. Die Dorfbewohner fanden sich zu ihr zurück und schienen gewillt zu sein, ihr wieder voll zu vertrauen. Wenn nun auch noch Heiner ... aber nein, jetzt war nicht Zeit, solchen Gedanken nachzuhängen. Schwer lastete die Sorge um die Mutter auf ihr. Wenn sie ihr doch wenigstens noch so lange erhalten bliebe, bis sie sich innerlich voll und ganz zueinander fanden und alle bisherigen Disharmonien beseitigt wurden! Manche Stunde der Nacht verbrachte Siegberte am Bett der Schwerkranken, obgleich die anstrengende Tagesarbeit dringend Nachtruhe und Entspannung forderte. Sie hatte eine Pflegerin angestellt, um die Mutter wenigstens versorgt zu wissen, während sie und alle anderen auf dem Felde waren.

Sehr oft saß auch Hinnerk an dem Bett der Eichenhofbäuerin. Wenn dann die Not des Körpers und die der Seele peinigend über sie herfielen, griff der Alte nach Bibel und Gesangbuch und versuchte, die Verzagte aufzurichten. Aber die Selbstvorwürfe stellten sich immer wieder ein, und oft hörte man im ganzen Haus das verzweifelte Jammern der Kranken, die sich ständig anklagte, ihre Tochter um ihr Lebensglück betrogen zu haben. Die Schwermut, die auf ihrer Seele lastete, schuf eine bedrückende Atmosphäre im ganzen Haus.

Eines Tages, an dem es sehr ernst um die Bäuerin stand, so daß Siegberte nicht wagte, das Haus zu verlassen, kam ein Brief. Heiner Sorger, der seit seinem Hiersein nichts mehr von sich hatte hören lassen, schrieb. – Siegbertes Herz begann unruhig zu klopfen, als sie den Umschlag öffnete, und ihre Augen überflogen fast angstvoll die Zeilen.

„Liebe Siegberte!

Trotz meines Vorsatzes, Ihnen nicht mehr zu schreiben, und der Ihnen gegenüber ausgesprochenen Bitte um völlige Lösung unserer gegenseitigen Beziehungen, fühle ich mich innerlich verpflichtet, Ihnen folgendes mitzuteilen:

Als ich Sie auf dem Eichenhof besuchte und ihren Verwalter sah, meinte ich ganz bestimmt, ihn schon irgendwo gesehen zu haben, konnte mich aber beim besten Willen nicht erinnern, wann und wo das geschehen war. Nachdem ich von Ihrer Mutter erfuhr, daß Sie mit ihm verlobt seien und kurz vor Ihrer Hochzeit ständen …“

Siegberte ließ das Blatt in den Schoß sinken. Schwindel erfaßte sie. Fassungslos starrte sie auf die klaren Schriftzüge und begriff plötzlich, was es mit der Schuld auf sich habe, deren die Mutter sich immer wieder bezichtigte. – Das also war es! Nicht das Gerede, das über sie und Kabel umging, war es gewesen, das die Kluft zwischen ihr und Sorger aufgerissen hatte – die Mutter selbst hatte sie unfaßlicherweise Holzbanns Braut genannt und zu Heiner von der bevorstehenden Eheschließung gesprochen. Kein Wunder, daß es ihm unmöglich war, länger auf dem Eichenhof zu verweilen. – Siegberte barg stöhnend das Gesicht in beide Hände. – Das also, Mutter, läßt dich nicht zur Ruhe kommen. Jetzt erst verstehe ich es. –

War das nicht Bitterkeit, was in ihr aufsteigen wollte? Heischte da nicht eine Stimme ihres Innern Rechtfertigung? Still, still! – Man hadert nicht mit einer Sterbenden. – Kraftvoll rang Siegberte alle solche Regungen in sich nieder. Keine Verurteilung, kein Vorwurf soll in meinem Herzen sein gegen sie, die trotz allem meine Mutter ist und die ich vielleicht nur noch wenige Tage oder gar nur Stunden besitzen werde.

Sie nahm den Brief, um ihn zu Ende zu lesen. Er zitterte in ihrer Hand.

„... Nachdem ich von Ihrer Mutter erfuhr, daß Sie mit ihm verlobt seien und kurz vor Ihrer Hochzeit ständen, ließ der Gedanke, Ihrem zukünftigen Gatten schon einmal begegnet zu sein, mich nicht mehr los. Ich habe nun meine Sommerferien auf dem Gut meines Onkels in Ostpreußen verlebt und wußte dort plötzlich: Hier bin ich ihm begegnet. Ich forschte nach und erfuhr derart Übles, daß es mir seitdem keine Ruhe läßt. Nur eine Hoffnung erfüllt mich, nämlich die, daß meine Warnung nicht zu spät kommen möchte und Sie noch nicht die Gattin dieses Menschen sind, der Ihrer niemals wert ist. Ich weiß, es ist dies nicht meine Angelegenheit, und Sie mögen mir erwidern, daß Sie Ihre Liebe schenken können, wem Sie wollen. Aber ich ertrage den Gedanken nicht, Sie an der Seite eines Treulosen, Unwürdigen zu wissen. Darum schreibe ich Ihnen.

Holzbann war zwei Jahre lang auf dem Gute meines Onkels angestellt, wurde jedoch mit Schimpf und Schande entlassen. Er hatte sich mancherlei zuschulden kommen lassen, worauf ich hier nicht näher eingehen möchte. Nur zwei Dinge seien gesagt: Die guten Zeugnisse, die er meinem Onkel vorwies und die von großartigen Stellen, die er innegehabt haben wollte, berichteten, waren gefälscht. Seinen Worten konnte nie Glauben geschenkt werden. Das Schlimmste aber ist, daß er ein auf dem Gut angestelltes Mädchen, ein blutjunges, unerfahrenes Menschenkind, das ihm vertraute und dem er die Ehe versprochen hatte, mit einem Kinde zurückließ, ohne sich je um sie zu kümmern. Das verzweifelte Mädchen machte sich schließlich vor etlichen Monaten mit ihrem kleinen Jungen auf den Weg, um den Pflichtvergessenen zu suchen. Niemand weiß, was aus ihr geworden ist.

Ob Sie verstehen, daß ich Ihnen das

alles schreiben muß? Sie wissen, ich habe meine Hoffnungen begraben, aber meine Liebe zu Ihnen bleibt unveränderlich, und darum sollen Sie es wissen: Wenn Sie je in Ihrem Leben einen Freund benötigen – ob Sie nun die Frau eines anderen geworden sind oder nicht –, rufen Sie mich! Ich werde immer für Sie da sein.

Ihr ergebener Heiner Sorger."

Ganz still saß Siegberte und merkte nicht, daß das Blatt in ihrer Hand von ihren Tränen bedeckt war. Zu groß, zu überwältigend war es, was ihr geschehen war.

„... Ich werde immer für Sie da sein." – Heiner, ich komme!

Etwas später saß Siegberte am Bett der Mutter, deren Mund immer wieder von Schuld sprach, deren Augen qualvolle Angst verriet. Sie fand keine Ruhe vor der ewigen Selbstanklage. Siegberte legte die Hand auf ihre zuckende Rechte: „Mutter, Heiner Sorger hat an mich geschrieben." – Die Bäuerin fuhr hoch. „Er macht dir Vorwürfe – er verachtet dich, nicht wahr?

– O Gott, und ich bin schuld daran."

Siegberte versuchte alles mögliche, sie zu beruhigen, sie sagte ihr vom Inhalt des Briefes – es war vergebens. Sie schien es nicht fassen zu können, es war, als sei eine unüberwindliche Mauer vor ihrer Seele aufgerichtet. – Schuld!

Siegberte erkannte plötzlich, daß hier die körperliche Not geringer war als die der Seele, und sie wußte, was sie jetzt zu tun hatte. Sie scharte ihre kleine Hausgemeinde um sich und erklärte, daß sie eine dringliche Reise zu machen habe, die sie etwa zwei Tage vom Hof fernhalten werde. Dann bat sie alle, in Treue ihre Pflicht zu tun.

Wieder war es Hinnerk, der sie beruhigte: „Geh nur getrost, wir alle sind auf dem Posten, wenn ich selbst auch nicht viel anderes tun kann, als mit der Bibel am Bett der Bäuerin zu sitzen. Fahre nur ohne Sorge!"

Der Abendzug trug Siegberte Fichtenhöhe zu. In dem einzigen, jedoch sehr sauberen Gasthaus des kleinen Dorfes, das am Fuße des Waldes unterhalb des

Sanatoriums lag, übernachtete sie. Früh am Morgen stieg sie auf stillen Pfaden den „Todeshügel" hinauf. In ihrem Innern war ein seltsames Feiern, das sie selbst kaum begriff. Lag nicht eine Zeit dunkelster Sorge hinter ihr? War nicht eine Not von der anderen abgelöst worden? Hatte sie nicht noch vor Stunden am Sterbebett der Mutter gestanden? Und nun dieses frohe Erwarten in ihr! – Still, ohne jede Erregung oder Leidenschaft ging sie ihren Weg. Sie wußte, sie befand sich auf dem „Hügel des Lebens". Die Worte des Psalmisten fielen ihr ein: „Ich hebe meine Augen auf zu den Bergen, von denen mir Hilfe kommt." – Alles Schwere der vergangenen Wochen sank dahin vor der Größe unaussprechlichen Dankes, der ihr Herz erfüllte.

Der Pförtner öffnete Siegberte das Tor des Sanatoriums. „Zu Doktor Sorger wollen Sie? So früh am Morgen? – Ich glaube kaum, daß er Sie jetzt schon empfangen kann. Wohl ist er schon seit zwei Stunden in seinem Arbeitszimmer. Sie müssen nämlich wissen, daß er ein Frühaufsteher ist, aber ob er für Fremde schon so früh da ist, bezweifle ich."

„Führen Sie mich nur zu ihm", forderte Siegberte. „Ich bin keine Fremde – sondern seine Braut." Sie erschrak gleichzeitig wegen der Kühnheit ihrer Worte.

Der alte Pförtner aber riß seine Mütze vom Kopf und machte eine tiefe Verbeugung. „Das konnte ich natürlich nicht wissen."

Dann aber lief er dienstfertig neben Siegberte her, wies ihr die Türe zum Arbeitszimmer des Doktors und zog sich zurück.

Heiner Sorger saß an seinem Schreibtisch, der Türe den Rücken zugewandt.

Siegberte war lautlos eingetreten, stand plötzlich hinter ihm und legte ihre Hand auf seine Schulter: „Heiner – ich brauche dich!"

Siegberte hatte mit ihrer Reise das Rechte getroffen. Als sie bereits am Abend mit Heiner Sorger am Bett der Mutter stand und diese sah, daß die beiden sich gefunden hatten, wich die Schuld von ihrer Seele. Und jetzt konnte sie glauben, was Siegberte ihr in den letzten Tagen immer wiederholt hatte: „Alles ist geordnet; niemand trägt dir etwas nach. Wir alle sind Sünder vor Gott, die seines Erbarmens bedürfen.“ Wie dann die Bäuerin ihrer Bürde ledig und endlich in ihrem Innern stille geworden war, beruhigte sich auch das kranke Herz wieder, so daß sie noch fast ein ganzes Jahr in Harmonie mit ihrer Tochter und dem Schwiegersohn verleben konnte.

Als im Frühjahr Heiner Sorger und Siegberte im Dorfkirchlein getraut wurden, saß sie neben dem alten Hinnerk in der ersten Reihe vor dem Altar, das Herz voller Dank gegen Gott, der wohl viele ihrer Lebenspläne durchkreuzt – und dennoch alles herrlich hinausgeführt hatte.

Das Dorf feierte diesen Tag, als sei es ein Fest für alle. Doktor Nölle hatte dafür gesorgt, daß sein Nachfolger in allen Häusern bekannt war, noch ehe er seine Praxis übernahm.

„Jetzt erst kann ich mich getrost zur Ruhe begeben“, sagte er, „denn auf die

Frauen ist nun einmal kein Verlaß, selbst wenn sie den Doktortitel besitzen."

Im Berghaus „Heimkehr" waren Zwillinge angekommen, ein Bub und ein Mädel. Kabels dachten nicht mehr daran, in die Fremde zu ziehen. Selbst Bonn lockte Sabine nicht mehr. Ihre Kinder würden in der Stille des Heimathauses gewißlich besser gedeihen. Mit dem Eichenhof, auf dem Siegberte als frohe Bäuerin schaltete, während ihr Mann in der ganzen Umgebung ein gern gesehener Arzt war, verband sie ein schönes Freundschaftsverhältnis, und es war wie selbstverständlich, daß Heiner und Siegberte die Paten der Zwillinge wurden.

Das Mädchen aus Ostpreußen aber hatte mit ihrem Kinde auf dem Steinhaldenhof eine Heimat gefunden. Dem kleinen Emil war es schon nach ganz kurzer Zeit gelungen, die Herzen seiner Verwandten zu gewinnen; er galt als Kind des ältesten Sohnes, dessen Ehe kinderlos war. Von seinem Vater war nie wieder eine Nachricht gekommen.

Sonntagmorgen ist's. Siegberte steht vor der Einfahrt des Eichenhofes. Sie hat ihren Mann, der schon früh zu einer Wöchnerin gerufen worden war, bis zum Tor begleitet. Jetzt umfaßt ihr Blick das vor ihr liegende Land, auf dem junges Grün der Sonne entgegenstrebt. Mühe und Arbeit die Fülle birgt jeder ihrer Tage in sich, aber sie empfindet es als größtes Glück und Vorrecht, des Erbguts Hüterin zu sein. Sie hat durchgehalten, trotz Kampf und Not. Sie hat ihr in heiliger Stunde dem sterbenden Bruder gegebenes Wort gehalten – und es reut sie nicht.

Weitere Erzählungen von Elisabeth Dreisbach als Taschenbuch-Ausgaben

297 001 *Herz zwischen Dunkel und Licht,* 141 Seiten
297 002 *Es wird ein Schwert durch deine Seele dringen,* 188 Seiten
297 003 *Ganz wie Mutter,* 159 Seiten
297 004 *Heilige Schranken,* 271 Seiten
297 005 *...und alle warten,* 235 Seiten
297 006 *Wenn sie wüßten...,* 253 Seiten
297 007 *Glied in der Kette,* 256 Seiten
297 008 *Steffa Matt,* 190 Seiten
297 009 *Die Lasten der Frau Mechthild,* 243 Seiten
297 010 *Des Erbguts Hüterin,* 239 Seiten
297 011 *...und dennoch erfülltes Leben,* 243 Seiten
297 012 *Der dunkle Punkt,* 212 Seiten
297 013 *Die Versuchung der Chiara Frohmut,* 240 Seiten
297 014 *Große Not im Kleinen Kaufhaus,* 240 Seiten
297 015 *...und haschen nach Wind,* 267 Seiten
297 016 *Was dein Herz wünscht,* 240 Seiten
297 017 *...und keiner sah den Engel,* 246 Seiten

297 018	*Lisettens Tochter*, 256 Seiten
297 019	*Du hast mein Wort*, 277 Seiten
297 020	*...daß Treue auf der Erde wachse*, 256 Seiten
297 021	*Alle deine Wasserwogen*, 254 Seiten
297 022	*Die zerrissene Handschrift*, 248 Seiten
297 023	*In Gottes Terminkalender*, 256 Seiten
297 024	*Kleiner Himmel in der Pfütze*, 256 Seiten
297 025	*Eine Hand voll Ruhe*, 205 Seiten
297 026	*Das verborgene Brot*, 223 Seiten
297 027	*Was dir vor die Hände kommt*, 256 Seiten
297 028	*Ich aber meine das Leben*, 238 Seiten
297 029	*Liebe ist immer stärker*, 206 Seiten
297 030	*Ein Freund wie du*, 220 Seiten
297 031	*Die Kinder von Markeden*, 192 Seiten
297 032	*Dreisbach-Lesebuch 1*, 381 Seiten
297 033	*Dreisbach-Lesebuch 2*, 381 Seiten

CHRISTLICHES VERLAGSHAUS STUTTGART